*U*nverkäufliches *Leseexemplar*

Gebunden, ca. 38,00 DM
Erstverkaufstag: 15. August 1997
Wir bitten Sie, Rezensionen nicht vor dem
Erstverkaufstag zu veröffentlichen.
Wir danken für Ihr Verständnis.

Oscar van den Boogaard

Julias Herrlichkeit

Aus dem Niederländischen
von Ira Wilhelm

S. Fischer

Die Übersetzung wurde gefördert vom Nederlands Literair
Produktie- en Vertalingenfonds, Amsterdam.
Der Roman wurde für die deutsche Ausgabe vom
Autor leicht überarbeitet.

Die Originalausgabe erschien 1995 unter dem Titel
De heerlijkheid van Julia
bei Em. Querido's Uitgeverij, Amsterdam
© 1995 Oscar van den Boogaard
Für die deutsche Ausgabe:
© 1997 S. Fischer Verlag GmbH, Frankfurt am Main
Satz: S. Fischer Verlag auf Apple Macintosh/QuarkXPress
Druck und Einband: F. Spiegel Buch GmbH, Ulm
Printed in Germany 1997
ISBN 3 10 007805 5

Der Fluch der Menschheit ist, daß unsere Existenz auf dieser Welt keinerlei bestimmte und beständige Hierarchie verträgt, sondern daß alles ständig fließt, überläuft, sich bewegt und jeder von jedem erfühlt und beurteilt werden muß; und uns Dunkle, Beschränkte und Stumpfe zu begreifen ist nicht weniger wichtig als das Begreifen der Aufgeklärten, Feinfühligen und Geistesscharfen. Denn der Mensch ist zutiefst abhängig von seinem Abbild in der Seele des anderen Menschen, auch wenn dessen Seele die eines Kretins ist.

Witold Gombrowicz, *Ferdydurke*

P_{rolog}

Die Kronen der Bäume, die Blätter, die Äste, die Stämme, die Strünke, die Farne, die verfaulte Erde, die Pilze, der Pfad, die blonden Locken, die bleiche Stirn, die Augen geschlossen, die Wimpern, die schmale Nase, die dünnen Lippen, das spitze Kinn, der weiße Hals, die kleinen Brüste, der flache Bauch, die Hände gefaltet über dem Nabel, das Schamhaar bestreut mit Edelsteinen, der Wald in tausendfalt blau, grün, gelb, rot gespiegelt, zwischen den Spiegelungen hindurch, in die Frau hinein, in Julia.

Er muß böse gewesen sein, dieser unser Gott, als er uns trennte. Aber mit dir will ich es noch einmal versuchen. Kennst du das Bild aus *Der kleine Prinz*, den Hut, der kein Hut ist, sondern ein Elefant in einer Schlange, hat dir das mal jemand gezeigt? Hier bin ich, deine petite princesse, Juliette La Première, schluck mich hinunter, laß uns zusammen ein Hut sein, aber du keine Schlange und ich kein Elefant, du kein Porzellanladen und ich kein Elefant, du keine Mücke und ich kein Elefant, ich einfach in dir, zusammen ein Liebeshut, mit weißen Punkten, ein Pilz, ein Pilzpalast.

1 / Sonnenmonstrum

1 *E*s war der erste Sonntagnachmittag im März des Jahres 1994. Im wogenden Land zwischen dem Dender und der Zenne trafen sich Leute aus dem Pajottenland, um zu trinken und zu spielen. Sie hatten zu Hause oder im Restaurant schon einen gebechert und sich die Bäuche rund gegessen. Die Wollüstigsten ließen Winde um die Wette.

Die Männer aus Herne schlugen Nägel im Café Noordpool, die Kesternaarer spielten Dart bei Ballekes, die Männer aus Vollezele zogen Seil in der Autowerkstatt Dries, die Tollembeeker schossen Pfeil und Bogen im De Vijfhoek.

In der farblosen Scheune hinter dem Café Den Haas setzte sich Julia Callebaut* als einzige Frau auf das wacklige Bänkchen an der Wand, ein Brett auf zwei Birkenstämmen. Die Männer aus Gooik hatten sich wie jede Woche getroffen, um zu spielen. Julia betrachtete die müden Männerleiber, oh, was für einfältige Herzen. Sie waren so unwissend wie die Backsteine um sie herum, aber wie diese Steine boten sie ihr, im Moment wenigstens, Schutz. Über ihrem Kopf hörte Julia das penetrante Prasseln der Regentropfen auf dem Dach aus Wellplastik. Nach zwei Gläsern Rodenbach-Bier hatte sie das selige Gefühl, in einem Aquarium zu sitzen, alles wogte und wiegte sich, die Gliedmaßen der Männer bewegten sich wie Seetang, ihre Gedanken trieben

---

* Nein, Julia war nicht verwandt mit der Familie der überaus guten Schokolade, die beste in ganz Belgien, aus der die hervorragendsten Patissiers Pralinen machten, Croissants füllten, Éclairs kouvertierten, und sich dabei die Finger leckten, jahraus, jahrein, wer könnte auch je genug bekommen von der Callebaut?

auseinander und fanden sich wieder wie ein Ölfleck auf dem Wasser.

Pol Pardon vom Hof Rozenbroek steckte sich eine Zigarette hinters Ohr und nahm die Spielscheibe vom Betonboden auf. Er beugte sich vor, richtete seine scharfgeschnittene Nase auf den dunklen Kreis hinten in der Scheune und schlenkerte den rechten Arm nach vorne. Die Scheibe schlingerte haarscharf an Julias Beinen vorbei und blieb nicht weit vom Ziel entfernt liegen.

Pol stieß einen Siegesschrei aus und zog die Zigarette hinter dem Ohr hervor. Beflissen klopfte Maurice Callebaut die Asche von der Schulter seines Freundes und bestellte durch die offene Tür hindurch beim Irren Willy für alle noch ein Geuze-Bier und für seine Frau ein Rodenbach. Dirk Dobbelaer löste sich aus der Gruppe in der Ecke und griff nach seiner Scheibe. Dirk spielte falsch, aber damit nicht genug: Er war falsch. Er gab vor, Ingenieur (er sagte »Insigneur«) zu sein, aber in seinem Landhaus, das er binnen dreier Monate gegenüber vom Hof Rozenbroek errichtet hatte und dessen Anblick sich Pol mit Hilfe einiger Dutzend Tannen ersparte, spalteten Risse die Mauern. In seinem x-mal überlackierten Mercedes röhrte ein Volkswagenmotor. Pol konnte so was hören, er hatte selbst einen Mercedes, einen echten 300er SL. Pol war reich und mißtraute jedem, der bloß behauptete, reich zu sein. In der Scheune seines Anwesens standen mit Abdeckplanen zugedeckt eine schwarze Corvette, die er gekauft hatte, um seine Freunde und Ex-Frauen neidisch zu machen, und ein glänzender, mit Blinker ausgestatteter Rasenmäher, mit dem er Verdoodt, der jetzt hinter ihm stand und kaum noch klar aus den Augen sehen konnte, auf der Rasenanlage herumfahren ließ.

Julia sah Maurice unsicher auf seinem goldenen Halskettchen nagen. Ihr Mann war wie immer unter den Verlierern. Er schwieg aus Furcht, das nächste Opfer von Pols unangenehmem Rausch zu werden. Diese Nervensäge fing dann sicher wieder an, von seinem alten Chevrolet zu erzählen. Oder er zog über Julias Herrlichkeit her. Er fand, daß das armselige Mietshaus die Bezeichnung »Herrlichkeit« entschieden nicht verdiente. Es hatte keine Auffahrt, keinen Innenhof und kaum Grund und Boden. Es mochten vielleicht ein paar hundert Quadratmeter sein, sieben Schritte vom Haus zu des seligen Omers Stacheldraht, an dem sich die räudigen Kühe das Fell schabten …

Die Männer tranken einander zu. Verstohlen verschob Dirk die Spielscheibe mit der Sandalenspitze. Julia zwinkerte ihm über dem Rand ihres Glases zu. Als er mit rotem Kopf und einem Achselzucken an ihr vorbeiging, sog sie seinen Geruch ein: Schweinerippchen mit gedünsteten Zwiebeln.

Hubert Verdoodt, der mit dem Rabenschopf, redete schon wieder über den alten Omer. Wie ihn seine Schwester Ida im Sessel gefunden hätte, mit hängendem Kopf und dem winselnden Hund zwischen den Beinen.

»Der Inspektor meint, er sei umgebracht worden. Man hat Schleifspuren von der Scheune zum Haus gefunden. Sie haben ihm eins übergeknüppelt. Wahrscheinlich mit einem Hammer. Auf seiner Werkbank lag alles drunter und drüber.«

»Es ist doch gar nichts gestohlen worden«, stellte Dirk fest.

»Ich weiß nicht. Es wird eine richtige Untersuchung geben. Man wird alle in der Gegend verhören.«

»Ach, hör jetzt auf damit«, sagte Maurice bestimmt. »Du kannst über nichts anderes mehr reden. Erst ein ganzes Jahr nur über die Morde hinter der Woestijnkapelle, und jetzt das hier.«

»Immerhin ist er dein Nachbar!« warf Dirk ein.

»Vielleicht bist du ja als nächster dran«, unkte Verdoodt.

Dirk und Pol brachen in Gelächter aus. Julia zog ihre Beine an und reckte die Schultern.

»Ich habe keine Angst vor dem Tod«, sagte sie unerwartet laut und nahm einen letzten Schluck aus ihrem Glas. Maurice hob sein Glas in ihre Richtung und begann zu singen: »Ihr Wuchs ist stark, der Mund wie Gold, die Wang' ein Flaum.« Die anderen bedachten sie mit vorwurfsvollen Blicken.

Später standen sie alle draußen bei den Autos und wunderten sich, wie schnell das Wetter umgeschlagen war. In der klaren Nacht schauten sie auf die Blinklichter des Sendeturms von Sint-Pieters-Leeuw. Sie hatten sich noch immer nicht an dieses Monstrum gewöhnt, das sich binnen Jahresfrist vorwitzig und stetig in den Himmel gearbeitet und die sanfte Linie ihres Horizonts brüsk durchbrochen hatte.

»Diese Zigarre ist so hoch wie der Eiffelturm«, rief Pol und hob die Arme zum Himmel.

»Ohne Zweifel«, sagte Dirk.

»Zweieinhalbmal so hoch wie unsere Liebfrauenkathedrale«, murmelte Verdoodt.

Maurice umfaßte Julias Taille. »Auf die Politiker ist auch kein Verlaß mehr«, seufzte er.

Dieser Mast war ein Dolchstoß in ihr aller Herz, ein tödlicher Knüppelschlag auf das Land ihrer Kindheit, in dem sie sich endlos auf Äckern und freien Feldern herumgetrieben hatten und ganze Sommer lang unermüdlich mit Seifenkisten die Wege herabgedonnert waren. Monströse Landhäuser ergriffen vom Pajottenland Besitz. Hinter den heruntergelassenen Rolläden brüteten Phantasien, vor denen einem himmelangst werden konnte. Im Bann des Fortschritts und schwindlig von den ganzen Veränderungen verkauften die Cafés und Geschäfte eins nach dem anderen ihre Seele an die Teufel aus der Stadt. Auch das Den Haas und die Spielscheune sollten in absehbarer Zeit modernisiert werden, um den Vergnügungslüsten der zu erwartenden Grünschnäbel Genüge zu tun. Julia aber traute nicht. Die Welt lag bereits ein Stück hinter ihr, genauer gesagt unter ihr.

2 *A*us dem Den Haas kam Chantal Verdoodt über den sumpfigen Rasen herangerottet. Mit ihrem vollen Gewicht zog sie Julia auf die Erde zurück. Einst war sie ein zartes Mädchen mit zwei Zöpfen gewesen, hatte Sommersprossen auf der Nase, ein flatterndes Sommerkleidchen um den zerbrechlichen Leib, Herzkirschenohrringe und Augen, die einen lange und träumerisch ansahen. Julia hätte sie damals am liebsten gegen die eigene Tochter eingetauscht. Jetzt war sie eine stämmige Frau mit kurzem, blondem, dauergewelltem Haar und einem Blümchenkleid. Lachend zog sie Julia aus Maurices Armen und schob sie aus dem Blickfeld der Frauen, die hinter den Fenstern des Cafés saßen und herausspähten.

»Fühlst du dich schon wieder ein bißchen heimisch?« fragte Chantal.

Julia nickte.

»Du bist noch so braun.«

»In ein paar Wochen ist es wieder weg.«

»Und was für ein tolles Kleid du anhast! Samt?« Vorsichtig berührte Chantal Julias schwarzes Kleid. Sie musterte ihre Stiefeletten, schien etwas sagen zu wollen, schwieg aber.

»Was hast du auf dem Herzen?«

Chantal biß sich auf die Lippen und sah sich unruhig um. »Seit du wieder zurück bist, reden alle nur schlecht über dich«, flüsterte sie.

Julia schaute an Chantal vorbei zu den Männern bei den Autos. Alle, das war nur ein relativer Begriff. Sie meinte die Leute aus dem Bauernkaff hier.

»Mein Vater meint, du bist verrückt. Ja, sogar gefährlich.«

»Glaubst du ihm?«

»Das will ich nicht. Du bist meine Freundin.«

Du bist die Freundin meiner Tochter, dachte Julia. Und nicht einmal das. Veerle nimmt dich nicht halb so ernst wie ich.

»Warum bist du nicht mal kurz bei Ida vorbeigegangen?«

»Ich hasse es zu kondolieren.«

»Mein Vater sagt, du hättest was zu verbergen«, sagte sie beunruhigt. »Morgen ist Omers Beerdigung. Du kommst doch?«

Über das Dach seines Mercedes starrte Pol zu ihnen herüber. Chantal hob die Hand vor den Mund und hielt den Atem an.

»Ist er noch immer hinter dir her?«

»Na, hör mal«, sagte Chantal. »Er könnte mein Vater sein!«

»Na und? Ältere Männer sind doch sehr attraktiv. Jüngere übrigens auch.«

»Wieviel seid ihr auseinander, Maurice und du?«

»Siebzehn Jahre.«

»Und das war nie ein Problem für euch?«

Julia schüttelte den Kopf.

»Der Vorteil wäre, daß ich in seinen Augen immer eine junge Frau bleiben würde«, sagte Chantal.

Ewige Jugend war noch keinem Menschen hier vergönnt, dachte Julia. Aber jetzt war kaum der Augenblick, Chantal ihre Träume zu nehmen.

»Gestern abend dachte ich: Jetzt muß es einfach passieren. Ich stieg in mein Auto. Es stürmte und regnete.«

Pol stützte noch immer herausfordernd die Ellenbogen auf das Wagendach.

»Ich bin am Krekelhof vorbeigefahren und in einen kleinen abschüssigen Weg gebogen. Es war so dunkel, Julia, und plötzlich ein Blitz und ein Donnerknall ...«

»Und dann?«

»Das Herz schlug mir bis zum Hals. Ich bin am schwarzen Tor vorbeigekommen. Pol stieg gerade aus seinem Sportwagen, aber ich hab nicht angehalten. Inzwischen hat es auch noch angefangen zu schneien, mit ganz dicken Flocken. Ich konnte kaum noch was sehen und hab mich nicht getraut, den Wagen zu wenden.«

»Was?« rief Julia.

»Ich bin einfach weitergefahren.«

»Du bist an ihm vorbeigefahren?«

»Wenn ich mich doch nicht getraut habe.«

Julia sah, wie Chantal unsicher zu Boden starrte. Diese Frau hatte noch nie etwas für sich gefordert, genau wie alle anderen Frauen hier mit ihrem netten kleinen Leben und der netten kleinen Beerdigung danach. Man müßte ihr das Haar durcheinanderwühlen, die Maske abreißen, den Körper freilassen.

»Ich sollte es wohl noch mal probieren, oder?«

»Im einzigen Leben, das du hast, mußt du all deine Sehnsüchte wahr machen«, hörte Julia sich selbst sagen.

»Die kenne ich ja nicht einmal.«

»Dann finde sie heraus«, sagte Julia auffordernd.

Chantal drückte Julia an sich. Pol schlenderte mit seinen Freunden auf das Kirschwäldchen zu.

»Ich bin so verliebt in ihn«, kicherte Chantal, und frohgelaunt ging sie zu den Frauen im Café zurück.

Julia dachte an das Sprichwort: Erst den Hals nicht vollkriegen können und dann daran ersticken.

3 / Zwischen den groben Erdklumpen vor dem Café versuchte Gras zu sprießen. Mit Einsatz und Dickköpfigkeit ist jedes Ziel erreichbar. Julia stampfte auf einem Stein den Schlamm von ihren Stiefeletten los. Bald würden hier sonntags die Familien wieder wie die Hühnerscharen einfallen. Die fieberten sicher jetzt schon darauf hin, das konnte man an der Luft spüren. Seit dem Herbst hatten sie ihr Leben inhäusig verbringen müssen. Julia sah die Kinderküken schon aufgedreht um die Tische hüpfen, umringt von Vätern, Müttern, Omas, Opas, Onkeln, Tanten. Zum soundsovielten Mal werden die Geschichten von der tragischen Mühle, der Bande von Benot, den Fußbrennern erzählt werden, und wie man einen Fasan zubereitet, das dauert ein paar Stunden, allez, mindestens vier Stunden, bevor er gar ist … immer wieder mit dem Bratensaft und Butter übergießen und dann noch etwas Speck und Chicorée. Die Küken verstecken sich hinter den vom Irren Willy sorgfältig gestutzten Koniferen und piepsen, wenn sie nicht gefunden werden. Aber am Ende des Sommernachmittags, wenn sich die Sonne hinter den Bäumen verkriecht, gibt es niemanden mehr, der nach ihnen sucht, die Frauen sind beschwipst und zupfen auf den Stühlen wippend an ihren Kleidern herum, die Väter, Onkel und Opas verschanzen sich mit den Spielscheiben in der Scheune.

Da näherten sich die Männer. Im Rhythmus des trägen Wiegens der Pappeln hinter ihnen. Sie lachten immerzu. Als sie Julia stehen sahen, erstarrten sie und zogen Trauermienen. Verdoodt wieherte noch etwas nach und hielt sich mit beiden Händen den Bauch. Aber Julia war nicht dumm. Sie sprachen über das Kirschwäldchen, eigentlich über Maurice im Kirschwäldchen. In diesem Paradies hatte er manches Mädchen aus der Gegend eingeweiht. Während die anderen im Laufe der Jahre die gewaltigsten Hochzeitsfeste ausrichteten und sich in ihre Ehen zurückzogen, blieb Maurice Junggeselle.

»Gehen wir doch ins De Blauw«, schlug Pol vor.

»Dann müssen wir uns aber beeilen, denn wenn sich der Alte aufs Ohr legt, ist es zu spät«, sagte Verdoodt.

»Das wäre allerdings zu schade«, seufzte Dirk.

»Laden wir die Damen dazu ein?« fragte Pol und rieb sich die Hände.

Maurice verabschiedete sich vom unentschlossenen Dreigestirn. »Ich muß nach Hause.«

Julia saß auf der Rückbank des alten Amischlittens, mit dem Rücken zur Wagentür, die Beine gestreckt. Sie hatte die Augen geschlossen.

»Schläfst du schon?« fragte Maurice, als er einstieg.

»Ich war auf einem Boot. Es hat geschaukelt und irgendwo hörte ich Wasser plätschern.«

Lachend startete Maurice den Wagen und fuhr den Sandweg hinauf. »Pol hat es ganz schön erwischt«, sagte er über die Schulter nach hinten. »Er ist wie ein junger Hund.«

Julia konnte ihn in der Ferne mit Chantal neben Dobbelaers Auto stehen sehen. »Was findet er nur an ihr?«

»Chantal ist ein feiner Kerl«, sagte Maurice. »Sie ist die einzige von den Frauen, die noch mit dir redet.«

Julia streckte sich der Länge nach auf der Rückbank aus. Über ihrem Kopf sah sie die überhängenden Zweige der Lindenbäume vorüberschießen. Sie hob den Arm und kraulte Maurice im Nacken.

»Hältst du mal an?« fragte sie mit einer Kleinmädchenstimme.

Maurice hielt auf der Drie Egyptenbaan am Straßenrand an, kurz hinter dem Café Windekind. Er stieg aus und öffnete den hinteren Wagenschlag.

»Ich will dich ganz nah bei mir haben.«

Maurice schlug die Tür hinter sich zu und schob sich an ihre Seite. Zwischen den Drähten der Heckscheibenheizung hingen die Sterne wie Noten auf einer Notenlinie. Sie hörten dem feierlichen Rauschen der Pappeln zu.

»Kannst du dich noch an April erinnern?« fragte Maurice plötzlich.

»April?«

»Unsere Schildkröte.«

»Warum?«

»Die kroch immer schnurgerade durch den Hof zum tropfenden Wasserhahn.«

»Ja, ich erinnere mich.«

»Einmal lag ihr Kegaska im Weg.«

»April machte nicht mal einen Umweg.«

»Kegaska stand auf, ließ April vorbei und legte sich wieder auf denselben Platz.«

Julia glitt mit den Fingern durch Maurices graues Haar, über die violetten Äderchen um seine Augen, die gebogene Nase, die nichtsahnenden Lippen. Sie spürte seinen Atem hinter ihren Nägeln.

4

Dans ton cœur dort un clair de lune,
Un doux clair de lune d'été.
Et pour fuir la vie importune
Je me noierai dans ta clarté.

Julia fuhr durchs Pajottenland. Sie sang mit Tränen in den
Augen. Ein Lied aus ihrer Mädchenvergangenheit. Zusammen mit Héloïse hatte sie es einmal den Nonnen vorge-
sungen. Was nicht auf empfänglichen Boden gefallen war.
Leider. Es hatte einen profanen Text! Für Julia völlig unbe-
greiflich: Es war doch eine Liebeserklärung an ihn! Die
Nonnen waren nicht zu erweichen. Das Lied durfte nicht
mehr gesungen werden.

Oben am Weg hielt sie an. Der Hof und Omers Haus
leuchteten im Mondenschein. Die Baumkronen des Kongowaldes glänzten silbrig. Maurice lag auf der Rückbank und
schlief. Vielleicht wandelte er noch immer auf Aprils ge-
mächlichen Pfaden.

Langsam fuhr Julia den Weg hinunter. Die Landschaft
wogte und wiegte sich. Gern würde sie sie mit den Fingerspitzen streicheln, nein, sie wollte sie mit dem ganzen Körper bedecken und küssen.

Beim Kruzifix lenkte sie den Wagen auf einen Sandweg,
der nirgendwohin führte. Ein Kaninchen schnellte aus einem
Rhododendronbusch, rannte panisch vor dem Auto her und
schoß in den Straßengraben. Am Ende des Weges stand
Omers Schäferhund und bellte vorwurfsvoll. Morgen wird
man sein treues Herrchen mit Erde bedecken und Julia es
vorziehen, zu Hause zu bleiben. Sie stockte bei »tu prendras
ma tête malade«. Doch das hielt sie für ein schlechtes Omen

und sang zur Sicherheit noch schnell: »Oh! Quelquefois sur tes genoux.« Sie fuhr bis unter das geschmückte Tor. Die Girlanden und die leck gewordenen Ballons würden hängenbleiben, bis Regen und Wind sie aufgezehrt haben. Veerles Renault stand einsam unter dem Vordach.

Wenig später sah Julia vorsichtig durch die Tür des Wohnzimmers. Auf dem Teppich neben dem Sofa lag Veerle und schlief, flach auf dem Rücken, den Schlafsack bis zum Kinn hochgezogen. An ihrem Fußende stand eine pinkfarbene Reisetasche. Veerle war nach dem Willkommensfest noch geblieben, um ihre Mutter zu bewachen. Julia beugte sich zu ihr hinunter und gab ihr einen Kuß auf die Stirn.

Als Julia zu Maurices graubehaartem Brustkasten aufsah, schweiften ihre Gedanken ab. Ein quadratisches gelbes Feld tauchte auf, so gelb wie der Sand von Ipanema, aus dem Gelb sprang ein junger Hirsch hervor, blieb vor ihr stehen und schaute sie verlegen an. Julia schüttelte den Kopf, versuchte, in Maurices Augen zu schauen, sah aber nur, wie sich der Hirschkopf in eine dunkle Maske verwandelte, in eine Totenmaske, in den Kopf der Medusa, in die Galionsfigur eines Schiffes, das über die Meere irrte.

5 Julia und Maurice waren in tiefen Schlaf gesunken. Ihre Körper lagen unter den Daunen eng beieinander. Der junge Ludwig krähte, guckte keck zum Schlafzimmerfenster hinauf, krähte nochmals. Dann machte er kehrt, betrat unter dem Stacheldraht hindurch die Wiese und stapfte zwischen schlafenden Kühen und Kirschbäumen hindurch in Richtung von Omers englischen Hühnern.

Maurice erwachte, das Geuze-Bier dröhnte in seinem Kopf. Er schaute auf den Wecker, fluchte laut, löste sich von Julia, grapschte gleichzeitig nach den Zeitschriften unter dem Bett und ging ins Badezimmer. Jeden Morgen zwang er sich, um Viertel vor sieben aufzustehen.

Warum stehen alte Menschen nur so früh auf? dachte Julia. Als ob der neue Tag sie von der Nacht erlösen würde, in der sie nicht leben. Wenn Omer die Fensterläden aufklappte, weckte er sogar die Hähne (erst seinen eigenen Hahn, dann den von Julia) und gleichzeitig seinen Hund und danach die Hunde der ganzen Gegend. Die Kettenreaktion von Gekräh und Gebelle hatte sie jahrelang gefoltert. Ihre Wunden bekamen keine Gelegenheit zu heilen.

Es war der reinste Wahnsinn: Endlich hatten die Alten nach einem Leben des frühen Aufstehens Zeit auszuschlafen, und mit einem Mal besaß das Ausschlafen nicht mehr den früheren Reiz. Jetzt mußte man die Tage ausnutzen, jeder Tag konnte der letzte sein. Eigentlich hatten nur Verliebte einen Grund, früh aufzustehen. Zu leben.

Ludwig stand wieder unter dem Fenster und krähte. Julia hörte Maurice umherschlurfen. Mit geschlossenen Augen folgte sie seinen Bewegungen. Vor dem Badezimmerspiegel zog er den Pyjama aus und schaltete zugleich das Radio an, das auf der Heizung stand. In dem beruhigenden Wahn, von niemandem beobachtet zu werden, betrachtete er sich im Spiegel. Ausgiebig und schamlos. Nachdem er sich geduscht, rasiert, Körper und Gesicht mit Anti-Falten-Lotion eingecremt und sich angezogen hat, wird er hereinkommen und fragen, ob er auch gut aussähe, ob keine Schuppen auf der Schulter wären und die Koteletten nicht zu lang. Nein, Schatz, du siehst phantastisch aus, und Hose und Jackett hast du auch heute morgen wie immer äußerst geschmackvoll ausgewählt. Julia gab ihm alle Unterstützung, die er brauchte, sie würde ihm auch die Nägel schneiden und den Scheitel ziehen.

Maurice schob die Vorhänge zurück. Julia drehte dem ersten Tageslicht, das ins Schlafzimmer fiel, den Rücken zu, aber die silberne Kugel am Kopfende des Betts reflektierte die Sonne, und sie schien ihr genau ins Gesicht.

In der Sonnenkugel formte sich ein Phantom. Ballrund und verzerrt. Maurice in einem schwarzen Anzug. Ein Paar glänzende Schuhe in den Händen. Julia schloß die Augen, sie würde im Bett bleiben, bis die Glocken läuteten, nein, bis die Glocken aufgehört hätten zu läuten und Omer mit Heimaterde bedeckt sein würde.

Julia konnte hören, wie Maurices Schritte unten auf dem Fliesen- und dem Parkettboden zögerten, stockten, zweifelten. Schon vor Jahren war jeglicher Sinn, ohne Beifall und Blumengebinde, aus seinem Leben geschieden und in Pension gegangen. Sinn ist etwas Schönes, wenn man unsterblich ist, dachte Julia. Für Menschen, die älter werden und sterben, gibt es keinen Sinn. Denn am Ende führt alles ins Nichts.

II Julias Herrlichkeit

Wo würde ihre Geschichte beginnen,
zwänge man sie zum Reden?

1 *M*itte der sechziger Jahre. Maurice Callebaut, Architekt von Luftschlössern, hielt es am Totenbett Brüssels nicht länger aus. Das Gespenst der Häßlichkeit schlich nachts durch die Straßen der Stadt und drang in die schönsten Gebäude ein. Am nächsten Tag türmte sich dort ein Schutthaufen, am übernächsten war alles hübsch plattgewalzt, am dritten Tag gähnte ein Loch, und in kürzester Zeit erwuchs daraus ein Mastodon aus Beton. Keinen der Passanten schien es zu kümmern. Das Herz dieser Stadt hatte sich schon längst auf und davon gemacht. Maurice hatte Angst, die Abrißbirnen würden auch sein junges Familienglück zertrümmern. »Wir müssen hier so schnell wie möglich weg«, seufzte er, als schwebte die Eisenkugel schon vor den Fenstern. Als würde die Zenne bald die Stadt überfluten oder die Deutschen sich ein zweites Mal vor den Toren der Stadt die Schuhe abtreten, um einzumarschieren. An dem Tag, an dem das Haus des Volkes des Jugendstil-Architekten Victor Horta abgerissen wurde, konnte Maurice die Tränen nicht zurückhalten. Seine junge Frau Julia war ebenso fasziniert von der Kraft der Eisenkugel wie von Maurices Kummer. Er sackte in sich zusammen, als hätte die Kugel seinen Magen getroffen.

Julia fand seine Empfindsamkeit *süß*, aber sie war noch ein Mädchen, geborgen in einer Spielzeugwelt voll blauer Blumen mit gelben Herzen. In ihrer Kindheit hatte sie gelernt, systematisch an der Welt herumzubasteln. Mit Watte, Haarklammern, Eichelhütchen, Glitzerzeug, zusammengeknülltem Kreppapier und Pappmaché. Julias Schöpfungen schickte Oma Vlezenbeek zu den Eltern nach Afrika. Sie bewiesen Stück für Stück, daß sie Fortschritte machte in der Verdrängung, Verstellung, Verleugnung. Eines Tages war sie darin so gut geworden, daß die Watte, die Eichelhütchen, das Glitzerzeug, das zusammengeknüllte Kreppapier und das Pappmaché nur noch auf sich selbst verwiesen.

Julia änderte das Wort Haß in Hallo, Hurra, He und Ha und Hahaha. Ihr ausgelassenes Lachen war lediglich die Variation dieses Urmotivs.

Vielleicht würde sie eines Tages entdecken, daß dieser Haß Humor hieß, daß dieser Haß ihr zugleich Lebensfreude verschaffte, daß dieser Haß sie wärmte an Abenden, an denen sie fror, daß dieser Haß der Brennstoff ihres Lebens war, ein Hilfsmittel, mit den anderen Kontakt aufzunehmen, ein Erkennungszeichen wie eine Nelke im Knopfloch oder eine Zeitung unter dem Arm.

Haß und Hiat lagen nah beieinander. Das i hatte sich dazugesellt. Das i von Indertat oder Ingottesnamen, das i von identisch oder vom Ia-Ia des demütigen Esels.

2 *M*aurice wollte sich mit Frau und Sohn im Pajottenland niederlassen. Es war das Land seiner Kindheit, so wie es auch ein bißchen das Land von Julias Kindheit war. Für Julia ein Grund mehr, nie wieder ins Pajottenland zurückzukehren. Die Jahre, die sie nach der Rückkehr aus Léopoldville bei ihrer Oma in Vlezenbeek verbringen mußte, hätte sie am

liebsten vergessen. Auf der Suche nach einem Haus fuhren sie im Schritt-Tempo durch Dilbeek, Itterbeek, Schepdaal, Vlezenbeek, Sint-Martens-Lennik, Gaasbeek, Sint-Kwintens-Lennik, Gooik und Oetingen. Julia sah die düsteren Häuser aus ihrer Vergangenheit wieder, mit dem Affenkummer-Baum vor und den Frauenzungen-Pflanzen hinter den gelblichen Fenstern.

Als sie vor dem langgestreckten Hof in Vollezele stand, konnte Julia ihre Enttäuschung nur schwer verbergen. Auf dem Foto, das an der Pinnwand im Tante-Emma-Laden vom Krummen Patrick in Lennik gehangen hatte, schien der weiße Hof mitten im offenen Feld zu liegen, jetzt aber stellte sich heraus, daß unmittelbar hinter ihm ein Weg endete. Vorn verschandelten ein unförmiger Schweinestall mit Wellblechdach und ein Klohäuschen die Aussicht. Zwischen dem Haus und dem Stacheldraht um die Wiesen, die Omer und seiner Schwester Ida gehörten, lag ein schmaler Streifen Grund, zugeschüttet mit grauem Kiesel, durch den kein Grashalm drang. Der linke Teil des Hofes wurde von einer alten Frau bewohnt, über deren Weg sie fortan gehen mußten, um zur eigenen Haustür zu gelangen. Der Abstellplatz für das Auto lag unmittelbar vor der Haustürschwelle der alten Frau. Mireille saß mit ihrem Lockenwicklerkopf vor dem geöffneten Fenster hinter den Geranien. »In diesem Haus wurde ich geboren«, sagte sie munter.

Julia ekelte es vor der Pergamenthaut, den leichenblassen Händen mit den vergilbten Nägeln und dem Blumenmuster auf der Schürze. Der Geruch, das war das Widerlichste an ihr: der Geruch von gekochtem Gemüse. Auf ihrem Schoß lag eine Handarbeit. Sie murmelte, daß sie Pullover stricke für die Kinder in der Dritten Welt. Aber nur rot-weiß karierte. Dann würde sie in den Fernsehnachrichten sofort erkennen können, ob irgendwo eines *ihrer* Kinder herumspränge.

Am nächsten Tag kehrten Maurice und Julia in Begleitung von Onkel Tom und dessen Freund Frederik zurück.

»Wenn ich du wäre, würde ich keinen Moment zögern«, sprach Onkel Tom im gleichen väterlichen Ton, mit dem er ihr damals Maurice vorgestellt hatte. »Was für eine herrliche Aussicht!«

»Dort hinten liegt der Kongowald«, sagte Maurice.

»Aus dem Häuschen machen wir ein englisches Cottage!« rief Frederik.

»Siehst du die Kinder schon über die Wiesen hüpfen?« flüsterte ihr Maurice ins Ohr. »Und im Sommer pflücken sie alle Kirschbäume leer.«

Vladimir zog an ihren Armen, seine Füßchen stampften auf den Kieseln. In ihrem Bauch fühlte Julia das Strampeln ihres zweiten Kindes.

»Aber dieser Schweinestall hier muß weg.«

»Nein«, sagte Mireille, »Omer will alles so lassen, wie es ist.«

»Aber wofür soll der noch gut sein?« fragte Julia.

»Frag einen Bauern nie, wofür etwas gut sein soll. Alles ist so, weil es schon immer so war, und weil es schon immer so war, muß es auch so bleiben«, sagte Onkel Tom.

»Er will das Haus nicht verkaufen, er will nichts ändern. Was für ein schwieriger Mann!« seufzte Maurice.

»Omer weiß genau, was er will«, sagte Mireille.

Julia schaute zu Omers Bauernhof hinüber, zu den winzigen Weiden, dem Nebel über den Tannenbäumen des Kongowaldes und den hügeligen Wiesen.

Einst war sie hier spazierengegangen. Mit einem leeren Kinderwagen. Der Übung halber. Auf einer Wiese hatte sie ein Baby auf einem weißen Pferd sitzen sehen. Es winkte ihr zu und lachte. Da sah Julia, daß es ihr Kind war. Es war durch eine Nabelschnur mit ihr verbunden und ritt auf dem Pferd im Kreis um sie herum. Julia drehte sich mit ihm mit, lachte ihm zu, aber sie konnte nicht mithalten, ihr wurde schwindlig, das Baby umkreiste sie immer schneller und schneller. Die Nabelschnur schnürte sie vollkommen ein, das Baby fing an zu kreischen, änderte seine Farbe, das Rosarot verwandelte sich in knalliges Gelb, Grün, das Pferd bäumte sich auf, die Nabelschnur wickelte sich enger um ihren Hals, Julia bekam keine Luft mehr.

»Ich will hier bleiben«, schrie Vladimir.

»Das soll deine Mutter entscheiden«, sagte Maurice erwartungsvoll.

Julia dachte nach. Sie sagte ja, aber sie meinte nein. Das war in der Vergangenheit schon öfter vorgekommen, aber diesmal schien ihre Wahl zum ersten Mal eine bewußte zu sein. Vielleicht sollte sie ihr Leben von nun an in zwei Spalten teilen.

Was sie sagte	Was sie meinte

So hatte sie es doch hübsch übersichtlich.

Links die Wirklichkeit, rechts die Phantasie. Links die activa, rechts die passiva. Oder war es umgekehrt? Und was mußte sie tun, wenn die passiva größer wurden als die activa und die Verpflichtungen ihr Vermögen überstiegen? Daran wagte sie nicht zu denken. Es war die reinste Buchhaltung.

3 Solange Onkel Tom und Frederik mit ihren goldenen Zauberstäben die Welt verschönern konnten, waren sie glücklich. Mit einem Lieferwagen voller Möbel und Stoffe aus ihrem Antiquitätenladen kamen sie angefahren. Julia und Maurice schauten gelassen zu, wie sich die Freunde singend und pfeifend an die Arbeit machten. Das Häuschen wurde angekleidet und geschminkt wie eine junge Frau, die zum ersten Mal in ihrem Leben auf einen Ball ging. Sie würde die schönste aller Frauen sein. Die Männer sollten sich leidenschaftlich nach ihr verzehren, die Frauen hinwelken vor Neid.

Aber dieses Haus war nur eine stinknormale Bauerntochter, dachte Julia. Man konnte sie herausputzen wie man wollte, sie würde immer aussehen wie ein Brabanter Kaltblut.

»Du solltest das Haus von *Elle Décoration* fotografieren lassen«, schmunzelte Onkel Tom mit einer Stecknadel zwischen den Lippen, während er die letzte Draperie anbrachte.

Julia war sprachlos. Aus ihrem Haus war ein Puppenhaus geworden. Wie sollte sie hierin wohnen können? Samtvorhänge mit Kordeln und Quasten verzierten die Aussicht auf den Schweinestall. Die schweren Goldrahmen der Landschaftsbilder und Jagdszenerien aus dem vorigen Jahrhundert jagten ihr einen Schrecken ein. Die Spiegel an den Wänden warfen Julia und ihr Leben vielfältig auf sich selbst zurück.

Triumphierend stellte Onkel Tom eine weiße Marmoruhr auf den Kaminsims. »Das ist ein Geschenk«, sagte er.

»Eine Familie ohne Uhr ist keine Familie«, behauptete Frederik.

»Sie ist von Anfang des neunzehnten Jahrhunderts.«

Die Uhr hatte die Form eines Tempels. Im Tympanon glänzte der Bronzekopf einer Medusa. Unten auf dem Pendel war ein Nest eingraviert, ein Vogeljunges saß darin, den Schnabel weit aufgesperrt. Der Muttervogel kam mit Futter angeflogen.

»Das Haus steht viel zu voll«, sagte Julia besorgt zu Maurice, als Onkel Tom und Frederik abgefahren waren.

»Wir können uns kaum bewegen.«

»Daran sieht man, daß die beiden keine Kinder haben.«

Noch am gleichen Abend schaffte Maurice auf Bitten seiner Frau ein paar Teppiche und Gemälde, ein Buffet und einen Bridgetisch in den Keller. Julia stand mit der Uhr in den Händen oben am Treppenabsatz.

»Die bleibt stehen«, rief Maurice entschieden.

»Ich kann das Ticken nicht ertragen. Ich komme mir vor wie eine alte Frau.«

»In ein paar Jahren zeigen wir auf die Uhr und sagen zu den Kindern: Es ist acht Uhr, ab ins Bett!« Maurice fing an zu lachen und legte den Kopf gegen Julias Bauch. Er freute sich auf die Rolle des Vaters einer Großfamilie.

4 | Das Leben auf dem Lande: Julia hörte zu ihrem Mißvergnügen sämtliche kläffenden Hunde, Traktoren, Autos, schreiende Kinder und Mülltonnendeckel der weitesten Umgebung. Sie versuchte, Ludwig, dem Sonnenbiest mit dem feuerroten Kamm, zu vergeben, der ungefragt und viel zu früh den neuen Tag ankündigte. Im Kongo hatte sie ge-

lernt, daß der Hahn die Dämonen der Nacht verjagt und die Regenbogenbrücke bewacht. Er war nicht nur beherzt, sondern auch herzensgut, denn er rief die Hennen, die ach so besorgten Mütterchen, zum Korn.

Hahnenhoden zu essen, habe nach Meinung der Nachbarin Mireille unausweichlich zur Folge, daß ein Junge geboren würde. Hühnerblut hingegen, zähme übermäßigen Geschlechtstrieb. Maurices Mutter behauptete, die Henne lenke und leite die Seele. Wo holten diese einsamen Frauen nur soviel Weisheit her? Würde Julia später auch so ein graugelocktes, wandelndes Orakel werden? Doch für Julia waren ihre Hühner nichts als ein kopfloser Haufen. Ständig rannten sie in grundloser Panik umher.

Ludwig verjagte die Dämonen der Nacht, aber die Dämonen waren nicht dumm. Sie ließen sich schlauerweise von den Dämonen des Tages ablösen. Medusa zum Beispiel: Pausenlos schlenkerte sie das goldene Amulett mit dem Muttervogel und dem Vogeljungen in Julias Blickfeld hin und her. Na, komm schon, hol's dir doch, gurrte sie hinterhältig. Ihre Handlangerin war Mireille. Julia hörte durch die Mauer die Stricknadeln klappern. Wenn sie hinausging, um Vladimir zurechtzuweisen oder Wasser aus dem Brunnen zu holen, sah sie Mireilles Augen zwischen den Geranien hervorstechen.

Julia preßte den dicken Bauch gegen die bemoosten Steine des Brunnens und beugte sich über den Rand. Wie ein Kaleidoskop öffnete sich der dunkle Tunnel vor ihren Augen. Sie stützte sich mit den Händen am Rand ab, beugte sich noch weiter vor, versuchte, die Spiegelfläche zu durchbrechen und hinabzusinken in die Vergangenheit. Doch weiter als bis zu einem Bullauge, Bonbons und Bogensäulen kam sie nicht. Durch das Bullauge konnte sie die aufgewühlte See sehen.

Julia dachte an die Geschichte von Onkel Tom. Er fand Gott zu simpel, die Wissenschaften zu kompliziert und die Bibel zu modernistisch. Seiner Meinung nach habe alles mit unserem Urvater Amphioxus lanceolatus begonnen. Vor Jahrmillionen habe dieser Lanzettfisch in unseren Weltmeeren gelebt. Noch immer röche das Genitalsekret aller höheren weiblichen Säugetiere unverkennbar nach dem Amphioxus. »Heringslake«, kicherte Frederik, »genau wie Heringslake.« Aber warum hielten nur die Frauen die Erinnerung an ihren Stammvater lebendig? Für Tom war das eine dumme Frage. Ihr Geruch reize die infantilen Reminiszenzen des heterosexuellen Mannes. Die sexuelle Anziehungskraft der Frau bestünde aus nichts anderem als der Sehnsucht des Mannes nach dem Stammvater. (Tom und Frederik waren offensichtlich nicht nostalgisch veranlagt.) Er fuhr fort: Eines Tages trockneten die Weltmeere aus. Amphioxus verlor fast alle seine Brüder, Schwestern, Neffen und Nichten. (Auf einen Schlag war er sie los.) Aber er konnte sich selbst am Leben halten und fortpflanzen. (Dazu brauchte er allerdings eine Sie, doch darüber ließ sich Tom nicht weiter aus.) Seinen Enkeln wuchsen Lungen, um in der Luft atmen zu können, und Beine, um gehen, und Arme, um sich umarmen zu können. (Man muß nur lange genug zappeln, dann entwickelt sich der Körper, den man braucht.) Sie gaben sich und einander andere Namen, sie schrieben die Geschichtsbücher neu und vergaßen den Amphioxus. Hin und wieder ergriff sie eine unbestimmte Sehnsucht nach dem Leben im Wasser, aber damit hielten sie sich nie allzu lange auf. Eines Tages überspülte eine gigantische Flutwelle die Welt. Einige von Amphioxus' Nachkommen erhoben sich erschrocken in die Luft, andere ließen sich vom Wasser verschlingen, eine dritte Kategorie erreichte den Berg Ararat. (Auf diese Weise hatte die Bibel doch noch eine Funktion.) Fliegen, schwimmen oder gehen, wir alle haben uns an diesem Tag entschieden.

Die Leitungen wurden verlegt. Aus den Wasserhähnen im Haus floß Wasser. Aus Sorge um seinen unternehmungslustigen Sohn nagelte Maurice den Deckel des Brunnens zu und verstellte ihn mit schweren Oleandertöpfen. Er ließ den Schweinestall von Weinranken und Geißblatt überwuchern. Pfeifend harkte er den Kies zusammen, säte Gras und legte eine Terrasse an. Mireilles Häuschen verbannte er aus dem Blick mit Hilfe eines Schilfzauns. So konnte er Julia ungestört in der Sonne lieben. Julia tat nichts lieber. Sie versuchte, in seinen Armen sich und die Welt zu vergessen.

5 Du bist aus meinem Loch herausgekommen. Du bist aus meinem Ohr herausgekommen. Du bist aus meiner Nase herausgekommen. Du bist aus meinem Schlund herausgekommen. Du bist aus all meinen Poren herausgekommen, als Teigwürstchen aus der Knoblauchpresse, als Würmchen, giftige kleine Schlangen. Wir haben auf gut Glück eine Kugel aus dir geknetet, so sahst du aus wie etwas Ganzes. Aber zuerst hast du in meinem Bauch gehaust. Du hast dich hineingezwängt wie eine zwieträchtige Spaltpflanze, du hast meinen Rumpf gefüllt, hast mich mit deinem harten Kopf und deinen viel zu breiten Schultern anschwellen lassen. Wir haben dich lieb, mein Gott, wie sehr wir dich lieb haben. Wir

nennen dich Veerle. Das ergibt eine schöne Alliteration mit dem Namen deines Bruders, den wir auch so unendlich lieb haben. Jetzt seid ihr ein Pärchen. Wir kaufen Kleider für euch, die zueinander passen, und jeder Mensch wird euch zulächeln, und wir werden glücklich sein, weil ihr beide zusammen uns dieses Glück bringt. Die kleinen Callebauts sind von nun an V. und V., und die V's bringen es weit in der Schule und im Leben. Wenn wir eines Tages nicht mehr sein werden, weil wir zu alt sind oder weil unser Auto von der Straße abgekommen ist oder weil die gräßlichsten Krankheiten uns aufgefressen haben, dann habt ihr immer noch einander, um euch über die Zukunft zu unterhalten, euch gemeinsam an etwas zu erinnern und euren Kindern gegenseitig Patentante und Patenonkel zu sein.

Julia hielt mit letzten Kräften ihr Baby hoch. Unbehaglich betrachtete sie den zappelnden Körper mit der Pflaume, kaum eingekerbt, mit den zusammengepreßten Lippen. »Wie lieb ich sie habe«, wiederholte Maurice immer wieder. Julia wußte nicht, ob ihr Staunen dasselbe war wie Liebe. Nur zu gut wußte sie, daß das Lachen und das Gebrabbel keine andere Bedeutung hatten als die, die sie ihnen gab.

»Früher hatte ich Träume«, murmelte Maurice. »Aber jetzt hab ich euch.« Nur widerwillig zog er die Tür hinter sich zu und ging zur Arbeit. Er verkaufte Büromöbel im Stadtzentrum von Brüssel.

Julia blieb mit den Kindern allein zurück. Mit ängstlichem Respekt fütterte sie Veerles Mündchen, wechselte ihre Windeln, steckte sie ins Bett und holte sie wieder heraus, wenn sie weinte. Veerle erfüllte sie nicht mit jenem zauberhaften Gefühl, mit dem Vladimir sie erfüllt hatte. Mit seinen klei-

nen Händen hatte er endlos ihre Brüste und ihren Bauch ge-
streichelt. Alle Liebe hatte sich von ihr gelöst und war ihm
zugeströmt. Sie hatte es kaum erwarten können, daß aus
dem Püppchen ein Junge zum Vorschein kommen würde
und aus dem Jungen ihr Sohn.

Und dieser Sohn rannte nun wie ein Wirbelwind durchs
Haus, riß Stühle um, kletterte in Schränke, warf sein Eß-
besteck haarscharf an seiner kleinen Schwester vorbei. Er
trainierte die Muskeln, um eines Tages groß und stark genug
zu sein, das Haus einzureißen, die Familie auszulöschen.
Zum Trost drückte Maurice ihn an sich.

Veerle hörte nicht auf zu weinen, und so konnten die anderen nachts nicht schlafen. Allmählich überstieg es Julias
Kräfte. Sie ärgerte sich über die Prallheit ihrer Brüste. Veerles gieriger Mund tat ihr weh. Julia konnte es nicht, sie
konnte es einfach nicht, vielleicht wollte sie es auch gar
nicht.

Maurice fügte in Schnörkelschrift Veerles Namen in den
Familienstammbaum ein. Er ähnelte einem endlosen Ab-
wassersystem, das den Dreck der Vergangenheit in immer
komplizierter werdende Verzweigungen weiterleitete. Die
Symbiose Maurice-Julia verzweigte sich in ein V. und noch
ein V. Bei Onkel Tom war der Dreck der ganzen Familie
zum Stillstand gekommen. Homosexuelle, Alchemisten der
Menschheit, waren begnadet, denn sie besaßen das beneidenswerte Talent, aus Dreck Gold zu machen.

Manchmal aber war alles ganz anders. Veerle und Vladimir
krabbelten lachend vor ihren Füßen. Wie süß und herzig sie
waren! Julianische Gedanken entschlüpften ihr, schwebten

über ihrem Kopf wie beschwipste Engel und nahmen tausenderlei Farben an. V. und V. waren ihre kleinen Wurzeln! Sie nährten ihre Mutter. Julia räkelte sich voller Freude und streckte ihre Arme und Finger nach dem Sonnenlicht aus. Nicht mehr lange, und sie würde in voller Blüte stehen.

6 *M*aurice fand eine Stelle als Handelsvertreter einer Firma für Luftfilteranlagen. Von nun an parkte vor Mireilles Türschwelle ein glänzender weißer Opel, auf dem mit blauen Buchstaben »AIRCO Luft der Weltklasse« stand. Julia wagte die vorsichtige Bemerkung, daß sie in seinen Berufen keine Entwicklung erkennen könne.

»Entwicklung?« fragte Maurice erstaunt. »Wovon sprichst du?«

»Wolltest du nicht ein eigenes Geschäft gründen?«

»Du willst mehr Geld? Wir haben doch alles, was wir brauchen.«

»Du hast recht«, murmelte Julia. Sie redete sich ein, daß sie sich zu Unrecht Sorgen machte.

Für Maurice zählte einzig und allein, sich mehrmals pro Woche mit seinen Freunden im Spielschuppen des Den Haas zu verschanzen und am Wochenende mit den Königlichen Pajottenlandturnern zu turnen. Aber seine Welt drehte sich um seine Frau und die Kinder. Abends sah Julia, wie glücklich und vollkommen sorgenfrei er war. Die Krawatte gelockert, die Schuhe ausgezogen: mit Vladimir, Veerle und Kegaska, dem jungen Labrador, auf dem Teppich im Wohnzimmer spielen, die Kinder ins Bett bringen, im Kamin ein Feuer machen, Musik auflegen, eine Flasche Wein aus dem Keller holen, bei Kerzenschein essen, das alles bildete für ihn einen ununterbrochenen Strom des Glücks.

Julia winkte ihm morgens zum Abschied nach, sah seinen Wagen auf dem Weg entschwinden, brachte Vladimir in die Schule, spazierte mit Veerle an den Häusern vorbei, heraus aus der Vergangenheit hinein ins Dorf. Sie versuchte an den liebevollen Blicken, den die Frauen mit den Perücken, den falschen Zähnen und den Pergamentgesichtern ihrem kleinen Mädchen zuwarfen, Gefallen zu finden.

Mireille pochte täglich an das kleine Fenster der Küchentür. Sie wollte Julia bei der Hausarbeit behilflich sein. Julia bot ihr einen Stuhl an und setzte ihr Veerle auf den Schoß. Unbehaglich starrte Mireille in das runde Babygesicht. Julia zündete sich eine Zigarette an und lehnte sich gegen die Küchenanrichte.

»Wolltest du nie Kinder haben?« fragte Julia.

»Es gab keinen Mann für mich.«

»Wie kommt das?«

Mireille hob die Brille hoch und rieb sich die Augenwinkel. »Omer«, sagte sie mit einem Seufzer.

Julia sah Tränen in ihren Augen. Sie wagte nicht, weiter zu fragen.

»Er hatte sich in eine andere verliebt. Ein Mädchen aus Dilbeek. Ende Sommer 1933 hat sie ihn verlassen.«

»Warum?«

»Sie fühlte sich berufen. Sie lebt noch immer im Kloster von Galmaarden.«

»Und du?«

»Hab darauf gehofft, daß er mich fragen würde. Aber Ida hat alles getan, damit wir uns nicht kriegen. Sie wollte Omer für sich allein haben. Er hat auch nie wieder ein anderes Mädchen gehabt.«

Manchmal kam unerwartet Ida herein. Dann saßen die beiden alten Frauen friedlich Seite an Seite und hielten abwechselnd Veerle auf dem Schoß. Die Vergangenheit war vergessen und vergeben. Keine der beiden brauchte noch eifersüchtig auf die andere zu sein. Julia sah, wie ihre Tochter die ganze Aufmerksamkeit genoß. Veerle lachte und fuchtelte mit den Ärmchen.

7 Julia hob das Nachthemd bis zu den Brüsten. Maurice betrachtete sie verliebt. Veerle und Vladimir legten ihr vorsichtig die Hände auf den Bauch. Julia blätterte im Buch: *Wo kommen die kleinen Babys her?*

»Ganz viele Dinge auf der Welt, so wie ihr, Veerle und Vladimir, fangen als kleines Ei an.«

Veerle starrte auf die violette Blume im Buch. Maurice zeigte auf den Fruchtknoten, in dem die Pflanzeneier lagen.

»Aber damit ein Samenkorn entstehen kann, braucht man Blütenstaub. Die Bienen tragen den Blütenstaub von einer Blume zur anderen. Und aus jedem Blütenstaubkorn wächst ein langes Rohr. Das dringt in das Pflanzenei ein. Und das nennt man dann Befruchtung. Pflanzenei und Blütenstaub werden zu einem Samenkorn.«

»Zeig mal, wie die Hunde es machen«, drängte Vladimir.

»Ist Veerle dafür nicht zu klein?« fragte Julia Maurice.

»Sie hat doch Kegaska und Omers Hund zusammen gesehen.«

Julia blätterte ein paar Seiten weiter, vorbei an den Blumen, den Hühnern. »Bei Hunden und bei Katzen, Pferden und vielen anderen Tieren kommt der Samen des Vaters aus dem Teil des Körpers, den wir Hoden nennen.«

»Ich möchte die Blumen wiederhaben«, schrie Veerle.

Vladimir kicherte.

»Tu das Buch weg«, sagte Maurice. »Wir müssen es selbst erklären.«

»In Mamas Bauch hier ist ein Baby.«

Vladimir schaute Maurice ungläubig an. Veerles Gesicht war ernst. Plötzlich brachen die Kinder in lautes Gejohle aus. Sie preßten die Ohren an ihren Bauch. Julia fühlte sich allmächtig: Sie konnte die Kinder glücklich machen.

Julia war fast in der dreizehnten Woche schwanger, als plötzlich die Wehen einsetzten. Beunruhigt rief sie ihren Hausarzt an. Sie sollte abwarten und nur bei größerem Blutverlust oder unerträglichen Schmerzen zurückrufen.

»Was soll ich machen, wenn das Kind herauskommt?« fragte Julia ängstlich.

»Einfach durchs Klo spülen«, gab der Mediziner zur Antwort.

Am Abend bekam sie wieder Wehen. Julia rannte zur Toilette. Maurice hinterher. Julia schrie, krümmte sich. Maurice wollte zuerst nicht hinsehen. Julia drehte sich zu der blutigen Masse um. Sie konnte ein Köpfchen und einen Rücken erkennen. Maurice sagte später, er hätte auch eine winzige Hand gesehen.

»Wir müssen es runterspülen«, sagte Julia und berührte den Spülknopf.

Maurice hielt sie zurück. »Wir begraben es unter den Kirschbäumen«, sagte er entschieden. »Jetzt gleich.«

Am nächsten Tag wollte Veerle weiter aus dem Buch vorgelesen bekommen.

»Ich habe mich geirrt«, sagte Julia. »Es ist überhaupt kein Baby in meinem Bauch.«

»Du hast gelogen!« rief Veerle empört.

»Ich werde dir was anderes vorlesen. Die Geschichte von Einäuglein, Zweiäuglein und Dreiäuglein.«

»Ich will deine Geschichten nicht mehr hören«, sagte Veerle.

Vladimir rannte wütend aus dem Schlafzimmer. Maurices tröstender Blick vergrößerte den Abstand nur.

8 *D*ie Vorstellung, eine Familie, die im Pajottenland wohnte, müsse verreisen, um zur Ruhe zu kommen, stieß bei Maurice auf wenig Verständnis. Wo hatte ein Mensch mehr Ruhe als hier?

»Vielleicht einfach nur, um Abstand zu gewinnen«, sagte Julia.

»Dann mach doch einen langen Spaziergang«, schlug Maurice vor.

Julia breitete eine Landkarte auf dem Tisch aus und zeigte, wo das Häuschen lag, das sie am Nachmittag im Reisebüro ausgesucht hatte.

Eine ganze Nacht und einen halben Tag lang waren sie unterwegs gewesen. Die Kurven wurden steil und scharf, die Familie stieg auf, drohte ab und zu in einem Abgrund zu verschwinden. Vladimir zeigte aufgeregt auf die Bergspitzen. »Der ewige Schnee!«

»Schau mal, wie tief es da runter geht!« rief Veerle.

Das Staunen der Kinder war sorglos. Ihre Welt schien sich mit jedem Augenblick zu vergrößern. Bei Julia war das anders. Sie fühlte sich klein und begrenzt.

»Wir stürzen in die Schlucht!« Vladimir konnte Veerle keine Angst einjagen. Der Schweiß stand Maurice auf der Stirn. Julia versuchte, ihn wachzuhalten, redete ununterbrochen auf ihn ein, fütterte ihn mit Schokolade.

Die Familie ließ sich in einem Holzhaus am Bergsee nieder. Die Kinder rannten herum und stritten sich, wer im Etagenbett oben schlafen dürfe. Julia öffnete die Küchenschränke und nahm sich die Inventarliste vor. Maurice versuchte herauszufinden, wie die Heizung funktionierte.

Am Abend saßen sie zu viert im Restaurant vor dem Fenster. Die riesigen Berge schüchterten sie ein. Das blubbernde Käsefondue in der Mitte des Tisches versetzte sie alle in einen Glücksrausch. Die Kinder benahmen sich musterhaft, ließen kein einziges Stückchen Brot von der Gabel fallen, behielten die Hände über dem Tisch. Um sie herum saßen Familien und Soldaten. Ein junger Mann in Uniform und mit imposanter blonder Haartolle sah Julia die ganze Zeit über sein Glas hinweg an und lächelte ihr verlegen zu. Julia senkte den Blick, wehrte sich gegen ihre Phantasie. Die Nacht verschluckte die Berge. Julia sah sich und ihre Tischgenossen im Fenster gespiegelt. Sie war sich sicher, sie waren eine Familie wie alle anderen auch.

Vladimir und Veerle lagen in den Betten. Julia und Maurice machten einen Abendspaziergang um den See. Sämtliche Liebespaare des weiteren Umkreises taten das. Julia sah sie Kahn fahren, auf Bänken sitzen, gegen Bäume lehnen. Julia hörte geheimnisvolles Geflüster, Gekicher, Geraschel. Der Mond spiegelte sich im Wasser, die Berge umringten sie unsichtbar. Maurice deutete auf das Häuschen. Hinter den geschlossenen Fensterläden schliefen sorglos die Kinder.

»Ich habe sie sicher hierhergebracht«, sagte Maurice selbstzufrieden.

Momente wie diese müßten eigentlich die einzig wichtigen im Leben sein, ging es Julia durch den Kopf.

»Hast du es dir so vorgestellt?« fragte Maurice.

Julia schwieg.

»Wir sind ein gutes Team. Die Kinder werden später nur Gutes von uns denken.«

»Und woran wird man sich später erinnern?« sagte Julia vor sich hin.

»An einen schönen Bergspaziergang«, schlug Maurice vor. »An ein Geburtstagsfest mit vielen Geschenken, an eine erschreckende Lehrerin.«

»Und an was noch?«

»An eine Tafel Schokolade. Oder eine Tracht Prügel.«

»Und?«

»An ein Plüschtier, das man so gerne haben wollte und nach langem Bitten und Betteln endlich bekam.«

Julia vervollständigte seine armselige Liste im stillen.

An ein Plüschtier, das man so gerne haben wollte und nach langem Bitten und Betteln nicht bekam.

An einen Vater und eine Mutter, die versprochen hatten, einen später nachzuholen und einen ein für allemal im Stich ließen.

An eine Frau, auf deren Schoß man jeden Abend eingeschlafen war und der man von einem Tag auf den anderen weggenommen wurde.

An ein Land, in dem man für den Rest seines Lebens bleiben wollte und das man von einem Tag auf den anderen verlassen mußte.

An einen Soldaten in einem überfüllten Restaurant, der einen für einen Moment ansah, während man dort mit Mann und Kindern saß und glaubte, glücklich zu sein, und der von einem Augenblick zum anderen für immer und ewig aus deinem entsetzlich einsamen Leben verschwand.

9
*M*edusa verlor Julia nicht einen Augenblick aus den Augen. Sie folgte ihr und beurteilte sie. Die Zeit, die sie so mühevoll vorwärtspendelte, ließ Julia bedeutungslos verstreichen.

In trüben Momenten fiel ihr nichts ein, was sich auch nur das kleinste bißchen über den Alltag erhob. Doch statt wütend auf das Leben zu sein, war sie in solchen Momenten wütend auf sich selbst, weil sie nicht eingriff und wie andere das große Leben ankurbelte. Sie biß sich auf die Lippen, kratzte sich an ihren machtlosen Armen und zerrte an ihrem langen Haar. Sie verfluchte sich, so ein erzfaules Wesen zu sein.

Nach soviel Selbstkasteiung plagte sie das Selbstmitleid, und sie versuchte sich mit dem Gedanken zu trösten, sie sei halt einfach ein stinknormales Mädchen, von dem man nicht zuviel erwarten konnte. Das half für kurze Zeit. Julia wußte genau, daß dieser Trost eine einzige große Lüge war. Tief in ihrer Seele, weit hinter den Erinnerungen, versteckten sich die Leben sehr ungewöhnlicher Mädchen und Frauen, die sie zwar nicht gut kannte, die aber so laut schrien, daß sie manchmal ein paar Wortfetzen verstehen konnte.

Sie schrien nicht um Hilfe, ganz im Gegenteil, sie schienen sie eher dazu anspornen zu wollen, zu tun, wonach es sie am meisten verlangte. Julia legte ungerührt den Finger auf den Mund, zog ihren Rock zurecht, brachte das blonde Haar in Ordnung und setzte jenes Leben fort, dessen Verlauf sie schon durch und durch zu kennen glaubte.

Mit der Phantasie und dem Feingefühl, die ihr eigen waren, versuchte sie, in Maurice und den Kindern besondere Menschen zu sehen und das irdische Leben für ein Wunder zu halten, aber im Grunde waren auch ihre Familienmitglieder stinknormale Sterbliche, und das Wunder des Lebens war nichts als eine ziemlich langweilige Geschichte.

Als die Kinder noch klein waren, hatte sie sie stundenlang beobachtet und endlos staunen können über ihre Winzigschritte und Winzigworte. Diese Faszination war vorbei. Eins war klar, von den Kindern war nicht viel zu erwarten. Statt bei ihr zu sein, rannten sie lieber mit dem Labrador über die Felder, aßen am Wegrand Brombeeren, halfen Omer beim Heuwenden, schlugen sich bei Mireille die Bäuche mit Süßigkeiten voll. Wenn sie Fragen hatten oder sich langweilten, gingen sie zu Maurice.

»Warum studierst du nicht was?« fragte ihre Schwiegermutter.

»Komm doch zu uns und hilf im Laden mit«, schlug Onkel Tom vor.

Julia schüttelte den Kopf. Sie traute sich nicht, sie konnte nicht, sie wollte nicht.

Tagsüber, nachdem die Kinder und Maurice aufgebrochen waren, las Julia Romane aus der Vollezeler Stadtbibliothek. Oder sie schlich sich mit Kegaska an Mireilles Fenstern vorbei und spazierte zum Kongowald. Manchmal setzte sie sich unter einen Baum oder legte sich bäuchlings in den Farn. Eine seltsame Erregtheit, die sie selbst nicht befriedigen konnte, bemächtigte sich ihrer. Ganz vage wurde ihr klar, daß sie in Vollezele verkümmerte, daß sie keine Verbindung zur normalen Welt besaß. Das Schreckliche dabei war, daß sie diese normale Welt nicht einmal kannte. Sie war nichts wert. Sie dachte an die Figuren aus ihren Romanen, die jede mögliche Gelegenheit, ihr trübseliges Leben zu retten, ungenutzt vorbeiziehen ließen, um in einem Sog ihrem Untergang entgegenzutrudeln.

Nachts kuschelte Maurice sich wie ein Kind an sie. Im Grunde tröstete ihn Julia nur für das, was sie nicht war, was das Leben nicht leistete. Sie war der Meinung, daß sie ihre Zeit bloß aussaßen und die Natur da draußen diese Lebensschwere nicht aufzuwiegen vermochte. Sie konnte sich nicht vorstellen, jemals aus dieser Sackgasse herauszufinden. Sie steckte in einem Dilemma. Es hatte mit allem oder nichts zu tun. Sie hätte alles verdient, weil sie nichts bekommen hatte. Das Julianische Dilemma. Julia streichelte ihre Brustwarzen, ihre Brüste, ihren Bauch und die Innenseiten ihrer Schenkel, aber es brachte ihr keine Erleichterung. Die jahrhundertealten Mauern des Hofs waren ihr nicht vertraut. Maurices Arme boten ihr keinen Schutz. Wie er so neben ihr lag, mit geschlossenen Augen, war er ein Fremder.

10

Gestern nacht tanzten die verlangenden Frauen im Kongowald. Da, wo ihre Füße den Boden berührten, schossen sie empor, die roten Pilze, die hellgelben Pilze, die rötlichbraunen Pilze, die zartrosa Pilze, die tiefvioletten Pilze, die grauen Pilze, die schmutzigweißen Pilze. Die Müllmänner aus dem Wald halfen das Gleichgewicht der Natur zu erhalten. Jetzt sollten sie auch Julia helfen, das Gleichgewicht ihrer Natur wiederzugewinnen. Julia war nämlich völlig aus der Balance. Spalte 1 und Spalte 2 waren von sehr ungleichem Gewicht. Spalte 1, das Leben mit Maurice und den Kindern, wog nicht viel mehr als Luftpostpapier.

»Ich finde, das sind komische Pflanzen«, sagte Veerle. »Sie haben nicht mal Wurzeln.« Sie rannte hinter ihrem Bruder her auf die Fliegenschwämme, Hahnenkämme, Stummelfüßchen, Herbsttrompeten, Hasenpfoten, Bischofsmützen und rinnigbereiften Trichterlinge zu.

Julias Augen ruhten auf einem stark geschuppten Tintling. Als er ihren leichten Schritt vernahm, hatte er sich wie ein weißes Ei aus der Erde gepellt. Fasziniert beobachtete sie, wie er wuchs, wie die weiße Hauthülle zerplatzte und den mächtigen Kopf zum Vorschein kommen ließ. Er wurde immer voller, reifer, dunkler, drohender, nur einen Augenblick noch, und er würde ausbrechen.

Am Küchentisch sitzend bauten die Kinder eine glückliche Herbstwelt in einen leeren Schuhkarton, mit Moos und Rinde und Pilzen und Bewohnern mit Körpern aus Kastanien und Gliedmaßen aus Streichhölzern und Köpfen aus Eicheln und Mützen aus Eichelhütchen. Aber die Märchenwelt weitete sich aus, trat über den Rand der Schachtel, hier an diesem Tisch saß eine perfekte Mutter mit ihren beiden reizenden Kindern, hier am hölzernen Küchentisch mit Tee und selbstgebackenem Apfelkuchen. Das Märchen wuchs und machte sich im ganzen Haus breit, strömte die Treppen

hinauf, drang ins Schlafzimmer und verzauberte das elterliche Ehebett in ein Märchenbett, in dem Maurice mit dem
herrlichen Körper lag, bereit, sie leidenschaftlich zu lieben.

11

*I*m zartesten Frühling des Jahres 1979 blieb Mireilles
Herz stehen. Die Stricknadeln hörten auf zu klappern. Eine
Woche zuvor hatte sie noch Geburtstag gefeiert und ihre
Pflanzenkübel mit Veilchen und Primeln gefüllt. Eine kleine
Prozession folgte dem Sarg, ein paar alte Frauchen heulten.
Eine von ihnen würde als nächste durch die Kirche getragen
und unter die Erde gebracht werden. Ganz am Schluß ging
Omer in einem schwarzen Anzug. Die hochaufragende Ge-
stalt leicht gebeugt, die gefalteten Hände vor dem Schoß.

O unglückliche Tugend! Jungfräulich ins Grab. War ihr diese Erde, dieser Himmel vielleicht dankbar dafür? In ihrem
ganzen Leben hatte diese Frau nichts Böses getan. Zur Belohnung dafür hatte sie auch nichts Gutes empfangen. Aber
so ist es halt, seit Menschengedenken ist nichts nun einmal
auch nichts wert.

Ganz bestimmt hatte Mireille sich eingeredet, alles sei gut.
Auf ihrem schlafenden Gesicht lag ein dankbares Lächeln.
Quelle horreur! Mit der flachen Hand wollte Julia sie ins Leben zurückprügeln, nur um ihr einmal die Wahrheit sagen
zu können.

Sie hatte das Leben nicht ernst genommen. Stolz hatte sie
sich darüber erhoben und war edelmütig auf Abstand gegangen.

Pervers, ja, das war es. (Nicht weniger pervers als Männer,
die sich in einem dunklen Kinosaal vor der Leinwand einen

abwichsten, auf der *sie* – die Frau, das Leben – erniedrigt und vergewaltigt wurde. Genau wie diese Männer zeigte Mireille nicht das geringste Mitleid mit ihr – mit sich selbst, mit dem Leben –, und eigentlich war sie noch einen Grad perverser, denn sie entrang dem Leben nicht einmal die geringste Aufregung, sie entrang ihm überhaupt nichts, sie war die absolute Teilnahmslosigkeit.)

Mireille hatte ihren Garten jämmerlich verdorren lassen (ohne Rücksicht auf den letzten Satz aus dem *Candide*, den sie in der Schule gelesen haben mußte, vermutlich hatte sie diesen letzten Satz mit demselben überheblichen Stolz gelesen, mit dem sie das Leben auf Abstand gehalten hatte, um ja keinen Moment daran teilnehmen zu müssen).

Warum hatte Mireille das Heft nicht selbst in die Hand genommen und getan, was sie am liebsten tun wollte? Richtig, weil in diesem kleinen Garten zusammen mit den Rosen, den Tomaten und dem Bohnenkraut auch ihr Wille verdorrt war.

Wird Julia dereinst ungestraft davonkommen?

Warum hatte sie die ängstliche Seele nie aus ihrem Panzerleib gelockt? Mit einem Schüsselchen Milch und Butterkeksen. (Komm, putt-putt, komm, ich hab was Feines für dich. Tante Julia meint es gut mit dir.) Warum hatte Julia nicht so lange auf diesen Panzerleib eingeredet, ihn ausgescholten, gepeinigt, gequält, bis er seine Schwachstellen offenbart hätte? Warum hatte sie diese ängstliche Seele, als sie nicht von selber herauskriechen wollte, nicht mit bloßen Händen aus diesem Panzerleib gezerrt?

»Jetzt können wir vielleicht endlich den Hof kaufen und die beiden Hälften zusammenfügen«, flüsterte Maurice, als der

Sarg an Seilen in die Grube gelassen wurde. »Und möglicherweise auch noch für einen Apfel und ein Ei. Ida und Omer haben schließlich genug Geld.«

Am nächsten Tag gingen Julia und Maurice voller Erwartung zu den Nachbarn. Auf Idas stillen Befehl hin zogen sie sich im Abstellraum neben der Küche die Schuhe aus und setzten sich an den Eßzimmertisch. Ida trug Schürze und Pantoffeln. Sie roch nach Sherry. Ein paarmal wiederholte sie, wie leid es ihr täte, daß Mireille gestorben war. Dann zählte sie mit angstgeweiteten Augen und erbitterter Stimme Leute aus dem Dorf auf, die nicht so sanft aus dem Leben geschieden waren.

Aus den Augenwinkeln heraus beobachtete Julia Omer auf der anderen Seite des Zimmers. Aufrecht und breitschultrig saß er in seinem Sessel. Das hellgraue Haar glänzte im Licht. Die Falten seines Gesichts schienen zu lächeln. Die Augen blickten amüsiert zum Fenster hinaus.

Maurice wartete auf eine Gelegenheit, Ida zu unterbrechen. Nervös schaute er sich um. Ida schenkte den Gästen ein Geuze-Bier ein. Maurice nagte an den Fingernägeln, räusperte sich, trommelte mit den Fingern auf den Tisch. Er unterbrach Ida mitten im Satz.

»Jetzt, wo Mireille nicht mehr da ist ... oder eigentlich ...«

»Trink erst mal einen Schluck«, sagte Ida.

Maurice nahm sein Glas und führte es zum Mund. Omer schaute Julia fragend an.

»Julia und ich würden den Hof gerne kaufen.«

Ida schaute Omer an. Auf seiner Stirn zeichnete sich eine besondere Weisheit ab, eine Art höhere Weisheit, den Dorfältesten vorbehalten. Es war totenstill.

»Geht das, Omer?« fragte Maurice.

Omer schüttelte den Kopf und blickte wieder zum Fenster hinaus.

»Bist du dir da ganz sicher?«

Omer schien die Frage nicht zu hören. Julia betrachtete erstaunt den Herrscher auf seinem Korbthron.

»Dürften wir dann vielleicht das ganze Haus mieten?« schlug Maurice vorsichtig vor.

»Natürlich«, sagte Ida. »Wenn ihr die doppelte Miete zahlt.«

»Und dürfen wir dann im Haus eine Mauer einreißen?«

»In Ordnung.«

»Und den Stall auch?«

»Der bleibt stehen«, sagte Omer und erhob sich aus seinem Sessel. Julia sah zu der kräftigen Gestalt mit den Gliedmaßen eines Herkules auf. Er hob zum Gruß die Hand und verließ das Zimmer.

Wenig später gingen Julia und Maurice über den Sandweg nach Hause.

»Ich will endlich mal was haben, das mir gehört«, sagte Maurice enttäuscht. »Ich bin fünfzig Jahre alt und besitze nichts.«

12 | Schscht, laßt uns Stille bewahren. Seht, wie dieser Mann, der zum ersten Mal seit Jahren Licht gesehen hat, über sein Lebenswerk sich beugt, seht, wie er sein Lustschloß hegt und pflegt, ein Seufzer, und das Schloß ändert seine Gestalt, ein Seufzer, und das Schloß bricht auseinander, ein Seufzer, und dieser erwachsene Mann, dieser Künstler, verliert seinen Traum …, seht, wie das Luftschloß in der Luft vibriert, die Türme beben, hört, wie die Tore klappern …

Laßt uns über seine Schulter mit ihm das opus magnum betrachten. Mit größter Präzision, mit größter Sensibilität für Schönheit, Harmonie und menschliches Wohlergehen zieht er den Bleistift am Lineal entlang. Julia legt ihm die Hände in den Nacken, versucht vergeblich ihn zu steuern, den Kurs der Bleistiftlinie zu beeinflussen. (Mit einem Radiergummi würde sie die Tore öffnen, mit einem Stift die Zugbrücke herunterlassen.)

»Wir werden Omer fragen, ob wir den Stacheldraht durchtrennen und seine Wiese benutzen dürfen. Dort legen wir dann einen Teich an, auf dem wir Enten und Schwäne schwimmen lassen. Und nur für dich werde ich ein kleines Ruderboot hineintun.«

»Sollten wir damit nicht besser noch warten?« fragte Julia sorgenvoll.

»Meine Freunde aus der Spielscheune werden mir dabei helfen. Mach dir keine Sorgen.«

So aufgeräumt Maurice auch klang, sein Gesicht blieb betrübt. »Eigentlich machen wir das alles für Omer und Ida«, sagte er gequält. »Es ist und bleibt ihr Haus.«

Als Julia kurze Zeit später Maurice, Dirk Dobbelaer und Hubert Verdoodt bei der Arbeit sah, machte sie sich doch Sorgen. Sie sangen Lieder und tranken Bier. Während Verdoodt die Außenmauern weiß strich, rissen Dirk und Maurice im Haus die Wohnzimmerwand ein. Julia hatte im Erdgeschoß alles mit großen Plastikplanen abgedeckt, aber der Staub drang überall durch. Er fand sich selbst zwischen den Handtuchstapeln in den Schränken im ersten Stock.

Das Hämmern war ermüdend. Maurice schlug vor, mit dem Bau eines Tors rechts vom Haus zu beginnen. »Jetzt ist schönes Wetter«, sagte er zur Entschuldigung. »Mit der Mauer machen wir dann weiter, wenn es regnet.«

Julia zog sich in die Küche zurück. Durchs Fenster sah sie Pol Pardon in seinem Sportwagen den Sandweg herauffahren. Er kurbelte das Seitenfenster herunter und kommentierte die Maurerarbeit der beiden Männer. »Dieses Tor wird ja viel zu groß«, schrie er empört. »Ihr habt ja nicht mal eine Auffahrt.«

»Maurice will es so«, schrie Dirk feige.

»Ich tue es für Julia!« rief Maurice.

Julia hatte überhaupt nicht um ein Tor gebeten. Und auch nicht um das Loch in der Wohnzimmerwand, durch das Mireilles Unglück ungehindert hereinströmen konnte. Es war noch feiner als der Staub, drang durch Plastik und Haut.

Es fing an zu regnen. Die Stimmen draußen verstummten. Julia fand die Männer im Schweinestall über den Motor des Opels gebeugt. Sie war wütend. »Was zum Teufel tut ihr hier«, schrie sie.

Die Männer schauten sie verdutzt an. Julia donnerte die Tür ins Schloß. Demonstrativ pflückte sie im strömenden Regen rund ums Haus die Bierflaschen vom Boden. April, die Schildkröte, kroch unbeirrt vorbei. Die Regentropfen prallten von ihrem glänzenden Panzer ab.

Hinter den Fenstern standen Veerle und Vladimir und lachten kindsköpfig ihre Mutter aus. Und das war erst der Anfang ihrer Pubertät. Sie taten geheimnisvoll und verschlossen sorgfältig ihre Türen. Julia hatte nur noch Kontakt mit ihren Kleidern. Bald, wenn sie wieder zur Schule mußten, wird Julia die Nase in ihre Unterhosen und unter die

Ärmel ihrer Hemden stecken. Sie wird sie waschen, ausklopfen, auf die Wäscheleine hängen, Ärmel und Beine bügeln.

Die Narben auf dem Haus verschwanden unter glühend weißen Farbschichten. Die Torpfosten wurden fertiggemauert. Ein Schlosser brachte die riesigen eisernen Torflügel. Mit viel Geächze und Gestöhne hoben die Männer sie in die Scharniere. Danach stieg der Schlosser auf eine Leiter und lötete die schmiedeeisernen Buchstaben, die Maurice ihm einen nach dem anderen hochreichte, in den Eisenbogen über dem Tor.

Julia lehnte an der Wand des Schweinestalls. Kegaska lag ihr wedelnd zu Füßen. Aus der Ferne sah sie Omer mit langsamen Schritten den Sandweg heraufkommen. Jede seiner Bewegungen schien aufgrund ihrer Langsamkeit wohlüberlegt zu sein, wichtiger, bedeutender. Er blieb neben Maurice am Fuß der Leiter stehen und schaute zum Torbogen hinauf. Der Schlosser war gerade beim letzten Buchstaben. Die Funken fielen in einem Bogen herunter und landeten vor ihren Füßen im Staub.

»Julias Herrlichkeit?« flüsterte Omer erstaunt.

»Julias Herrlichkeit«, lachte Maurice.

Julia sah, wie Omers Mund sich bewegte. »Julias Herrlichkeit«, wiederholte er tonlos. Er schaute sie an. Über seiner Iris lag ein Häutchen.

13 *D*er Morgen flimmerte, fieberte, schmachtete. Julia winkte dem Auto mit Maurice und den Kindern nach. Sie lösten sich in der Sonne auf, die am Ende des Sandwegs wie

eine riesige Murmel in die Höhe sprang. Ida radelte ihnen in einem ärmellosen Kleid hinterher. Auf dem Gepäckträger ein Bund Lauch. Wie jeden Tag fuhr sie zu ihrer kranken Kusine nach Galmaarden. Der Himmel war stahlblau. Der erste Löwenzahn übersäte die Wiesen, die Gänseblümchen glitzerten am Wegrand, hier und da blitzten Flecken mit Scharbockskraut auf. Es war das gewaltige Gelb eines viel-versprechenden Sommers. Kegaska rannte ausgelassen über die Wiesen. Vor dem Tor zögerte Julia, welche Richtung sie einschlagen sollte. Dem Weg ihres Herzens folgend, ging sie am sprießenden Mais entlang.

Omers Schäferhund kam ihr bellend entgegen. Er schnüf-felte an ihren Beinen und leckte ihr die Waden. In der war-men Luft zwischen der Scheune und dem Haus schaukelten dichte Fliegenschwärme. Die Tür stand offen, der Küchen-tisch war für eine Person gedeckt. Omer saß in seinem Korb-sessel vor dem Fenster. Er sah ruhig und riesig aus. Um sei-nen Hals lag ein roter Schal.

»Es ist das erste Mal, daß ich dich alleine besuchen komme«, sagte Julia. »Hatte es schon immer mal vorgehabt. Darf ich mich setzen?«

Omer deutete auf das Sofa ihm gegenüber. Julia setzte sich und griff nach einem apfelgrünen Häkelkissen.

»Hat Ida das gemacht? Meine Großmutter hat immer ge-häkelt, wenn es ihr langweilig war. Langweilst du dich nie?«

Omer schüttelte den Kopf und stützte das Kinn auf die gefalteten Hände.

»Maurice sagt, es wird wohl noch ein paar Wochen dau-ern, bis er die Wände verputzt hat. Aber es lohnt sich.«

Omer sah sie schweigend an und zog eine Augenbraue hoch.

»Die Kinder gehen in Brüssel zur Schule. Vladimir auf die Sint-Jan und Veerle auf die Maria Boodschap. Wie schnell die Zeit vergeht. Wir wohnen jetzt schon zwölf Jahre hier, Vladimir war damals drei.«

»Kobalt fünf«, sagte Omer.

»Kobalt. Den habe ich ganz vergessen. Lebt er noch?«

Omer stand auf und deutete mit dem Kinn nach draußen.

»Ich dachte, du hättest alle Tiere verkauft?«

Julia folgte ihm in die Ställe. In einem dämmrigen Raum entdeckte sie das alte schwarze Tier. Es lag seitlich auf dem Boden. Übersät mit kahlen Flecken. Es schaute sie fragend an. Omer wischte ihm mit einem Tuch die Augenwinkel sauber.

»Armer Kobalt«, seufzte Julia.

Omer verjagte ein paar Fliegen, streichelte ihm über den Kopf.

Sie gingen zum Haus zurück. Drinnen setzten sie sich wieder einander gegenüber vor das Fenster. Omer trommelte mit den Fingern auf die Armlehnen, schlug das linke über das rechte Bein und dann das rechte über das linke.

»Kannst du dich noch daran erinnern, als ich hier war, um den Vertrag zu unterschreiben?« fragte Julia. »Ich hatte meinen Plastikrock an!«

Omer schaute lächelnd zum Fenster hinaus. Es war nicht das stolze Lächeln des letzten Besuchs, mit dem er Maurices Anfrage zurückgewiesen hatte. Julia sah Weichheit um seine Lippen. Vergeblich versuchte sie im Spiegel der Fensterscheibe seine Augen zu erhaschen. Sein Lächeln ließ keinen Augenblick nach. Omer erlaubte, daß sie ihren Blick über seinen Körper gleiten und bei den knorrigen Händen im Schoß, beim breiten Kinn, bei den dünnen Lippen, den düsteren Augen jeweils innehalten ließ. Julia glaubte, in diesen Augen ein Flimmern zu sehen. Als ob sie traurig wären oder, im Gegenteil, sehr glücklich.

Julia kniete sich vor Omer auf den Boden und legte ihm den Kopf auf die Knie. Omer rührte sich nicht. Mit den Händen umfaßte sie seine Waden. Die Beine standen felsenfest auf dem Boden. Sie nahm die schrundigen Hände, faltete sie und drückte sie sich an die Stirn. Über sich hörte sie das leise Rasseln seines Atems. Sie roch Stroh, Holz, Erde. Mit jedem Atemzug versank sie tiefer in seine unerschütterliche Anwesenheit.

Langsam beugte sich Omer vor. Die braunen Augen zusammengekniffen, als ob er einen winzigen Diamanten schätzen müßte.

»Biche, ma biche«, flüsterte er.

Mit seinem behaarten Handrücken strich er ihr über Arme und Hals. Sein Zeigefinger folgte den Nähten ihrer Bluse.

Den Rest des Tages konnte Julia sich nicht mehr konzentrieren. Sie zerbrach Gläser, trat Kegaska auf den Schwanz, ließ die Bohnen und die Kartoffeln zerkochen. Veerle, Vladimir und Maurice warfen ihr verärgerte Blicke zu. Nach dem Essen konnte Julia hinter der Küchentür hören, wie sie über sie herzogen. Sie ging in den Garten hinaus, stellte sich mit verschränkten Armen vor den Stacheldraht. An den Kirschbäumen entlang sah sie über die Hügel zum Kongowald hinüber. Omers Haus und die Scheune lagen in tiefem Schlaf. Hinter ihr im brennenden Licht warteten Maurice und die Kinder, um ihr noch etwas Aufmerksamkeit abzuverlangen, bevor sie zu Bett gingen.

14 Seit Jahren war Julia nicht mehr auf dem Dachboden gewesen. Dieses Vergnügen war den Kindern vorbehalten. Die fanden es herrlich, zwischen den Campingsachen, dem alten Spielzeug und dem Christbaumschmuck zu staubstöbern, zu holterdipoltern und zu fummelfingern. Im Licht der Treppenöffnung sah Julia ihr altes unglückliches Puppenhaus stehen. Es zeugte von, ja, von was eigentlich?

Dem Fortschritt.

Dem Untergang.

Der Illusion.

Der Desillusion.

Der Zeit.

Der Zeitlosigkeit.

Dem Leerstehen.

Dem Verfall.

Die Möbel waren verschwunden, die Badezimmereinrichtung herausgebrochen, die Fenster eingeworfen. Die Türen hingen lose in den Angeln. Das Puppenhaus war auch ein Opfer der *Brüsselisation* geworden: ein Opfer der Abrißbirnen von Vladimir und Veerle.

Neben dem Puppenhaus stand die Kiste mit den Kostümen. Julia holte einen Indianerschmuck zum Vorschein, eine alte Stola von Oma Vlezenbeek, eine Melone mit Mottenlöchern, ein Chinesenkostüm, einen im Internat gehäkelten Topflappen, einen Schottenrock, ein Ministrantengewand von Maurice, Neptuns Poncho, den ihr Vater während eines Kostümballs auf der Schiffsreise in den Kongo getragen hatte, einen Bauernkittel, eine Clownsnase, einen Sombrero, eine Wasserpistole, ihren Brautschleier, und …

Wie gerne hatte sie diesen roten Rock getragen. Aus Plastik. Mit einem passenden roten Bolero dazu. Aus Plastik. Für schlechtes Wetter hatte sie einen kurzen roten Regenmantel. Plastik. Julia wollte vollkommen aus Plastik sein. Rot wie *Mobil Oil*, orange wie *Gulf*, gelb wie *Shell* und grün wie *BP.* Aus Plastik wie eine Barbie. Aus Plastik und unnahbar, unverwüstlich, abwaschbar, und, wenn es denn sein mußte, auch aufblasbar. Und jetzt? Stimmt. Zwischen damals und heute hatte sich einiges geändert. Sie wollte nicht mehr aus Plastik sein. Kein Spielzeug. Plus jamais. Sie war eine Frau aus Fleisch und Blut. Diese Liebe war echt.

Statt dessen ein leichtes Baumwollkleid mit kurzen Ärmeln. Himmelblau. Dazu ihre beigen Wildlederpumps. Während sie über den Sandweg ging, streichelte eine leichte Brise ihren Körper und spielte mit ihrem offenen Haar. Es schien Omers Atem zu sein. Er kam ihr entgegen, schöner und beeindruckender, als sie ihn sich vorgestellt hatte. Die Zunge könnte Julia sich abbeißen, die Haut aufkratzen, die Haare ausreißen … vor Glück, vor Verlangen, zum Beweis, daß sie alles für ihn opfern würde.

Omer gab ihr die Hand. Julia wollte seinen Körper. Und am liebsten gleich hier im Straßengraben. Er hatte andere Pläne. Über das offene Feld stapfte er auf den Kongowald zu. Julia folgte gehorsam. Immer wieder sanken ihre Pumps tief in die weiche Erde ein. Sie ertrug es ungerührt, wenn eine Brennnessel ihre nackten Beine streifte. Im Wald würden sie eins werden. Zwischen den Blättern, dem Moos und den Pilzen. Omers Schritte wuchsen. Julia wollte laufen, fliegen. In der Ferne betrat eine Wandergruppe den Wald. Omer blieb stehen und nahm Julia bei der Hand. Sie war sich ganz sicher:

Er betrachtete sie verliebt von Kopf bis Fuß. Mit der Hand fuhr er ihr durchs Haar und deutete mit dem Kinn in Richtung seines Hauses hinter ihr.

Mit Schwung stieß Omer das Scheunentor zurück. Julia folgte ihm erwartungsvoll. Geballtes Licht fiel durch das Fenster gegenüber der Tür und schien ihnen direkt ins Gesicht. Es dauerte einen Moment, bevor Julia die Gegenstände in der Scheune erkennen konnte. Unter dem Fenster stand eine Werkbank. Neben dem Fensterrahmen hingen die Werkzeuge. Rechts von der Werkbank stand ein Kühlschrank. Daneben stieg steil eine Leiter in die Höhe.

Er ging ihr voraus. Auf dem Dachboden breitete er eine Pferdedecke für sie aus. Julia legte sich hin. Ja, sie wollte das alles, wollte es mit klarem Verstand und ganzem Herzen. Er zog ihr die Pumps aus und nahm ihre Füße in die Hände. Er studierte sie. Langsam beugte er sich vor und küßte die Füße, die Fersen, die Knöchel, die Waden … Julia schloß die Augen. Sie konzentrierte sich ganz darauf, wie seine Lippen ihre Haut berührten. Sie spürte seinen langen Körper über ihrem, sein kraftvolles Geschlecht, das sich an sie preßte, seinen Mund auf ihrem Mund, seine Hand an der Innenseite ihrer Schenkel. Julia konnte nicht aufhören zu denken: Das hier ist wichtig, das allein. Sie klammerte sich an ihn. Ihre Finger glitten über seinen schweißnassen Rücken, fuhren am Gummi seiner Unterhosen entlang.

Omer richtete sich auf, drückte ihr die Arme auf den Boden und küßte ihren wehrlosen Mund, den Hals, die Brüste, den Bauch. Sein Kopf verschwand in ihrem Kleid. Julia streichelte den von Ida sorgfältig ausrasierten Nacken.

15 *P*feifend und singend brachte Maurice in seiner Freizeit die letzten Arbeiten an der Herrlichkeit zu Ende. Die Buchstaben über dem Tor strich er schließlich noch in strahlendem Gold.

JULIAS HERRLICHKEIT

glühte, flammte, lockte.

Ein Astronaut, der auf die nördliche Halbkugel herabsähe, würde vor lauter Licht erblinden. Vielleicht würde er jedes Gefühl für Zeit verlieren und glauben, es sei das Jesuskind in seiner Krippe, das so strahlte. Er würde sofort in seine Rakete steigen und auf die himmlische Erde zurückkehren.

Der Erlöser wohnte hundert Meter entfernt. Sie schielte zu seinem Haus hinüber, jeden Morgen, wenn sie die Fensterläden ihres Schlafzimmers öffnete. In aller Herrgottsfrühe. Noch vor dem Sonnentier. Verwirrt schaute Ludwig zu ihr hoch. Eine der wenigen Freuden, die ihm sein Leben vergönnt hatte, wurde ihm nun von einem verliebten Huhn im Morgenrock streitig gemacht. Julia ging hinunter und bereitete das Familienfrühstück. Noch bevor alle Wecker im Haus klingeln konnten, hatte Julia die Bewohner geweckt. Erwachet! Erwachet! Es ist Tag! Julia konnte es nicht abwarten, das Reich für sich allein zu haben. Diese Medusa war ihr viel zu träge. Eifersüchtige Schlampe! Jahrelang hatte sie sie herumgehetzt, und jetzt plötzlich trödelte sie mit der Zeit.

Begeistert winkte Julia Mann und Kindern nach, als diese endlich nach Brüssel abfuhren. Nie hätte sie gedacht, daß sie die kleinen Figuren in der Luft der Weltklasse jemals so lieb haben könnte. Sie atmete tief durch und widmete ihre Gedanken von nun an uneingeschränkt Ihm. Sie tanzte auf Vladimirs Lieblingsplatte von den *Three Degrees.* »When will I see you again!« »Woman in love!« Als die drei Damen »Dirty ol' man« sangen, brach Julia in Lachen aus. Julia sprang, Julia sang: »You dirty old man, you can't keep your hands to your self«, sie schrie: »You're so dirty, so dirty!« oder »You're a married man and I'm still free«. Das Gegenteil war nur zu wahr. Julia wand sich, Julia schüttelte sich, Julia fühlte sich von der Göttin der Liebe besessen, nein, sie war die Liebe in höchsteigener Person, Julia wollte hinaus, zu den Gänseblümchen, dem Löwenzahn, zu den Weiden! Sie schlüpfte in ihre Turnschuhe und rannte mit Kegaska über die Wiesen zum Kongowald. Außer Atem begrüßte sie die Frauen hinter ihren Frauenzungen, den Wäscheleinen, den Besenstielen. Julia kehrte nach Hause zurück, machte noch einige Klimmzüge, füllte Kegaskas Wassernapf, spülte das Geschirr ab, nahm ein Bad, zog sich an, betrachtete sich lange von allen Seiten im Spiegel und machte sich schließlich mit klopfendem Herzen auf den Weg. Das Fläschchen *Youth Dew* von Estée Lauder hatte sie nicht angerührt. Niemand durfte von diesem Abenteuer auch nur den leichtesten Hauch ahnen.

Am frühen Nachmittag kehrte Julia zur Herrlichkeit zurück, sammelte liebevoll die Eierchen ein, streute Ludwig und den Hühnern liebevoll Weizenkörner hin, goß liebevoll die Pflanzen, legte liebevoll die Kissen in die Gartenstühle, ließ liebevoll die Markisen herunter, wartete liebevoll auf die Kinder, hörte sie liebevoll ab, schenkte Maurice am Ende des Nachmittags liebevoll ein Bier ein, kochte liebevoll das Essen, liebevoll, denn sie war der Liebe voll.

Nachdem die Kinder zu Bett gegangen waren, ließ Maurice seine Schallplatten laufen, und Julia tanzte im Zimmer vor den offenstehenden Gartentüren und auf der Terrasse. Sie wurde eins mit der Musik, die Musik wurde eins mit der Abendluft, die Abendluft wurde eins mit Ihm, und auf diese Weise waren sie wieder beisammen.

Nachts kuschelte Maurice sich dicht an sie. Julia schaute durch die Fenster zu den Sternen hinauf, glaubte darin Seinen magischen Blick gespiegelt zu sehen. Julia fühlte sich als glücklichste Frau der Welt. Sie hatte alles, was sie wollte.

16 *J*ulia wickelte ihr Haar in ein Handtuch und bedeckte ihr Gesicht mit Lehm. Sie war hellgrün. Die Farbe der Bleichsucht, die Krankheit der Heldinnen. Milly Theale aus Henry James' *Die Flügel der Taube* siechte an dieser Krankheit dahin. Und Millionen anderer Frauen auch. Sie spürte, wie der Lehm alle Unreinheiten (Zweifel, Lügen, verquere Gedanken) aus ihrem Gesicht, aus ihrem Gehirn, aus ihrem Körper zog und dabei langsam zu Stein wurde. Daraus wurden dann Häuser gebaut, Straßen angelegt, oder er wurde zu Keramik gebrannt. Die Unreinheiten des menschlichen Körpers verhärteten sich zu leblosen Dingen, die den Lebenden zu Diensten standen. O erfindungsreiche Natur!

Die Maske zerbrach im Waschbecken zu Scherben. Diese Unglücksscherben würden Glück bringen. Ihr Gesicht fühlte sich jungfräulich frisch an, es war blanco und rein wie ein unbeschriebenes Blatt, sie konnte wieder von vorn beginnen, konnte ihrem Gesicht die Form geben, die sie haben wollte (die eigentlichste all ihrer Formen). Mit den Fingerspitzen verteilte sie die dunkle Make-up-Grundierung rechts und links der Nase, um sie schmaler wirken zu lassen, deckte dann die Ringe unter den Augen ab, besänftigte die Konturen ihrer Wangen. Mit der Innenseite einer Bananenschale verhalf sie ihrem Gesicht zu einem glatten und regelmäßigen Aussehen. Mit der Farbskala aus dem Buch *Make-up für Blonde* (Kapitel »Honigblondes Haar und blaue Augen«) verlieh sie ihrem Gesicht Farbe. Sie verrieb aprikosenfarbenes Rouge auf die Wangenknochen bis zu den Schläfen, tupfte Lidschatten (stachelbeergelb) auf die Augenlider, korrigierte die schmalen Lippen (kirschrot). Jetzt hatte sie die perfekte Form, den perfekten Ausdruck, und ihr perfekter Mund lachte ein perfektes Lachen. Sie ähnelte nicht im mindesten einem Fruchtporträt von Archimboldo.

Sexbombe! schrie Vladimir Veerle im Badezimmer an.

Veerle tauchte tief in den Schaum ein.

Sexbombe!

Veerle jagte ihn aus dem Badezimmer.

Sexbombe!

Von nun an schloß Veerle die Badezimmertür ab.

(Bis vor kurzem saßen Bruder und Schwester noch friedlich zusammen in der Wanne und spielten mit Schiffchen und Plastikenten.)

Sexbombe, Sexbombe, Sexbombe!

Und Veerle schloß ihren Körper ab. Mit dem Nachtschloß, mit dem doppelten Steckschloß. Sie verbarrikadierte die Türen und verbarg sich ganz hinten in ihrem Körper, bis sie ihren Bruder nicht mehr hören konnte.

Sexbombe! Sexbombe! Sexbombe! schallte es im Mutterohr.

Sie mußte darüber lachen. Sie hielt Sexbombe für ein nettes, unschuldiges Wort voll strotzender Buchstaben in hellen fröhlichen Farben.

Wer war eine Sexbombe?

BB, denn die hatte Brüste oh, là, là.

Die von Julia waren klein, aber fest.

Sexbombe!

»Sexbombe«, entfuhr es Maurice in dieser Nacht.

Julia ertrug es nicht. Nicht mehr.

Maurice war ein eifriger Schüler. Er radierte das Dreisilbenwort aus seinem Vokabular. Julia konnte Maurice in alle Formen kneten, die sie nur wollte. Kinderknete.

17 Am oberen Ende der Leiter befand sich das Schlafgemach der Venus. Hier brachte Omer ihr alles bei über Erde, Schlamm und Schlick (Maurice kannte nur Luft, Luft, Luft), er lockte etwas in ihr hervor, das sonst für immer in ihr verborgen geblieben wäre, das Tier Julia, ein Tier wie sein Hund, sein Stier, seine Hühner, seine Katzen, seine Fliegen, Würmer, Käfer und Kellerasseln. Aber erst mußte sie hervorgelockt werden, »Komm, putt-putt«, sagte Omer, »Komm, biche, ma biche«, er preßte seine Hände auf ihre Ohren, zog sie näher, packte sie an den Schultern, griff ihr unter die Achseln und zog sie hervor ... unsicher kroch sie herum, schreckhaft blickte sie um sich, ließ sich beruhigen, es war unheimlich, zum ersten Mal draußen zu sein, manchmal kroch sie ängstlich in ihre kleine Höhle zurück, aber dann lockte Omer sie wieder, jedesmal traute sich Julia länger draußen zu bleiben, traute sich zu knurren, zu bellen, zu kläffen, zu schnurren, traute sich mit ihren Tatzen zu schlagen, die Flügel zu gebrauchen, traute sich, zu kreischen und zu fauchen, Omer packte sie, drückte seine Zähne in ihr Fleisch, rieb seine Bartstoppeln an ihrer Haut, drang mit seiner Zunge, seinen Händen, seinem herrlich mächtigen Pilz in ihren schuldigen Körper ein. Omer konnte ihr nicht tierisch, liederlich, verdorben genug sein.

Sie stiegen durch die Leiteröffnung hinab. Omer legte sie auf die Werkbank, setzte sich auf einen Schemel und betrachtete sie. Seine Werkzeuge lagen um sie herum. Julia schloß die Augen. Sie sog seinen Geruch tief ein: Harz, Erde, Moos, Laub.

Mächtiger alter Eichbaum, um den herum der Kosmos sich ordnet, laß deine Wurzeln und Zweige mich umfangen, deine Blätter mich überwuchern, laß mich ein Teil deiner Weisheit und Ewigkeit werden, laß mein Leben in deine Rinde hinein, laß dein Harz mit meinem Blut sich mischen, laß dein Laub mein Kranz, die Bischofsmützen mein Schmuck und das Moos unser Brautbett sein, laß unsere Wurzeln immer tiefer in die Erde und immer höher in den Himmel wachsen, laß deine prächtige glänzende Eichel mich ausfüllen und einen Mistelzweig entspringen aus unserem herrlichen Kuß.

Da kam der Augenblick, da er den Reißverschluß seines Blaumanns öffnete, sie mit den Hüften bis zur Kante der Werkbank zog, ihre Hände packte und sie noch einmal nahm, mit ganz langsamen Bewegungen. Sie löste sich vom Leben und hatte doch gleichzeitig das Gefühl, gerade sehr intensiv zu leben. Als ob das intensivste Leben sich außer-

halb des Lebens abspielte (aber nicht im Tod). Der alte Fähr-
mann setzte sie über den Styx. Dort im Jenseits schlug das
Herz der Unterwelt, der verbrecherischen Welt, der Welt der
Liebe.

Hier im Ursprung wollte sie bleiben. Frei von Gedanken,
ohne das Wissen, Kennen, Besitzen. Er sollte über sie verfü-
gen. Denn wo Omer war, da durfte nichts anderes sein. Weil
er durch nichts anderes erkannt werden konnte als durch
nichts. Abgrund in Abgrund, Finsternis in Finsternis, Nichts
in Nichts, das war das Licht, die vollständige Erfüllung.

... der Baum sang, ratterte, schepperte, zitterte, bebte,
dampfte, die Flüssigkeiten stauten sich kraftvoll ... immer
kraftvoller ... bis zu einem sensationell orgiastischen Aus-
bruch ... die Liebessäfte strömten in die Braut ... Millionen
Jahre Geschichte schienen in sie hineinzufließen, zu
schwimmen, zu wirbeln ... Julia drehte sich, kreiselte um
sich, sie fühlte sich als Frau aller Zeiten.

18 *M*aurice kam ramponiert nach Hause. Die Krawatte
hing ihm lose um den Hals. Er roch nach Whisky.

»Und du hast vorher nichts davon gemerkt?« fragte Julia
erstaunt.

»Dieser Schuft hat mir nichts gesagt. Er schuldet mir noch
eine Menge Geld.«

»Das ist nicht das Ende der Welt.«

»Wir werden das Auto verlieren.«

»Du wirst ein anderes Auto und einen andere Stellung finden«, versuchte ihn Julia zu trösten.

»Ich bin viel zu alt dafür. Wer will mich denn noch haben?«

»Du bist doch erst zweiundfünfzig«, sagte Julia. Bei dem Gedanken, daß Maurice tagelang zu Hause sitzen würde, geriet sie in Panik.

»Freust du dich, daß ich ab jetzt wieder für eine Weile zu Hause bin?« fragte Maurice.

Am nächsten Tag ging Maurice zum Arbeitsamt in Galmaarden. Julia ging traurig zu Omer.

»Wir werden uns in der nächsten Zeit weniger sehen«, seufzte sie. »Maurice hat seine Stellung verloren und ist die ganze Zeit zu Hause.«

Omer versteinerte. Julia wollte ihn durch zärtliche Worte beruhigen. Sie prallten an seinem Körper ab. Er packte sie und zog sie mit sich ins Schlafgemach der Venus.

Am nächsten Morgen brachte Maurice ihr mit einem breiten Lächeln das Frühstück ans Bett, spülte das Geschirr, bügelte die Wäsche, putzte die Fenster, räumte auf, hörte Veerle und Vladimir ab. Am Ende des Tages saß er mit hochgelegten Beinen hinter der Zeitung in seinem Sessel. Buchstabe für Buchstabe las er die Sportseiten und die Autobeilage, die Stellenanzeigen überschlug er. Julia zog sich ins Schlafzimmer zurück und starrte voller Verlangen aus dem Fenster.

Das Arbeitslosengeld reichte nicht aus, um alle Rechnungen zu bezahlen. Zum ersten Mal stand der Gerichtsvollzieher vor der Tür. Ida kam und forderte die Miete ein. Die Post sperrte das Telefon. Vladimir und Veerle wollten mehr Taschengeld. Julia mußte sich aufraffen.

Onkel Tom fand für seine Nichte eine Stellung in der Bibliothek des Museums für Schöne Künste. Maurice richtete für Julia einen DAF her. Von nun an fuhr sie jeden Tag mittags vollautomatisch ins Zentrum von Brüssel. Julia lernte die richtige Welt kennen. Ihre Kollegen und Kolleginnen taten nichts anderes, als sich darüber zu unterhalten, was sie am Abend kochen würden, was das Fernsehen brächte, wo sie nächstes Jahr Ferien machen wollten. Sie lebten alle in der Zukunft. Die Momente, die sie schnatternd miteinander verbrachten, schienen ihnen überhaupt nicht wichtig zu sein. Julia hatte sich vorgenommen, nichts über sich selbst zu erzählen, aber in kürzester Zeit erkundigten die Kollegen sich nach Maurice und Vladimir und Veerle. Ein Kollege hatte bei einer Fahrradtour durchs Pajottenland sogar Julias Herrlichkeit gesehen.

»Wie ist das denn nun mit so einem alten Mann?« fragte Onkel Tom, als Julia ihn im Laden besuchte.

»Ich bin seine erste Frau. Das Verlangen eines ganzen Lebens ist in ihm reif geworden und fließt jetzt in mich hinein.«

»Wie alt ist er denn?« fragte Tom.

»Ist das so wichtig?«

»Sag es doch. Ich erzähle dir auch immer alles.«

»Vierundsiebzig«, sagte Julia.

Tom konnte sich ein Lachen nicht verkneifen.

»Was ist los?«

»Frederik ist achtunddreißig, und, ehrlich gesagt, finde ich ihn manchmal schon ein bißchen alt.«

»Genau das ist der Unterschied zwischen einem Mann und einer Frau«, sagte Julia. »Für eine Frau ist das Alter nicht wichtig.«

»Wann seht ihr euch?«

»Wenn Maurice sich mit seinen Freunden in der Spiel-scheune vom Den Haas trifft.«

»In der Herrlichkeit?«

»In Omers Scheune.«

»Aha, also auch eine Spielscheune.«

»Spiel? Du verstehst überhaupt nichts«, sagte Julia.

Tom berichtete von seinen Abenteuern, die er in Saunen und auf einsamen Parkplätzen erlebte. Julia konnte kaum hinhören. Ihre Liebe war von anderer Art. Von was für einer wußte sie allerdings auch nicht.

19. Juni 1982. Ein Fest in der Herrlichkeit. Lampions, Musik und viel Alkohol. Vladimir hatte sein Studium der Altphilologie beendet, mit Auszeichnung. Skrupellos machte er sich in viel zu engen Hosen an ein Mädchen nach dem anderen heran. Veerle beobachtete ihn mit ihrem gewohnten kritischen Blick, die Arme starr vor der Brust gekreuzt. Jeden Tanz, um den sie Vladimirs Freunde baten, schlug sie altklug aus.

»Unser erstes Kind verläßt das Haus und bald auch unser letztes«, sagte Maurice von seinem Gartenstuhl aus. »Von nun an wird es ernst.«

Angstvoll schaute er Julia an, als ob ihr Leben vor einem steilen Abstieg stünde und sie nun dem Ende zustrebten.

Julia hatte dieselbe Angst, aber aus einem anderen Grund. Seit dem Winter kehrte sich Omer langsam von ihr ab. Manchmal verstrichen ganze Wochen, bevor er sich wieder mit ihr verabreden wollte. Sie mußte sich beeilen, um ihn lieben zu können. Oft wollte Omer sie nur anschauen. Julia lag vergeblich auf der Werkbank und wartete auf den Moment, in dem er sie berühren würde. Wenn sie sich ihm dann müde vor Verlangen zukehrte und seine Hände auf ihre Hüften legte, spürte sie, daß seine Leidenschaft eingeschlafen war.

Eines Tages hatte sie seine passive Haltung satt. »Du alter Bauer«, schrie sie.

Omer erhob sich von seinem Schemel und kehrte ihr den Rücken zu. Julia betrachtete den Körper aus blauer Baumwolle, wartete darauf, daß Omer sich wieder zu ihr umdrehen würde, wütend oder weinend oder lachend. Aber er blieb bewegungslos stehen, ging dann hinaus, zog das Scheunentor hinter sich zu. Julia hörte, wie die Küchentür geöffnet und wieder geschlossen wurde. Danach war es still.

Julia lag allein auf der Werkbank, mit dem Kopf neben dem Schraubstock. Schräg über ihr hingen die Hämmer, die Meißel, die Schraubenzieher, die Sägen, die Spinnweben.

Sie wartete fünf Minuten, zehn Minuten, eine Viertelstunde, eine halbe, ihr Verlangen steigerte sich zur Wut, sie wartete eine Stunde, schaute aus dem Fenster. Schließlich ging sie beunruhigt in Omers Haus. Er saß nicht in seinem Sessel, er lag nicht in seinem Bett. Julia fand ihn über Kobalt gebeugt im Stall.

Sie setzte sich neben ihn, legte ihren Kopf in seinen Schoß. Omers Finger glitten nicht durch ihr Haar.

»Nenn mich wieder biche.« Julia streichelte seinen Schoß. Omer schüttelte sie ab. Julia nahm seine Hand und rieb sie über ihre Brüste.

Omer stand auf und ging an ihr vorbei aus dem Stall. Julia blieb verzweifelt zurück, die nackten Knie im Stroh, und starrte in die dunklen Augen des alten Stiers. Sie wollte für den Rest ihres Lebens hier sitzen bleiben, wenn sie nur wieder mit Omer zusammensein dürfte. Sie legte eine Hand auf das Fell. Kobalt war eiskalt. Seine Augen blinzelten nicht mehr.

Julia kehrte zur Herrlichkeit zurück, ging nach oben, kam herunter, rauchte eine Zigarette nach der anderen. In dieser Nacht mußte Maurice sie »ma biche« nennen und es zum ersten Mal in seinem Leben mit ihr auf dem Küchentisch treiben. Er war in der Stimmung dazu, denn er hatte mit den Kameraden in der Spielscheune ordentlich getrunken. Julia schloß die Augen. Die Gürtelschnalle schlug bei jeder Bewegung gegen die Tischkante.

»Du bist eine Frau voller Überraschungen«, sagte Maurice lachend.

Julia biß sich auf die Lippen.

»Unser Leben ist so zauberhaft, mein Spatz. Aber, was hast du?«

»Nimm mich, bitte.«

»Das kann ich nicht, wenn du weinst«, sagte Maurice und zog die Hosen hoch.

Julia ging noch einige Male zu Omer. Schließlich gehörten sie doch zusammen. Früher oder später müßte er das einsehen. Es war unvorstellbar. Omer wollte ab jetzt in Ruhe gelassen werden. Sie hörte auf zu existieren. In ihrer Phantasie baumelte sie leblos an einem seiner Äste.

III | *C*orpus delirum

Jahre später

Julia flatterte über das Pajottenland. Sie spürte den Wind in ihrem Haar, zwischen ihren Zehen, in ihren Kleidern. Das hatte sie sich verdient, denn hierfür hatte sie gekämpft. Jeder hatte nun einmal seinen Kampf auszufechten, zum Glück besaß jeder eine Chance auf seinen glorreichen Sieg, das konnte ihr keiner ausreden. Von nun an würde sie für sich selbst entscheiden.

Mit dieser Welt war etwas nicht in Ordnung. Sie drehte sich, wie sie sich drehen mußte, und sie zerfiel auch in dem Maß und der Geschwindigkeit, wie sie zerfallen mußte. Das war es also nicht, eher waren es die Bewohner, die irgendwie nicht in Ordnung waren, die nicht einmal die Absicht hatten, in Ordnung zu sein. Sie sagten sich andauernd, es sei alles in Ordnung und, sicher, sie hielten auch alles in Ordnung, aber das war so eine ganz andere Ordnung als die Ur-Ordnung im Haus der Frau Holle, die ihre Betten ausschüttelte und es schneien ließ, wenn es schneien mußte.

Auf die anderen wollte sie keine Rücksicht mehr nehmen, auf die mit den schönen Namen wie Maurice, Mann der Luft. Oder Veerle die Tapfere. Oder Vladimir der Geniale. Für diesen Grünschnabel bestand die Welt aus einer Frau mit

Millionen Öffnungen, und um diese Welt kennenzulernen, mußte er sein Anhängsel in all diese Höhlen stecken. Sie schaute ihm dabei über die Schulter und erblickte unter all diesen Löchern den Fisch, an den wir uns alle erinnern sollten, den ewigen Fisch, den Vater der Väter.

In der dämmrigen Waschküche preßte Julia ihre Hüfte gegen die *Miele*-Waschmaschine, die den wunderbaren Vorteil besaß, daß jedes Jahr der *Miele*-Monteur zum Kundendienst kam. Der behaarte Athlet in seiner Khaki-Hülle lobte Julia, weil sie ihre Geräte so beispielhaft versorgte. Stimmt, scheute sie doch weder Kosten noch Mühe, um ihrer *Miele*-Waschmaschine, dem *Miele*-Trockner, dem *Miele*-Herd die ewige Jugend zu erhalten, wo sollte sie auch anders hin mit all der Liebe, die in ihr steckte? Am liebsten wollte Julia diesem *l'homme au miel* den Reißverschluß seines Overalls herunterzerren und zu ihm hineinkriechen, das wäre doch eine ehrliche Belohnung für die fleißigste Hausfrau der Welt, oder ein Trostpreis für die unglücklichste von allen, wie unwichtig waren doch die Gründe für diese Belohnung, als deren Folge sie sich, egal wie, in ihm auflösen würde, denn sie würde den Reißverschluß seines Overalls hinter sich zuziehen, zusammen mit ihm in die Maschine steigen und endlos drehen, spülen, schleudern, und sich zentrifugal mit ihm, ihrem allersüßesten Honigmann, vereinigen.

Julia setzte zur Landung an und flog auf ihrem Weg zur Walhalla haarscharf an den Fenstern mit den nackten Frauen, den flackernden Neonlichtern vorbei. Durch einen Vorhang aus Plastikbändern betrat sie eine Welt aus Sex und Vergnügen. Sie schloß die Tür, ließ sich in den Kunstledersessel fallen, warf Dukaten in den Schlitz neben der Armlehne. Da waren sie, die Hauptpersonen: die Mösen, Schwänze, Zungen, Ärsche, Brüste … Eine Faust verschwand in einem Rumpf wie in der Hoffnung, dort zu finden, wonach sie schon immer gesucht hatte. Tiefer, dachte Julia, tiefer, bis über den Ellenbogen.

Wie amüsant war es doch, an einem so trostlosen Tag von Orgasmus zu Orgasmus zu zappen, während Mann und Kinder nicht die leiseste Ahnung davon hatten.

Ein schwarzer Arm erschien unter der Tür und wischte mit einem Schwamm den Fliesenboden ab. Meine Güte, von ihr waren vorläufig sicherlich keine Samenergüsse oder andere Ausflüsse zu erwarten.

Nachts erschienen die Pilze dreist vor ihrem Bett. Sie hieß sie alle näher zu kommen, betrachtete sie, wählte aus, liebkoste sie, gab ihnen Namen:

Senfschwamm

Kopfstoß

Blauhelm

Wunderdolch

Donnerdolch

Riesenkeule

liebes, herrliches, unartiges Riesenkeulchensäulchen.

Manchmal erkannte Maurice sie morgens überhaupt nicht mehr, ihre Stimme war anders, ihr Geruch, ihre Vergangenheit.

Fliegen macht süchtig. Julia flog im Zickzack über die Landkarte des Unglücks. Sie legte die Hände um den Mund:

Meine Damen, kommen Sie heraus, hier ist das fliegende Wetterweiblein, die Vorhersagen für heute: die Temperaturen steigen, weil ich nämlich, um euch eine Freude zu machen, die Thermostate höher gedreht habe, es wird warm, es wird heiß werden, eure Panzer werden schmelzen und die Natur überschnappen, sie wird aus allen Poren treten, Käfige sprengen, über die Stränge schlagen und euch die Kleider vom Leib reißen, und jetzt wiederholen Sie im Chor:

Beff-Bohrer,

Blick-Bolzen,

Docht-Distel,

Flop-Feige,

Gibber-Geige,

Horn-Hobel,

Kelch-Kerbe,

Klöppel-Knopf,

Kaiser-Keule,

Knüppel-Kübel,

Muschel-Mäuschen,

Pflock-Pussi,

Schlitz-Schlund,

Spalt-Specht,

Spund-Sporn,

Speer-Spritze,

Sterz-Zapfen,

Zucker-Zinken,

und dann in immer schnellerem Rhythmus, noch immer im Chor: ich wichse mir einen ab in excelsis deo,

ich rebele mir einen ab in excelsis deo,

ich wetze mir einen ab in excelsis deo,

ich fummle in excelsis deo,

ich befriedige mich selbst in excelsis deo,

ich bin hitzig in excelsis deo,

ich machs in Handarbeit in excelsis deo,

ich geil mich auf in excelsis deo,

ich bring mich auf Touren in excelsis deo,

ich jage mich selber die Stange hinauf in excelsis deo,

ich reiz mich selber in excelsis deo.

Todmüde lehnte sie sich gegen einen Balken. Ihr Körper hatte sich aufgelöst, ihr Geist war kondensiert. Der Wind blies in der Ferne. Sie hielt sich eine Muschel ans Ohr. Es war keine Muschel, sondern der Deckel eines Weckglases. Fasziniert lauschte sie dem Meeresrauschen.

Sie hörte die Familie auf der anderen Seite der Tür. Sie störten sie. Sie fühlte sich gestört. Vielleicht war das sogar die tiefere Bedeutung des Wortes. Gestörte waren sich selbst genug. Veerle sagte durchs Telefon zu Vladimir: »Das kann noch Monate, Jahre so gehen.« Sie klang enttäuscht und müde. Als ob es ihr lieber wäre, wenn es ganz schnell mit ihr zu Ende ginge. Veerle die Tapfere wollte wissen, woran sie war, und woran sie mit Julia war, wußte sie nicht, hatte sie nie gewußt. Ihre Mutter begab sich nicht auf konkretes Terrain. Julia konnte sich des Eindrucks nicht erwehren, daß ihre Tochter nicht den kleinsten Versuch unternahm, sie zu verstehen.

Plötzlich war unter den Stimmen die versöhnende Stimme des Kaspers zu hören, der sein Gretchen in Schutz nahm: »Sie wird schon wieder hochkommen.« Er wußte nicht, daß seine Frau noch niemals so hoch oben gewesen war wie in diesem Augenblick, daß nur hier oben der Boden existierte, sie versuchte es mit rhabarber, rhabarber, rhabarber, obwohl sie die Stimmen eigentlich hören wollte, es tat nicht mehr weh, es machte alles nur fremder, und sie konnte nicht fremd, nicht losgelöst genug sein, es war eine Art des Abstandnehmens … Würde sie sich je mit ihm über die logische, süße Befreiung des Fleisches unterhalten können?

»Wenn du mich wirklich liebst, dann versuch etwas zu essen«, flüsterte Maurice. Sein Mitleid wurde durch seine Logik gedämpft. Diese unzureichende, halbherzige Logik. Er hatte begriffen, daß er zu ihrer Aufheiterung nicht mit seinen Geschichten über die Königlichen Pajottenlandturner oder den Rozenbroek-Hof ankommen durfte. Er hielt den Mund.

Hier war Julia allein mit ihren Erinnerungen und all den Nebenstimmen, auf die sie hören sollte. Phantasie, so hieß das in ihrem früheren Leben, aber sie hatte der Phantasie abgeschworen, es war die Wirklichkeit, die sie an solchen Tagen überfiel. (Schlag auf sie ein, wenn es nicht wahr ist, geißle sie, wenn es nötig ist, und dränge sie zurück auf ihre essentielle Form, wenn sie wieder außer sich ist und allem, was wichtig ist, abtrünnig wird und wieder in der Fremde rumhurt.)

Maurices Klopfen an der Tür war nicht zum Aushalten. Es quälte sie, denn er paßte nicht mehr in ihre Existenz. Sie hatte sich von ihnen, zu denen sie früher gehörte, gelöst. Sie war froh, sterblich zu sein. Noch froher war sie darüber, daß ihr eine Zeit vergönnt blieb, in der sie nicht am Leben teilhaben mußte und auch nicht am Tod, so daß sie über beides ruhig nachdenken und sich frei fühlen konnte.

Fleißig beichtete sie dem Beichtvater. Aber er begriff nichts. Er war ihr nicht gewachsen. Er war nicht erleuchtet wie sie. Er glaubte, sie mit Freundlichkeit für sich gewinnen zu können. Doch Julia haßte ihn dafür. Er sagte, es wäre gut, wenn sie sich unter die anderen Menschen mengen würde. Aber Julia wollte das nicht, sie sei rein. Mein Herr, wollen Sie das bitte nicht vergessen? Und sie sagte ihm auch, daß sie imstande wäre, für diese Stille, für dieses stille Aufsteigen, einen Mord zu begehen. Ab und zu wenigstens. Der Beichtvater schrieb alles fein säuberlich auf.

»Wann kommst du wieder raus?« hörte sie Maurice mit jener Aufgeräumtheit fragen, die allmählich etwas Zynisches an sich hatte. Eine Variante der Frage: »Was machst du Ostern?«, eine Frage, die die Kollegen und Kolleginnen aus der Bibliothek bereits drei Wochen nach Weihnachten aufzuwerfen pflegen. Dieselben Kollegen und Kolleginnen, die um zwei Uhr nachmittags froh waren, weil der Arbeitstag fast geschafft war, dieses ewige Hinter-sich-haben-wollen …

Wer hämmerte da gegen die Tür? Veerle Callebaut. Ein vitalistischer Brocken des Verlangens. Wie eine einsame Strandräuberin auf Beutezug stand sie da und bat und bettelte. Julia sog sie ins Zimmer. Gutenmorgen, es müsse hier mal wieder aufgeräumt werden, das sei in der Geschichte schon immer so gewesen, es gab Luxuspferde und Arbeitspferde, oder solche, die Feste feierten, und solche, die hinterher aufräumten, Maulhelden und Zupacker.

Es hörte nicht auf. Täglich, Woche für Woche klopfte es an die Tür: ihre Kinder oder Maurice aus einem früheren Leben. Sie hörte sie hinter ihrem gebeugten Rücken sagen, wie lieb sie sie hätten, und sie schwor ihnen, sie auch zu lieben, sie erinnerte sich sogar daran, sie tatsächlich einmal geliebt zu haben, sie erinnerte sich an Sätze wie: »Ich liebe dich« oder »Liebst du mich auch?«, aber nun war alles anders: Von nun an mußten sie allein zurechtkommen.

IV Das gelbe Quadrat

Ich sammle Blütenstaub auf den Wiesen, die mein Atelier umgeben, in den Wäldern nahebei – alles sehr nahe. Es beginnt Mitte Februar mit der Blüte von Haselnuß, bis August, September. Mit meinen Fingern streife ich den Blütenstaub von den Blumen in einen Krug. Es ist sehr einfach – und von Löwenzahn, zum Beispiel, der vier oder sechs Wochen blüht, habe ich dann ein kleines Glas voll mit Blütenstaub. Von Kiefern, die im Juni für ungefähr einen Monat blühen, habe ich zwei große Gläser voll. Kiefern haben so viel Blütenstaub und Löwenzahn und Haselnuß – so wenig ... Es gibt warme Tage mit viel Sonne, und ich sammle viel Blütenstaub, und es gibt kalte Tage, windige Tage, und ich sammle sehr wenig ... Nach all den Monaten habe ich dann vier, fünf oder sechs Gläser mit drei oder vier verschiedenen Arten von Blütenstaub.

Wolfgang Laib, 1986

Ad usum delphini

Jahre später

1 *E*in Einwohner von Sint-Pieters-Leeuw entdeckte am Sonntag gegen 20 Uhr 30 auf dem Gelände der Elektritizitätszentrale der Gemeinde den verkohlten Leichnam einer Frau. Dem Mann war Rauch bei der Zentrale aufgefallen. Im Stadtkreis lag noch keine Vermißtenanzeige vor. Das Opfer hatte einen Stromschlag von 70 000 Volt erlitten. Die Kriminalpolizei nahm die Untersuchung auf.

Eine 39jährige Verkäuferin aus Lennik hat in der Nacht von Montag auf Dienstag ihren 41jährigen Mann und ihre drei Kinder im Alter von 10, 9 und 6 Jahren umgebracht. Danach legte sie Hand an sich selbst. Familienmitglieder des Paares fanden gestern nachmittag die Leichen in den Betten liegend: die zwei Söhne in ihrem Schlafzimmer, das Ehepaar und die kleine Tochter im Elternschlafzimmer. Ersten Erkenntnissen zufolge wurden der Mann und die drei Kinder vergiftet. Die Frau hatte versucht, sich die Pulsadern aufzuschneiden, ohne Erfolg. Dann legte sie sich vermutlich auf das Bett und schnitt sich mit einem Fleischermesser die Kehle durch. Die Fahndung ermittelte, daß die jüngste Tochter im Todeskampf noch in das elterliche Schlafzimmer gekrochen sein mußte und dort auf dem Ehebett zwischen Vater und Mutter leblos zusammenbrach. Die Polizei entdeckte gestern die Leichen, die schon in Verwesung übergegangen waren, nachdem sie von einer Schwester der Frau alarmiert worden war. Zusammen mit anderen Familienmitgliedern war sie zu Besuch gekommen, um den Geburtstag der Verkäuferin zu feiern.

Die Polizei hat am Dienstagabend in einem Haus in Vlezenbeek ein Ehepaar tot aufgefunden. Erste Untersuchungen ergaben, daß die Frau vermutlich zunächst ihren Mann getötet und einige Tage später Selbstmord verübt hat. Eine Krankenschwester, die dem Ehepaar regelmäßig Spritzen verabreichen mußte, hatte die Polizei alarmiert. Obwohl sie für diesen Dienstag keinen Termin ausgemacht hatten, weil das Ehepaar angeblich verreisen wollte, ging die Krankenschwester ins Haus, nachdem sie ein offenes Fenster gesehen hatte. Mit ihrem Schlüssel verschaffte sie sich Zugang zur Wohnung. In der Küche entdeckte sie Spuren eines Kampfes, unter anderem eine zerbrochene Brille. Sie rief die Polizei, die die beiden Eheleute aufgehängt in der Garage fand. Die Leiche des Mannes, der 71jährige G. Z., wies Quetschungen und Kopfwunden auf und schien bei näherer Betrachtung von der Küche in die Garage geschleppt worden zu sein. Er ist eindeutig einige Tage vor seiner Frau, der 66jährigen V. Z., gestorben. Das Ehepaar war am 4. Juli von einem Arzt und einer Krankenschwester zum letzten Mal lebend gesehen worden. Vermutlich hat die Frau ihren Mann kurze Zeit später umgebracht und nach zwei Tagen ihrem Leben ein Ende gesetzt. Schon seit längerem hatte es Streit zwischen den Eheleuten gegeben, die seit ungefähr vierzig Jahren verheiratet gewesen waren. Die Frau hinterließ einen Abschiedsbrief. Sie soll früher schon einige Male geäußert haben, das Problem auf diese Weise lösen zu wollen.

In Galmaarden wird die 24jährige G. J. beschuldigt, am Frei-
tagmorgen ihrem Mann den Penis abgeschnitten zu haben,
nachdem er sie zu sexuellem Verkehr gezwungen hatte.
Nach der Tat fuhr sie ein Stück mit dem Wagen und warf
den mitgeführten Gegenstand an einer Kreuzung aus dem
Fenster. Danach rief sie die Polizei, meldete die Vergewalti-
gung, gestand ihre Tat und nannte den Ort, wo sie den Penis
hingeworfen hatte. Die Polizei sperrte unverzüglich die
Straße und verjagte einige Hunde, doch der Penis konnte
nicht mehr gefunden werden. Das Ehepaar hat die Schei-
dung eingereicht.

2 **J**ulia und Maurice standen auf einem zugigen Gelände hinter
einer Häuserreihe in Anderlecht, um sich ein Wohnmobil
anzusehen. In der Hand hielt Maurice die Kreiszeitung, in
der er die Anzeige gefunden hatte.

»Ich bin mit meiner Frau zehn Jahre lang darin herumge-
fahren. Wir sind überall gewesen«, sagte der greise Rentner.

»Und warum wollen Sie es verkaufen?«

»Sie ist tot. Und allein habe ich keine Freude daran.«

Maurice überprüfte ausgiebig den Motor und das Fahrgestell
des Wohnmobils, kletterte hinein, inspizierte die Sitzbänke,
die ausklappbaren Betten, die Schränke, den Herd. Julia sah
ihn von draußen hinter den Fenstern hantieren. Sie dachte
an die tote Frau, schmorend in ihrem Unglück und schließlich erstickt in diesem Käfig auf Rädern. Auf jedem Markt-
platz von Europa hatte sie in den Töpfen rührend hinter
ihrem kleinen Campingherd gestanden und voller Verlangen
zum Fenster hinausgeschaut wie die Löwen, die Pferde, die

Affen in den fahrenden Käfigen herumziehender Zirkusse. Während sie über ihr Leben nachdachte, rief ihr Mann hinter der Landkarte und dem Bier sitzend, daß das doch die schönste Zeit ihres Lebens sei.

Wenig später saßen Julia und Maurice rechts und links des alten Mannes auf dem Sofa im Wohnzimmer. Auf seinem Schoß lag ein Fotoalbum. Langsam blätterte er die Seiten um. Seine Frau und das Wohnmobil waren auf fast jedem Foto zu sehen, nur der Hintergrund und der Ton ihrer Haut änderten sich. Unter den Fotos standen in anmutiger Schnörkelschrift kurze Texte, die die Erlebnisse rückwirkend unvergeßlich machen sollten.

»So werden wir auch herumreisen, nicht wahr Julia?« sagte Maurice gutgelaunt.

»Aber ich arbeite doch im Museum«, maulte Julia.

»Es wird Zeit, daß Sie in Urlaub fahren«, erlaubte sich der alte Mann einzuwerfen.

»Da bin ich mir noch nicht so sicher«, seufzte Julia.

»Wir werden von jetzt an jedes Wochenende damit herumfahren«, sagte Maurice, »auch in deinen Ferien.«

»Und die Spielscheune?«

»Dafür bleibt noch genug Zeit übrig.«

Julia schwieg. Von jetzt an würde ihr Leben darin bestehen, in der Bibliothek zu arbeiten und mit Maurice in diesem Haus auf Rädern herumzuziehen.

»Du hast doch genug Geld?« flüsterte Maurice Julia besorgt ins Ohr, als der Mann Kaffee aufsetzte.

Tatsächlich war von dem Vermögen ihres Vaters, das sie geerbt hatte, nach Abzug von Maurices Schulden, noch ein ansehnlicher Betrag übriggeblieben. Das Vermögen ihrer Schwiegermutter ließ allerdings noch auf sich warten.

Alles in seinem Leben war alt, dachte Julia. Selbst ihre eigenen Hände, die Maurice jetzt in der seinen hielt, waren wie die Hände einer alten Frau. Julia wollte sich seiner Zeit entwinden und nach ihrer eigenen Uhr leben. Vielleicht war dieses Verlangen das letzte Zucken, bevor sie selbst alt würde, ein verzweifelter Versuch, etwas von ihrer Jugend, ihrer Frische zu bewahren, bevor sie in diese fahrende Kiste für zwei stiege. Die Ein-Personen-Kiste ohne Räder wartete bereits ungeduldig am Horizont. Maurices feuchte Hand in ihrem Nacken schien alle Energie aus ihr zu ziehen. Sein Finger auf der Europakarte und die zurückzulegende Strecke quälten sie, durfte sie bitte für eine Weile noch ihren eigenen Weg gehen?

»Und, was machen wir?« fragte Maurice erwartungsvoll, als er Julia über den Fotos träumen sah.

»Laß uns noch ein bißchen warten«, schlug Julia vor.

»Was sagt sie?« murmelte der greise Rentner ungläubig.

»Sie will noch nicht«, flüsterte Maurice.

Die beiden alten Männer sahen einander enttäuscht an. Maurice kehrte ihnen den Rücken zu und stellte sich vors Fenster. Einen letzten Augenblick stand er Auge in Auge mit dem liebgewordenen Traum. Der Besitzer des Wohnmobils stellte sich neben ihn, das Fotoalbum unter dem Arm. »Ich kann's ja verstehen«, murmelte er gutmütig und klopfte Maurice auf die Schulter. »Sie ist ja noch so jung.«

3 *V*eerle studierte an der Katholischen Universität von Leuven Biologie. Über das Mikroskop gebeugt, erkundete sie die Welt im Detail. Das aber erst, nachdem sie mit beiden Zeigefingern das blonde Haar sorgfältig hinter die Ohren ge-

strichen hatte. Julia lag unter dem Mikroskop, schaute hinauf und sah Lichtjahre über sich ein Auge schweben, das sie beobachtete, jede ihrer Bewegungen verfolgte und beurteilte.

Veerle hielt ihre Mutter für schlampig, unberechenbar und fand, sie sei viel zuviel mit sich selbst beschäftigt. »Du mußt cool sein«, sagte sie und schaute ihr tief in die Augen. Aber Julia war nicht »cool«, sie hatte die Dinge nicht unter Kontrolle. Im Grunde hatte Veerle sie noch nie leiden können.

Veerle glaubte nicht, zu sehr mit sich selbst beschäftigt zu sein, sondern vielmehr mit allem anderen, den anderen, der Welt. Daß ich nicht lache, dachte Julia, sie befriedigt doch nur ihre erbärmliche Buchhalter-Sehnsucht nach Verstehenwollen und Macht, nur um dann befriedigt sagen zu können: So, das hätten wir, und jetzt die nächste Herausforderung. Veerle zerpflückte eine Blume, blätterte in ihrem alten Biologiebuch der Flora der Niederlande, bis sie endlich den dazugehörigen lateinischen Namen fand, et alors. Julia aber betrachtete die Blume lieber, roch an ihr und stellte sie ins Wasser.

Ihr Freund Robert war auch so eine Picobello-Figur, die alles verstehen wollte und die sich, wenn sie es dann verstanden hatte, die Hände rieb und dachte: So, das hätten wir ...

So, das hätten wir, wie denn, wo denn, was denn? Und was kommt jetzt?

Das hermetische Doppelgespann brachte Julia dazu, selber zu glauben, daß sie vage, seltsam, schlampig und unzuverlässig wäre, so, das hätten wir, die beiden wollten ihr doch nur unter die Nase reiben, daß sie noch ein Kind wäre, das von der Welt und dem Leben nichts verstand.

Veerle klagte, zu Hause immer nur alten Krempel bekommen zu haben. Für ihre eigene Bude kaufte sie sich mit dem

Geld ihrer Großeltern alles ladenneu. Dabei legte sie einen mittelmäßigen Geschmack an den Tag. Julia sagte sich, daß sie eigentlich nur Nettes über ihre Tochter denken dürfe. Während ihrer Krisen war es immer Veerle gewesen, die, mit Stift und Papier in der Hand, die Dinge für sie wieder in die richtige Reihenfolge brachte. War Julias Verzweiflung dann vorüber, rieb sich Veerle mit ihrem So-das-hätten-wir-Blick die Hände: So, das hätten wir, haben wir mal wieder wunderbar hingekriegt. Sie gäbe eine ausgezeichnete Oberschwester ab.

Maurice betrachtete Veerle als Kamerad. Er hatte sich damit abgefunden, daß sie nicht das sinnliche Mädchen war, mit dem er bei seinen Freunden angeben konnte, über das er vielleicht allerlei Phantasien hätte haben können. Sich zum Beispiel mit Verdoodt, Pardon und Dobbelaer hundertzwanzig Tage auf das Schloß von Gaasbeek zurückzuziehen. Und als Gesellschaft vier Bordellwirtinnen, sechzehn bildschöne Kinder, vier Hofdamen und acht muskulöse Jünglinge. Durch die Heirat mit der Tochter des jeweils anderen hätten sie sich untereinander verbunden. Aber wer hätte schon Veerles Mann sein wollen?

Wären Töchter Handelsware, würde ihre Tochter bei *Ikea* zu kaufen sein, in der High-Tech-Abteilung, wo die Möbel perfekt lackiert, geschleckt, stromlinienförmig, funktional sind. Als ob sie zur Raumfahrt taugen müßten. Julia würde sich anderswo eine Tochter aussuchen. Vielleicht auf dem Flohmarkt vom Vossenplein, dort würde sie zwischen altem Geschirr, vergilbten Postkarten und vollgesabbertem Spielzeug jene außergewöhnlich prachtvolle Tochter suchen, die sie so gerne gehabt hätte.

Vladimir. Von dem Augenblick an, als er seine Mutter einen Zentimeter hochheben konnte – er war sieben oder acht Jahre alt –, nahm er sie nicht mehr ernst. Mit seinen großen braunen Augen schaute er sie verachtungsvoll an. Julia hatte keine Ahnung, was sich hinter seiner hohen Stirn abspielte.

Vladimir war messerscharf, glasklar und unzuverlässig. Er tat die widerlichsten Sachen, ohne sich dabei die Hände schmutzig zu machen. Niemand bekam Gelegenheit, seine Lügen zu widerlegen. Über Liebesangelegenheiten verlor er in Anwesenheit seiner Mutter kein einziges Wort. Aber Julia war nicht verrückt. Sie schätzte, daß er während seines Jura- und Wirtschaftsstudiums, die er übrigens beide in kürzester Zeit und cum laude absolvierte, dreihundert Freundinnen verschlissen haben mußte. Diese Summe basierte auf Veerles und Maurices Informationen, die von Vladimir wechselweise ins Vertrauen gezogen worden waren. Vielleicht hoffte er durch diese Teilung die Anzahl auf die Hälfte reduzieren zu können. Vladimir hätte sich seiner Mutter gegenüber nicht zu schämen brauchen, im stillen bewunderte sie seine Promiskuität sogar. Sie hielt es durchaus für möglich, daß man, um so viele Frauen aufreißen zu können, sehr intelligent sein mußte, und es war reine Dummheit, daß die meisten Menschen sich auf so wenig beschränkten.

Sie hatte es akzeptiert. Auch wenn sie nicht gerade behaupten konnte, die Kinder wären ihre besten Freunde, man ging noch nicht einmal gemeinsam ins Restaurant, und wenn sie ihre Kinder nie mehr sähe, würde sie sie vielleicht nicht einmal vermissen. Sie hielt sich an die seltenen Erinnerungen, in denen ihr Zusammenleben harmonisch gewesen war. Sofort nach Beendigung seines Studiums ging Vladimir nach Brasilien. Veerle hatte das letzte dünne Vlies Gefühl zwischen

Mutter und Tochter inzwischen sorgfältig desinfiziert und mit einem Seziermesserchen abgeschabt, jetzt war sie glänzend, poliert und glatt wie ihre reizenden Möbel von Julia losgelöst.

4 *D*ir geht es nicht so besonders, oder?« flüsterte Mascha aus der Verwaltung während der Kaffeepause. »Du bist in letzter Zeit so negativ. Ich möchte dein Gesicht strahlen sehen.«

Julia erstarrte hinter ihrem Computer.

»Laß dir erzählen von der Herrlichkeit des Erwachens«, sagte Mascha salbungsvoll.

An dieses Vergnügen konnte sich Julia nur zu gut erinnern. In den Jahren mit Omer war sie sogar noch vor der Sonne wach gewesen.

»Nur ein gesunder Mensch kann diese Welt genießen, und ein gesunder Mensch steht vor Morgengrauen auf.«

»Und wann soll das sein?« fragte Julia.

»Neunzig Minuten, bevor die Sonne über dem östlichen Horizont erscheint.«

»*Was*, so früh!«

»Willst du mich auf den Arm nehmen?«

»Nein, Mascha, das würde ich nicht wagen.«

»Eine riesige Energiewelle überflutet dann den Planeten.«

»Stirbt man nicht früher, wenn man so wenig schläft?« fragte Julia und zündete sich eine Zigarette an.

»Nein, ein gesunder Mensch geht kurz nach Sonnenuntergang ins Bett.«

Der Rauch, der Julias Mund entschlüpfte, trieb Mascha Tränen in die Augen, und sie warf vorwurfsvolle Blicke auf die Zigarette. Julia saß auf der Stuhlkante.

»Dreißig Minuten vor Sonnenaufgang schwappt eine zweite Energiewelle durch die Atmosphäre. Die ist noch mächtiger. Jetzt ist der wichtigste Moment des Tages: Die Körperchemie läuft in allen Lebewesen auf Hochtouren. Das Blut wird jetzt mit frischen Chemikalien versorgt, die erst beim nächsten Sonnenaufgang ausgetauscht werden.«

»Kann das nicht im Schlaf passieren?«

»Nein, nein. Du bist ein typisches Opfer des Wohlstandsdenkens. Man muß erst den Körper von allen üblen Gasen und Stoffen reinigen, die sich in der Nacht im Unterleib angesammelt haben. Chemische Reaktionen laufen doch auch in einem sauberen Gefäß am besten ab, ohne Schmutz, ist doch so, oder nicht, Julia?

Wenn man beim Sonnenaufgang noch schläft, beeinflussen die üblen Stoffe im Körper die Blutchemie. Ist doch so, oder nicht, Julia?

Sämtliche Religionen der Geschichte haben immer wieder betont, wie wichtig es ist, vor Sonnenaufgang aufzustehen. Ist doch so, oder nicht, Julia?

Beschissen! Ist doch so, oder nicht, Julia?«

Sogar Nonnen stehen so früh auf. Aber sicher nicht, weil sie ihre Blutchemie vorbereiten wollen. Sicher nicht, weil sie sich erst ihrer Abfallstoffe entledigen wollen. Nonnen scheißen doch überhaupt nicht, deren Körperinneres ist weiß wie der Rand ihrer Hauben, allerhöchstens rosafarben, wie ihr Zahnfleisch, weder braune Materie noch üble Gase hausen in ihrem jungfräulichen Innern. Nein, Nonnen haben wahrscheinlich dieselben Gründe früh aufzustehen wie Julia einst. Es war die Liebe zu Ihm, die sie vom Schlaf erlöste.

Fortan konnte Julia ihre Kollegin nicht mehr ansehen, ohne nicht sofort an die üblen Gase und braunen Abfallstof-

fe zu denken, deren sie sich an diesem Morgen vor Sonnenaufgang schon entledigt hatte.

»Wenn du aufwachst, dann sagst du dir: Julia, heute ist der
erste Tag vom Rest der Ewigkeit. Also denke nicht mehr an
die Probleme von gestern, das kostet dich nur Kraft.

Halt dir die Hand unter die Nase und prüfe, welches
Nasenloch offen ist. Mit der Körperhälfte auf der offenen
Nasenlochseite mußt du deinen Tag beginnen, weil in dieser
Hälfte die meiste Energie steckt.

Wenn du zum Beispiel durch das rechte Nasenloch atmest,
mußt du in die rechte Handfläche sehen. Schau dir die Lini-
en und Muster an, studiere sie genau, nimm sie als deine besten Freunde an und küsse sie.

Jetzt setz dich aufrecht hin und atme die frische Morgen-
luft ein paarmal tief ein. Unterhalte dich mit niemandem,
negative Gedanken könnten die freundlichen Morgen-
schwingungen stören.

Steig mit dem rechten Fuß aus dem Bett, also mit der Seite mit dem offenen Nasenloch. Wenn du deine Energie so
ausnutzt, dann schützt du dich für den Rest des Tages gegen
negative Einflüsse. So befindest du dich im Einklang mit den
Energien auf dem Planeten.

Dann setz dich ein paar Minuten vor den Spiegel und lach
dich an, ziehe Grimassen und genieße das. Du lockerst deine
Gesichtsmuskeln und verhinderst die schlechteste aller Mor-
gengewohnheiten: die Ernsthaftigkeit. Sei expressiv, let the
clown out, schau, wie schwer es dir fällt, dich selber ernst zu
nehmen. Es ist gut, auf etwas Weißes zu schauen. Oder auf
etwas Gelbes.«

»Das meinst du doch nicht im Ernst?« fragte Julia ungläubig.

Mascha nickte. Sie zog ein Buch ihres Meisters Harish Johari aus der Tasche, *Dhanwantari.* »Nimm es ruhig mit nach Hause. Hier steht alles drin«, sagte sie. Julia hatte noch nie einen derart ernsthaften Blick bei jemandem gesehen.

Als Mascha weg war, wurde Julia wütend. Sie verfluchte sich, daß sie dem Ganzen nicht eher ein Ende gemacht hatte, daß sie Mascha nicht weggestoßen, ihr das Buch an den Kopf geworfen und sie angeschrien hatte: Such dir eine andere Dumme. Julia hatte ihre eigene Art, Dinge zu tun. Sie mußte lernen, sofort zu reagieren, wenn jemand versuchte, sie zu beeinflussen. Sie beschloß, alles, was Mascha gesagt hatte, auf der Stelle zu vergessen, und sich auch zu mögen, wenn sie den ganzen Tag innerlich braun, dunkelbraun, schwarz oder sogar tiefschwarz sein sollte.

5 *J*ulia saß mit Onkel Tom unter der orange-weiß gestreiften Markise des Cafés Le Vieux Prince auf dem Zavel-Platz. Um sie herum beäugten sich reiche, herausgeputzte Singles über die Ränder ihrer Tassen und Gläser hinweg. Es war nicht ihre Idee gewesen, sich nach all den Jahren hier zu treffen, denn Julia haßte diesen Platz. Sie haßte die teuren Antiquitätenläden, die teuren Restaurants, die teuren, vor den Straßencafés auf und ab flanierenden Autos. Sie haßte die braungebrannten Nichtsnutze, die lässig in der Sonne lümmelten und mit ihren Accessoires prahlten: Taschen, Brillen, Handys. Sie haßte die ganze gespielte Sorglosigkeit, gezierte Selbstverständlichkeit, eitle Bequemlichkeit. Wie hatte sie sich als vernünftiges Mädchen je von soviel falschem Schein einschüchtern lassen können?

Onkel Tom und Frederik waren für eine Woche aus der Provence hergekommen. Offensichtlich kannten sie in ihrem Leben auch keine Sorgen. Geräuschlos glitten sie durch die Existenz. Ihre berühmte Maxime: »Jeder Tag ist ein Fest« war zwar in manchen Augenblicken reiner Zynismus, traf aber wohl in der Tat auf jeden Tag ihres Lebens zu. Beide trugen sie eine Stoppelfrisur. Beide sahen sie unverschämt gut aus. Zumindest sehr jugendlich. Sie hatten an Nachkommen nicht den kleinsten Funken Energie verschwendet. Im Gegenteil, bedienten sie sich doch der Nachkommen anderer, um sich zu revitalisieren. Solange es Männer und Frauen gab, die Kinder machten, Sklaven der Geschichte, konnten die Homosexuellen sich immer wieder verjüngen. Julias Revitalisierung bestand aus teuren Cremes mit unaussprechlichen Namen. Die letzte Verjüngungskur der beiden Freunde hieß schlicht und einfach Thierry.

Voller Liebe schaute Onkel Tom zu Frederik hinüber, der auf der anderen Seite des Platzes dem neuen provenzalischen Freund ihren früheren Laden zeigte. Hinter den glänzenden Schaufenstern stand jetzt grellfarbenes Design aus den sechziger und siebziger Jahren. Für Thierry mußte das zur Schau gestellte Plastik schon fast antik sein.

»Tut es dir nicht weh, Frederik mit jemand anderem zu sehen?« fragte Julia verwundert.

»Nein, es freut mich, wenn er Spaß hat. Für mich ist das Wichtigste, daß wir zusammen sind.«

»Ich könnte das nicht.«

»Frederik liebt mich.«

»Er benutzt dich. Er findet es praktisch, einen Papa neben sich zu haben.«

»Na, und wenn schon? Er benutzt mich, ich benutze ihn, und so bekommen wir beide, was wir brauchen.«

»Ich bin da anders.«

»Das glaube ich nicht.«

»Maurice und ich haben einander erwählt, das bedeutet, es gibt für uns nur uns beide.«

»Das war aber nicht immer so.«

»Nach Omer ist nie mehr was gewesen.«

»Warum nicht?«

»Ich wollte nicht mehr, ich traute mich nicht, ich konnte nicht mehr.«

»Bist du glücklich mit Maurice?«

»Er braucht mich.«

»Da hast du es, er braucht dich, aber brauchst du auch ihn?«

Darüber mußte Julia nachdenken.

»Denkst du manchmal noch an Omer? Gibt es in deinen Phantasien keine anderen Männer?«

»Ach, hör auf!« rief Julia. »Maurice beschützt mich.«

»Er beschützt dich vor dir selber, so ist es doch, oder etwa nicht?«

»Vielleicht.« Julia schwieg, trank ihr Glas aus. In der Ferne stand Frederik und unterhielt sich mit einem Kellner aus einem der Straßencafés. Thierry balancierte gelangweilt auf dem Bordstein.

»Was für ein Verhältnis habt ihr denn zueinander, wenn ihr euch gegenseitig alles erlaubt?«

»Ein Vertrauensverhältnis.«

»Vertrauen in was?«

Onkel Tom rückte mit seinem Stuhl und beugte sich zu Julia hinüber. »Julia, darf ich dir was sagen?« fragte er leise.

Jetzt folgte sicher eine vertrauliche Mitteilung oder eine Zurechtweisung. Julia wappnete sich.

»Ich finde, du hast dich verändert.«

»Vielleicht werde ich so langsam ich selbst, Tom.«

»Ich mache mir Sorgen.«

»Das brauchst du nicht. Ich habe alles, was ich will.«

»Du ähnelst deiner Mutter.«

»Mama?«

»Die hat auch nie getan, was sie wirklich wollte. Es hat mir weh getan, das zu sehen. Aber viel schlimmer ist es, zu sehen, daß du es auch nicht tust.«

»Wovon sprichst du eigentlich? Mama wollte bei ihrem Mann bleiben, und das ist ihr auch gelungen.«

Alle Menschen im Straßencafé zuckten zusammen, als sie das entsetzliche Reifenquietschen hörten. Julia drehte sich um. Die Reifen des bordeauxroten Amischlittens streiften am gelb-weißen Randstein entlang. Ein munterer Greis stieg aus und winkte seinen Freunden über das Autodach zu. Dann warf er sich einen babygelben Pulli über die Schultern und kam federnden Schritts auf sie zu.

»Wie geht's?« fragte Onkel Tom, während er Maurice umarmte.

»Ich genieße jeden Tag, den ich mit Julia in der Herrlichkeit verbringen kann.«

Maurice legte einen Arm um ihre Schultern. »Demnächst kaufen wir ein Wohnmobil, nicht wahr, Julia?«

Sie schwieg.

»Komm schon, ich mach doch nur Spaß«, sagte Maurice entschuldigend.

Julia zündete sich eine Zigarette an. Nur Onkel Tom sah, daß ihre Miene sich verdüstert hatte und daß die erste Rauchwolke, die sie ausstieß, in Maurices Richtung trieb. Die beiden alten Männer saßen genau in ihrem Blickfeld. Sie strahlten, glänzten, lachten. Ihre Lebensziele waren unerträglich simpel, bestanden aus nichts als dem Wunsch, sich so gut wie möglich zu konservieren. So weit war Julia noch lange nicht, sie mußte erst noch ein großes Stück Leben hinter sich bringen.

6 Julia riß sich mit Mühe vom Computerbildschirm los. Die Zahlen und Buchstaben, die unaufhörlich aus dem Schwarz auftauchten, hatten sie lange genug hypnotisiert und betäubt. Sie mußte sich beeilen. Ein Gruß in die Luft, ein Judaskuß, noch einer und dann schnell hinaus. Ihr Auto hatte sie ein ganzes Stück entfernt bei der Sint-Goedele-Kathedrale parken müssen. Sie rannte durch die Ravensteinstraat, vorbei an der Aussicht auf die Gärten des Kunstbergs und weiter durch das alte, pseudoantiquierte Zentrum, das so süße Erinnerungen barg, es waren viele Menschen unterwegs, schon von weit hinter dem Palast für Schöne Künste konnte sie die Horden herannahen sehen, eben hatten sie im Pulk ihre Büros auf der anderen Seite des Warandeparks verlassen und trieben sich gegenseitig an, gleich werden sie auf dem Weg zu ihren Zügen in die Galerie Ravenstein stürmen und Julia über den Haufen rennen, einer von Julias Absätzen war locker, sie mußte aufpassen, wo sie hintrat, die Spitze ihrer Lederhandtasche stupste sie bei jedem Schritt ins rechte Bein, sie angelte sich eine Zigarette aus der Tasche und zündete sie im Schutz eines Ladeneingangs an, von dem sie sich schon seit Jahren fragte, was er eigentlich verkaufte, welches Existenzrecht er besaß, sie schüttelte das Haar aus dem Gesicht und kämpfte sich weiter, sie wurde jetzt sogar von Männern in langen Mänteln und dicken Frauen überholt und verstand nicht, wie sie sich so schnell vorwärtsbewegen

konnten, vielleicht konnten sie es auch gar nicht, vielleicht wurde sie, Julia, ja verrückt, vielleicht ging sie rückwärts. Julia konnte den Eingang der Galerie Ravenstein passieren, ohne vom Menschenstrom mitgeschleift zu werden, den sie nun ganz deutlich rechts von ihr die Treppen der Baron-Horta-Straat herunterkommen sah, wie ein plätschernder Quell, dann plötzlich entdeckte sie im Schaufenster der *Galerie des Beaux Arts* auf dem Betonfußboden ein quadratisches gelbes Feld, tiefgelb, als ob in einem Schwarzweißfilm plötzlich eine Farbe auftauchte, es schien eine Art Teppich zu sein, aber nicht aus Stoff, eher war es ein kräftiger Lichtstrahl, der auf den Boden gerichtet war. Das Gelb saugte sie auf, machte sie glücklich. Julia wehrte sich, sie mußte sich beeilen, wenn sie aus der Stadt sein wollte, bevor der Feierabendverkehr einsetzte. Sie rannte hinab und stieg in ihren Wagen. Bald danach saß sie im Verkehrschaos fest. Sie hatte noch nicht einmal den Südbahnhof erreicht. Der Bau des TGV sorgte schon seit Jahren für Verkehrsstauungen. Würde die Geschwindigkeit dieses Superzuges die Verspätungen Tausender von Autofahrern Tag für Tag wettmachen können? Und wieder dachte sie an das Gelb, Gelb, Gelb.

Am nächsten Tag betrat Julia in der Mittagspause die *Galerie des Beaux Arts*. Das gelbe Quadrat lag zerbrechlich und kraftstrotzend auf dem Betonfußboden. Es zog sie an, verschlang sie. Ein blonder Assistent konnte Julia gerade noch davor bewahren hineinzustürzen, er sagte, es sei Löwenzahnpollen, vom Künstler selbst gesammelt.

Ein Stockwerk tiefer in einem kleinen Büro zeigte er Julia Kataloge von anderen Ausstellungen des Künstlers, aber Julia konnte sich nicht konzentrieren. Aus dem blassen Gesicht des Assistenten schauten sie zwei derart prachtvolle Augen an. Er erzählte, daß der Künstler den Blütenstaub in der Nähe seines Ateliers selber sammele. Er arbeite mit Kiefern, Haselnußbüschen und Löwenzahn. Mit den bloßen Fingern sammele er die Pollen. Für eine Ernte von allerhöchstens vier kleinen Gläsern brauche er so sieben Monate des Jahres. Dann hielt der Assistent ihr eine Preisliste unter die Nase. Julia konnte ihren Augen nicht glauben. Ein einziges Gläschen war ein Vermögen wert.

»Sie können den Blütenstaub im Glas lassen und es aufstellen, Sie können aber auch kleine Hügel daraus formen, oder Sie streuen ihn mit Hilfe eines Siebs in einem Quadrat auf den Fußboden. Dann ähnelt er mehr einer schwebenden Figur von Malewitsch als einer minimalistischen Bodenskulptur von Carl Andre, finden Sie nicht auch?«

Beinahe wäre Julia eine zynische Bemerkung entschlüpft, ihr fiel das Blabla der Boutiqueverkäuferin von eben ein, die ihr aufgezählt hatte, womit sie das sündhaft teure Kleid, das sie anprobiert hatte, kombinieren könne. Dabei tat dieser nette Junge mit den blonden Locken, der hellen Haut und dem beigen Rollkragenpullover auch nur sein Bestes. Er erinnerte sie an Kegaska, den Labrador, mit dem sie das ganze Pajottenland durchstreift hatte, an langen Wintern über hartgefrorene Äcker und in endlosen Sommern durch Wiesen voller Löwenzahn, jeweils kurz vor oder nach ihren Besuchen bei Omer, dieses Gläschen Blütenstaub in ihren Händen schien all diese Sommer und Winter, nach denen es sie so sehr zurückverlangte, in sich zu tragen.

Nach dem ersten Zwitschern ein Antwortzwitschern, das Morgengrauen läßt eine Pranke auf den Horizont fallen (und dann noch eine und dann erhebt es sich frech), mit dem Licht erwachen die Geräusche des Tages, die ersten Gedanken kehren sich ihr gähnend zu, wollen noch etwas in Ruhe gelassen werden, Julia läßt sie, doch oben an der Treppe stehen das Verlangen und die Sehnsucht, im Pyjama und barfuß, und trippeln vor Ungeduld, weil sie willkommen geheißen werden wollen (sie wollen hören »ich habe euch lieb, nichts habe ich lieber als euch«), und einen Gutenmorgen auch an die Erinnerungen, die einfach nicht vergehen wollen ... überglücklich stürmen sie die Treppe herab und springen auf ihr Bett, zerren an ihren Beinen und Ohren, aber sie ist keine gute Mutter, streichelt ihnen nicht über die Köpfe, flicht ihnen keine Zöpfe, wirbelt sie nicht in der Luft herum und kitzelt sie nicht an den Bäuchen, streift nicht mit den Füßen an ihren Beinen entlang und mit den Händen nicht über ihre Rücken, tätschelt nicht sanft ihre Pos, sie kann es nicht, sie kann es nicht, sie weiß nicht, wie die anderen es jemals konnten ... es ist Tag, rufen sie entzückt, und da hört sie auf dem Weg den schweren Schritt des Tages, panisch fährt sie auf und verschließt alle Fenster, dreht die Schlüssel um, verbarrikadiert mit Tischen und Stühlen die Türen, sie ist nicht dumm und nicht krank, er klopft an ihre Tür, hämmert gegen die Wände, sie kann seine unruhigen Schritte hören, seinen jagenden Atem, sein Fluchen, sie glaubt, sicher zu sein, aber was für ein Hochmut, ihre Kinder lassen sich nicht aufhalten, sie sind so unzuverlässig, sie springen vom Bett herunter, verteilen sich im ganzen Haus, öffnen alle Fenster und holen voller Freude den Tag herein, den langerwarteten Tag, der sie im Gegensatz zu ihr durchaus kitzelt, streichelt, Zöpfe flicht, sie in der Luft wirbelt, erzählt, verspricht, endlos verspricht ...

(Wie sehr aber vermißt sie ihn, wenn er sie dann am Abend verläßt, die Tür hinter sich zuschlägt, den Weg hinuntergeht, von der Erde hinuntersteigt, wenn seine Fingerspitzen ganz zum Schluß vom Horizont gleiten, sie vermißt ihn und sie fürchtet sich vor allem und fürchtet sich vor nichts, bis schließlich ihre vom Spielen müde gewordenen Verlangen und Sehnsüchte, Erinnerungen und Gedanken die müden Äuglein schließen und in den Schlaf sinken.)

Maurice kam nackt ins Schlafzimmer hereingestürzt und überschrie Julias Gedanken, die sie ihm gewidmet hatte. »Der König ist tot!« rief er aufgeregt und ließ sich auf den Bettrand fallen. Auf seiner linken Wange und am Hals war noch Rasierschaum. Mit großen Augen starrte er sie an. In welche Märchenwelt war sie jetzt hineingeraten? Diese Augen da schauten sie noch immer an, erwarteten etwas von ihr, eine Reaktion. Wie reagiert man, wenn man hört: Der König ist tot? Das ist doch ein Satz aus einem historischen Roman oder aus einem antiquierten Theaterstück.

»Gestern abend um halb zehn ist er gestorben. In der königlichen Residenz von Motril«, sprach Maurice feierlich.

Wo war ich gestern abend um halb zehn? dachte Julia.

»Seine sterblichen Überreste werden mit einer Militärmaschine überführt.«

»Was ist passiert?«

»Herzschlag.«

Ein königlicher Herzschlag.

»Die Königin fand ihren Mann auf der Terrasse der königlichen Residenz. Er war schon tot. Sie rief sofort einen Herz- und Lungenspezialisten, aber der konnte auch nichts mehr tun.«

Mehr weise Männer wurden nicht zu Rate gezogen. Tot ist tot. Weder sieben Jünglinge noch sieben Jungfrauen würden ihn wieder zum Leben erwecken können. Julia setzte sich auf und schlug Maurice ein Stück ihrer Daunendecke um die Schultern.

»Nach Bekanntwerden des Todes hat man rund um die Spanische Residenz sofort strengste Sicherheitsmaßnahmen getroffen.«

Man stelle sich vor, jemand vergriffe sich feige am unberührt gestorbenen König der Belgier, dem Sonnenkönig, dem Scherzkönig, kurz nach dessen ultimativ heiliger Tat, nämlich in totaler Unschuld zu sterben! Vorher mußte er heilig ins Grab gesenkt oder in einer Krypta beigesetzt und mit schwerem Stein bedeckt werden, danach konnte ihn niemand mehr besudeln.

»Es ist ein medizinischer Stab aus Belgien unterwegs, um den Leichnam des Königs einzubalsamieren.«

Wie in einer Heiligenlegende. Julia schaute zum Fenster hinaus. Heute war ein besonderer, ein großer Tag.

Beim Frühstück begann Julia zu weinen.

»Ich wußte gar nicht, daß du den König so gern gehabt hast«, sagte Maurice erstaunt.

»Manchmal, wenn du bei der Arbeit warst und ich mit Vladimir zu Hause war, habe ich ihn durch die Koningstraat fahren sehen. Ich kann mich noch genau erinnern, wie die Königin dabei einmal in ihre Handtasche geschaut hat. Sie schaut hinein, und ich habe mich gefragt, was sie wohl sucht: ein Stück Schokolade, ein Tempotaschentuch, die Telefonnummer ihres Friseurs, ein Lottolos, mit dem sie fünfhundert Francs gewonnen hat?«

»Aber die Königin lebt doch noch, Julia!« sagte Maurice.

Julia zog die Nase hoch, es ekelte sie vor ihrer eigenen Zimperlichkeit.

Um halb elf rief Veerle an. Ob sie denn schon wüßten, daß der König gestorben sei. Meinst du, wir sollten Vladimir Bescheid geben? Nicht jetzt. Die Sonne ist drüben ja gerade erst aufgegangen. Und außerdem: Was kann er schon dran ändern? Er wird es in der Zeitung lesen.

Veerle fragte, ob sie vorbeikommen solle. Du meinst hierher? fragte Julia. Um sich über das Leben des Königs, das Leben ohne König, das Leben mit einem anderen König und das Leben überhaupt zu unterhalten?

»Nur wenn's unbedingt sein muß«, sagte Veerle verstimmt, »Roberts Eltern wollen, daß wir kommen.«

Die Tochter will diesen außerordentlichen Sonntag zwischen Eltern und Schwiegereltern aufteilen. Wie eine Mama verteilt sie ihre Aufmerksamkeit auf die eigenen Mamas und Papas. Sie sitzt aufrecht in ihrem Mater-familias-Stuhl, den Po übereifrig nach hinten gereckt, den versilberten Löffel zwischen den Fingern (der Löffel, mit dem sie den anderen auch eins auf die Finger geben kann), sie läßt den Blick an ihren Eltern und ihren Schwiegereltern entlanggleiten, vier Münder, die darauf warteten, gestopft zu werden. Veerle hat alles unter Kontrolle, sie hat sogar Robert dazu gebracht, noch mehr Brei zu kochen, denn die vier Eltern haben Hunger, sie müssen viel und gut essen, um zu wachsen und zu gedeihen, gesund und so lange wie möglich am Leben zu bleiben, damit sie möglichst viele Sonntage unter ihnen aufteilen kann, heimlich freut sie sich schon auf noch mehr hungrige Menschen an ihrer Tafel, Kinder werden kommen, und sie wird sich noch mehr aufteilen können, in alle Endlosigkeit will sie sich aufteilen, bis ihre Aufmerksamkeit in Atome zerfällt, aber sogar diese atomare Aufmerksamkeit wird Veerle die Tapfere noch spalten, radioaktiv wird Veerle werden, Eltern und Kinder werden ihrer radioaktiven Aufmerksamkeit ausgeliefert sein, Mißbildungen wird es geben und Verhaltensstörungen, ein Happen für unseren König und ein Happen für unsere Königin, es könnten fast ihre letzten Happen sein. Und plötzlich schlägt die Mutter-Tochter mit der Faust auf den Tisch: zwei Schweigeminuten für den König, fünf Schweigeminuten für den König, zwei lange Schweigestunden für den König, für ihren König, unseren König, für unseren traurigen König, dessen sterbliche Überreste acht Soldaten der Palastwache von Melsbroek eine Minute vor Mitternacht aus dem Flugzeug der Luftwaffe heben, sein Leichnam wird gleich wieder in unserer Mitte sein, in der Mitte von uns Müttern und Vätern und Kindern von Belgien. In einiger Entfernung steht unsere Königin, Mutter aller Mütter, sichtlich mitgenommen und mit einer dunklen Brille, umringt von der königlichen Familie. Draußen versuchen Tausende Neugieriger einen Blick von der einfachen, aber gefühlsgeladenen Feierlichkeit zu erhaschen. Robert ist in der Küche über seinem Topf voller Brei in den Schlaf gesunken.

Man munkelt über einen Nachfolger des gestorbenen Mensch-Gottes. Und wieder saust die Faust von Veerle der Tapferen nieder. Wir sind geschmacklos, wir sollten uns an der Stille weiden, an der Trauer über den großen Mann, der uns verlassen hat. Nie haben wir uns ein Bild von ihm machen können, doch jetzt machen wir aus den sterblichen Überresten ein Leben, der König war ein großer Mann, wenigstens etwas in diesem Leben war groß, unser König, die große Niedergeschlagenheit, die sein plötzlicher Tod verursacht, beweist, daß der König ein großer Mann gewesen war. Das müssen wir uns fünfzehnmal wiederholen, und zur Sicherheit noch zweimal fünfzehnmal, bei jeder Wiederholung wird der König größer, und am Ende sind wir alle von einer Sache vollkommen durchdrungen: Der König war ein sehr großer Mann! Gleichzeitig steigert sich dadurch unsere Trauer ins Unermeßliche, denn dieser große Mann hat uns nun für immer verlassen. Die zwei langen Schweigestunden werden ausgedehnt zu vier Schweigestunden, zur Sicherheit, damit wir nicht zu kurz geschwiegen haben. Das Schweigen an diesem Tisch ist eine aufrichtige Huldigung an den Fürsten, der länger als vier Jahrzehnte kompetent, behutsam und integer seiner schweren Aufgabe nachkam. Maurice träumt vor sich hin, der Breilöffel der Tochter-Mutter ruft ihn plötzlich ins Leben zurück, gedenken muß er, Huldigungen bringen, die Hände über dem Tisch behalten.

8 *J*ulia saß am Küchentisch, noch im Pyjama. Die Schokoladencroissants, das Kaffeegebäck und die Maton-Törtchen, die Maurice wie jeden Sonntagmorgen geholt hatte, reizten sie nicht. Der erste Schluck Kaffee bereitete ihr Magenschmerzen. Hinter den Fenstern, links und rechts vom Schweinestall, wogte die Landschaft gelassen im sanften Wind. Dieses Königreich ohne König schien ungerührt. Auf den Wiesen standen Schafe, die Bäume nickten leicht, eine Gruppe Radfahrer zog in der Ferne vorbei.

»Im Schaufenster der Bäckerei stand ein großes Porträt vom König«, sagte Maurice.

»Wo zum Teufel holen sie das nur so schnell her?« murmelte Julia erstaunt, aber sie wußte, daß ein guter Einzelhändler auf alles vorbereitet war, auch das Trauerbild der Königin lag schon auf dem Speicher bereit, irgendwo in der Nähe der Osterhasen, der Weihnachtsmänner, der Schneemänner, des Vater- und Muttertagsschmucks, nahe bei den nie benutzten blauen und rosa Wiegen für die Geburt eines Kronprinzen oder einer Kronprinzessin. Wie gerne hätte der Bäcker eines himmlisches Tages, an dem alle Glocken des ganzen Landes geläutet hätten, eine dieser Wiegen in seinem Schaufenster aufgestellt, gefüllt mit zuckersüßem Taufzucker, Bonbons und anderen Leckereien, und wie gerne hätten die Menschen ihre Taschen gefüllt mit allem, was diese nie fehlgreifende Einzelhändlershand aus der Wiege zum Vorschein geholt hätte, sogar stinkende Windeln, stinkend vor königlicher Scheiße, hätten sie sich sorgfältig abwiegen und in fröhliche Taschen mit dem Namenszug des Konditors packen lassen, Scheiße, die sie dann zu Hause genäschig zu ihren Sonntagmorgenmündern geführt hätten, und voller Glückseligkeit hätten sie sich die Sonntagmorgenfinger abgeleckt, um ja nicht ihre Sonntagmorgenkleider und -hemden zu beschmutzen, denn die mußten ja noch bis zum Sonntagnachmittag halten und noch etwas in den Sonntagabend hinein, ein Stückchen nur, weil sie ja am Sonntagabend schon früh zu Bett gehen wollten, denn schließlich war so ein Sonntag, an dem sie nur gesessen und gegessen hatten, vielleicht *en famille* ein paar Schritte gegangen waren, sehr ermüdend, und der Montag stand schon wieder unruhig trippelnd bereit, die neue Woche würde lostieben, rastlos, sich aufbäumend und mit keuchendem Wiehern, und erst am Samstagabend wieder den Heimatstall erreichen, wo sie sich hinlegen und die Menschheit endlich von ihrem Hals gleiten könne, um mit hohlen Augen ins Stroh zu sacken, beruhigt, weil es morgen wieder Kekse gäbe, Éclairs, Brioches, Frangipanes, Croissants, Reispudding, Maton-Törtchen, Gooiksche Hämmerchen, Berliner, Misérables, Javanais, Glacés, Nougatmeeresfrüchte, Sandtörtchen, Negerküsse, Paolas, Kardinalhütchen, Nonnenfürze, Tartines russes, Bavaroises, Flans, Meringuen …

»Was ist los mit dir?«

»Ach nichts, ich bringe im Moment nur nicht alles auf die Reihe.«

Es klopfte am Fenster. Omer stand da: groß und niedergeschlagen. Maurice bat ihn herein und bot ihm einen Stuhl an. Mein-Bei-leid, entschlüpfte es ihm. Es wäre besser, er würde sie nicht so mit diesen Augen anstarren, die sie nicht mehr sehen wollten. Was führte ihn nach all den Jahren nur her? Der König war tot, und Ida war sofort auf ihr Moped gesprungen, um bei ihrer Kusine fernzusehen, denn sie wollte keinen Augenblick des Spektakels verpassen, das sie wie nichts sonst in letzter Zeit ergriffen hatte, und da saß der alte Omer, der ohne weibliche Gesellschaft nicht funktionierte, mit seinem ganzen Kummer allein zu Hause, und nicht einmal sein Hund, der schwanzwedelnd zwischen seinen Beinen saß, konnte daran etwas ändern.

Julia brachte keinen Ton heraus. Er war spät. Die herrlichen Augenblicke, die weit hinter ihnen lagen, waren verdorrt, die brauchten nämlich Liebe und Aufmerksamkeit, und weil sie die nicht bekommen hatten, lebten sie nicht mehr, und sie lebte ohne sie, worüber sie nie traurig gewesen wäre, wenn sie diese schönen Augenblicke nie gekannt hätte, sie hätte einfach nie gewußt, was ihr entgangen wäre …

Sie würde Omer am liebsten in die Arme fallen – und sei

es im Namen des Königs – und in dieser unerträglichen Trauer getröstet werden, sie wollte sich ausweinen, ihn dicht an ihrem Körper spüren – und sei es im Namen des Königs – sie wollte ihn küssen – und sei es im Namen dieses Königs –, ihn, der alles in ihr hervorbrechen ließ, was eigentlich für immer tief in ihr hätte verborgen bleiben sollen ...

Omer kaute auf einem Frangipan. Maurice schenkte ihm ein Weißbier ein. Julia versuchte, sich nicht zu zärtlichen Gedanken erweichen zu lassen, sie hatte sich nämlich lange genug erweichen lassen, vor allem durch dich, Omer, dachte sie, und ich hoffe, daß ich diese Séancen der Zärtlichkeit vergessen kann, aber vergessen kann ich sie nur, wenn du dich nicht sehen läßt. Ich habe dich um meiner selbst willen aus dieser Landschaft streichen müssen, die Mauern deines Bauernhofs gehören in meiner Vorstellung einem Fremden, jemandem, der noch nie von dir gehört hat, und deine Schwester, die manchmal die Frechheit besitzt, die Miete bei mir abzuholen, nur weil ich in letzter Zeit ein paarmal vergessen habe, sie bei euch vorbeizubringen – wenn ich es aber mal nicht vergesse, komme ich sowieso nur am Nachmittag bei euch vorbei, denn ich weiß, daß du dann schläfst, und ich kann mir leicht vormachen, du existierst gar nicht –, deine Schwester ist in meiner Vorstellung so etwas wie eine Witwe und Misanthropin geworden.

Umständlich zog er ein Stück zerknittertes Papier aus seiner Jackentasche und warf es auf den Tisch. Julia las es mit gespieltem Interesse. Die Spielregeln für den Sonntag. 1. Plane deinen Sonntag bereits während der Woche und beginne ihn schon am Samstagabend. 2. Zieh dich fein an, hole eine Blume oder einen blühenden Zweig aus dem Garten, stelle eine

Kerze auf den Tisch, gönnt einander ein »Sonntags«-Gefühl. 3. Vermeide alle Hast, tue alles doppelt so langsam: Stehe langsamer auf, frühstücke langsamer und sprich ruhiger mit deinem Mann, deiner Frau, deinem Kind, deinem Nachbarn. 4. Kritisiere nicht, sondern sage sonntags so oft wie möglich »ja«. 5. Nimm dir Zeit für deine Familie, deine Freunde, einen kranken Menschen, die Jugend. 6. Rufe jemanden an, an den du die ganze Woche über nicht gedacht hast, einfach um ihm oder ihr eine Freude zu machen. Außerdem ist es billiger. 7. Freue dich an der Natur, an Musik, an einem Buch. Besuche ein Museum, ein Kloster, eine Stadt. 8. Nimm am Sozialleben deiner Nachbarschaft, deines Vereins, deiner Gemeinde teil. 9. Sei freundlich zu den Menschen, die am heutigen Tag für dich arbeiten müssen und dir zu Diensten stehen. 10. Treffe dich mit Glaubensgenossen, um die Eucharistie zu feiern. Schließlich ist Sonntag!

Julia packte eine Serviette, wischte den Speichel von ihren Mundwinkeln und ging nach oben. Bei jeder Treppenstufe skandierte sie: Nein, nein, nein.

Am Abend waren die Spielscheiben in der Spielscheune noch unberührt. Die Freunde saßen im Café vor dem Fernseher. Maurice stand hinter Julia, die Hände auf ihre Schultern gelegt. Chantal warf Pol aus den Augenwinkeln sehnsüchtige Blicke zu. Inzwischen zog das Leben des Königs auf dem Fernsehschirm vorbei. Eine niedergeschlagene Stimme erzählte von den Jahren frühen Glücks und den großen Rückschlägen seines Lebens.

»Man sollte den König heiligsprechen«, rief Chantal.

Warum denn, dachte Julia, nur weil er so bemitleidenswert war? Einen Heiligenschein als Trostpreis für einen untröstlichen Mann?

»Nur Gott ist heilig, oder wir sind es alle«, sagte Pol.

»Nur, was du sagst, interessiert keinen«, kicherte Chantal.

»Heiligsprechungen verwischen unsern Blick auf Gott nur«, sprach Hubert Verdoodt im Predigerton. »Nur Gott ist heilig, man kann ihn ja gar nicht mehr sehen vor lauter Wald aus Heiligen und Seligen.«

»Und daß man während der Messe hinten in der Kirche Kerzen für die ganzen komischen Heiligen ansteckt, das geht doch auch nicht, oder?« half ihm seine Frau.

»Gott und die Heiligen sind doch keine Konkurrenten, die Heiligen strahlen durch Gott, wie Diamanten«, sprach Dobbelaer feierlich. »Sie sind Vorbilder für uns, sie stehen auf unserer Seite.«

»Das ist mehr als richtig«, rief Chantal begeistert.

Ja, und das beste Vorbild für dich wäre Sancta Anorexia, dachte sich Julia, als ihr Blick auf Chantals Arme und Beine fiel.

»Aber um heiliggesprochen zu werden, müßte er Wunder vollbracht haben«, sagte Maurice.

»Wunder?«

»Unwahrscheinliche Heilungen zum Beispiel.«

Es wurde still.

»Hat unser König denn Wunder vollbracht?« fragte Pol nach einer Weile.

»Ich glaube nicht«, sagte Chantal beunruhigt.

Julia erhob sich seufzend und bestellte beim Irren Willy an der Bar noch ein Rodenbach-Bier.

»Vielleicht sollte er den Nobelpreis bekommen«, hörte sie Maurice hinter ihrem Rücken murmeln.

»Und welchen?«

»Den für den Frieden natürlich.«

»Stimmt, dafür braucht es kein Wunder.«

9

*I*m Radio berichteten zu jeder vollen Stunden ergriffene Reporter, welche hohen Häupter der Königin Beileidstelegramme geschickt hatten, wer am Samstag beim Begräbnis anwesend sein werde und wieviel tausend Menschen sich zu jeder Stunde rund um den Palast versammelten. Alle lieben unseren König. Noch mehr Könige und Präsidenten sollen zum Begräbnis kommen. Noch mehr Menschen sollen sich vor dem Palast versammeln. Heute wird Bilanz gezogen, wie sehr alle den König lieben. Wir sind empört, daß der Präsident von Amerika nicht kommt. Das kränkt unsere Selbstliebe, ist unser König denn nicht wichtig genug? Sind wir denn nicht wichtig genug? Schließlich kommen die Königin von England und der Kaiser und die Kaiserin von Japan auch. Die Menschenmassen müssen riesig werden, etwas, wenigstens etwas, soll großartig in diesem Leben sein, uns über alles, was klein ist, erheben, laßt erschallen mehr Kanonen, laßt blitzen noch mehr Kronen, laßt uns alle Stunde schweigen, seiner zu gedenken, laßt die Stille dauern und leuchten die Liebe.

Julia sah aus den Fenstern der Bibliothek auf das trauernde Volk nieder, das sich unter der brennenden Sonne vor dem Palast versammelte. Gottfried von Bouillon ragte aus der Menschenmasse hervor. Auf seinem bronzenen Pferd galoppierte er über die rotverbrannten Köpfe. Bis unter ihr Fenster drängten sich die Menschen, um dem König die letzte Ehre zu erweisen.

Direkt unter ihrem Fenster interviewte eine Frau vom Fernsehen ein altes Männlein. Nicht weniger als siebenmal fragte sie ihn, ob er denn nicht traurig sei, fünfmal antwortete der Mann, daß er sehr traurig sei, beim sechsten Mal gab er zu, vor lauter Trauer nicht mehr ein noch aus zu wissen, und beim siebten Mal brach er in Tränen aus. Sofort stürmten von überall Menschen mit Kameras und Fotoapparaten herbei, um seine Trauer, die den Kummer des ganzen belgischen Volkes symbolisieren sollte, festzuhalten. Gelangweilt wandten sich die Kameras ab, als der Mann zu weinen aufgehört hatte und erleichtert Luft holte, weil er den schlimmsten Kummer hinter sich gebracht hatte.

»Er war der beste König, den Belgien je hatte«, rief ein junger Student, der gerade den Mikrofiche-Katalog zu Rate zog.

»Ich habe keine Blumen hingebracht, aber wenn ein Spendenkonto eröffnet wird, dann werde ich bestimmt etwas überweisen. Für einen guten Zweck. So hätte der König es gewollt«, sagte eine Putzfrau zu dem Hausmeister, der auf einer Leiter balancierte, um eine Glühbirne auszuwechseln.

»Die Besten sterben meist zuerst«, brummte der Direktor des Museums. »Und so unerwartet. Es war doch nach der Operation alles in Ordnung gewesen.«

»Er hat das Volk zusammengehalten, er war vor allem ein König der Belgier, er hat nie einen Unterschied gemacht zwischen Flamen und Wallonen«, jammerte Mascha.

»Man sollte alle Flaggen auf halbmast hissen«, befahl eine mondäne, rot-schwarz gekleidete Frau mit gelben Blumen in den Händen. »Alle Läden, Museen und Bibliotheken müßten geschlossen werden. Darf ich mich hier ein bißchen ausruhen? Draußen ist eine Gluthitze.«

»Wie praktisch, daß wenigstens diese Bibliothek geöffnet ist«, flüsterte Julia.

Ein Auslieferer in grauem Anzug und mit schweißbedeckter Stirn drückte Julia ein Blumenarrangement in die Hand.

»Warum ich?« rief Julia.

»Der Platz ist so voll. Können Sie das nicht für mich heute abend im Palast abgeben?« flehte er.

Julia erlöste den Mann von seinen Blumen und las die Karte. Sie war von der Stadtsparkasse in Tervuren. In Schnörkelschrift stand da zu lesen: »Adieu Sire. La Belgique doit vivre et vivra grâce à vous.«

Stundenlang wartete Julia mit den Blumen der Sparkasse an diesem Abend vor dem Palast, aber die Menschenmenge rührte sich nicht vom Fleck. Männer und Frauen redeten, lachten, weinten zusammen. Alle schauten einander direkt in die Augen. Solch ein Zusammengehörigkeitsgefühl hatte Julia in ihrem Leben noch nicht erlebt. Nur ein kurzer Augenblick, und dann wird alles wieder vorbei sein. Der neue König saß schon fast im Sattel. Die Tage wären wieder Alltage, die Blicke der belgischen Bürger wieder nach innen gekehrt, und jeder ginge wieder seinen Weg. An ihrem ganzen Körper konnte Julia Stimmen hören. Hinter ihrem Brustbein spürte sie einen scharfen Schmerz. Ihre Hände zitterten. Gegen Mitternacht kehrte sie todmüde nach Hause zurück. Maurice und Omer saßen zusammen vor dem Fernseher und sahen sich die neuesten Berichte über das Begräbnis des Königs an. Omer saß auf dem Platz, an dem sie sonst immer saß, links auf dem Sofa. Über seinen Knien lag ihr Plaid. Er schaute sie an. Mit Tränen in den Augen ging Julia in die Küche, um die Blumen in eine Vase zu stellen. Sie spürte den Schmerz von zehn Jahren.

10

In Julias Leben geschahen nur wenig außergewöhnliche Dinge.

Julia widersetzte sich diesem Urteilsspruch.

In Julias Leben geschahen nur wenig außergewöhnliche Dinge.

Julia schrie rhabarber, rhabarber, rhabarber.

In Julias Leben …

Ihre Finger berührten sich irgendwo mitten in ihrem Kopf. Aber der Text schoß ihr vor die Augen, sogar wenn sie geschlossen waren, konnte sie die Worte noch lesen und konnte sie sie noch immer hören, innen drin.

In Julias Leben geschahen nur wenig außergewöhnliche Dinge.

Wie genußvoll die Worte ausgesprochen wurden …

In Julias Leben geschahen nur wenig außergewöhnliche Dinge.

Sie mußte zu einem Siegeszug aufbrechen.

In Julias Leben geschahen nur wenig außergewöhnliche Dinge.

Sie wollte sich ihren goldenen Pokal abholen, nicht zum Trost, er war der Beweis ihrer Einheit, ihrer Authentizität, ihrer Kontrolle über dieses Leben, er war schlicht und einfach ein passendes Attribut. Julia fühlte sich wie alles mögliche, nur nicht zerrissen.

Der Labradorjunge schaute sie mit seinen sanftgrünen Augen unsicher an, er hatte noch nie etwas verkauft. Nervös griff er zum Telefonhörer, um bei seinem Chef nachzufragen, was er tun solle.

»Sind Sie sich sicher?« fragte er, nachdem er den Hörer wieder aufgelegt hatte.

Sehe ich vielleicht aus, als ob ich nicht ganz bei Trost sei, fragte Julia sich. Ich bin doch nicht eine Verrückte, die in einem Anfall geistiger Umnachtung ein Glas Blütenstaub kauft.

In Gedanken zermalmte sie den Labradorjungen zu tausend Krümeln Staub.

Das Staunen in ihren Augen, die Verwunderung, die Ungläubigkeit, später dann das Mitleid, gefolgt von noch mehr Ungläubigkeit und Wut. Alles im Haus, alles in ihrem Leben sollte vor diesem einen Pokal weichen.

»Wieviel hat das gekostet?«
  »Viel.«
  »Viel?«
  »Nichts ist umsonst, oder?«
  »Julia, du bist wahnsinnig!«
  »First things come first.«

Julia wußte genau, wer wahnsinnig war. Carolina aus Vlezenbeek zum Beispiel. Sie hatte sich ein interessantes Buch über sie in der Bibliothek ausgeliehen. Während ihrer ersten Beerdigung erhob sie sich und flog wie ein Vogel durch die Kirche, setzte sich auf einen Balken und ließ sich nicht einmal vom Priester mit der Macht des Sakraments herunterzwingen. Weil sie die Gesellschaft von Menschen nicht mehr ertrug, flüchtete sie sich in die Einöde, kam wieder zurück, lebte in Bäumen und ließ sich zur Rast gerne auf Kirchtürmen und Dächern nieder. Im Winter lag sie sechs Tage unter dem Eis der Zenne oder unter dem Rad einer Wassermühle, sie kroch in heiße Öfen oder in brennende Häuser, sie stand in Kesseln mit kochendem Wasser, geißelte sich selbst mit Dornen, ernährte sich neun Wochen lang mit der Milch ihrer jungfräulichen Brust. Starb jemand, von dem sie wußte, daß er verdammt war, verdrehte sie die Arme und Beine, als ob sie keine Knochen hätten. An ihrer Trauer oder Freude konnte die Stadt ablesen, ob ein Verstorbener in die Hölle hinab- oder in den Himmel hinaufgefahren war.

»Sie ist verrückt.«

»Sie muß wieder in Behandlung.«

»Hättest du nicht vorher eingreifen können?«

»Ich liebe sie.«

»Das Museum hat sie beurlaubt.«

»Sie war nicht zum Aushalten. Sie hat mit jedem in der Bibliothek Streit angefangen.«

»Ich hab's dir doch immer gesagt, sie ist zu allem fähig.«

»Kannst du ein bißchen lauter sprechen?«

»Sie ist verrückt geworden.«

»Und was kann ich daran ändern?«

»Kann sie für eine Weile zu dir?«

»Hier ist es viel zu gefährlich für sie.«

»Sie will es aber, sie redet über nichts anderes mehr, als wegzugehen.«

Endlich habe ich den Eindruck, daß ich mit den anderen kommuniziere, dachte sich Julia. Sie reden über mich, sie reden wirklich über mich.

Julia stellte das Glas Blütenstaub mitten auf den marmornen Kaminsims. Medusa mußte auf die Fensterbank ausweichen.

»Ich werde mich nie an das Glas gewöhnen können«, jammerte Maurice. »Für das gleiche Geld hätten wir uns ein Wohnmobil kaufen können.«

»Aber das Glas macht mich glücklich«, sagte Julia überzeugt. Sie kippte das Glas aus und siebte den Inhalt zu einem kleinen Berg, sie streute ihn zu einem quadratischen Feld, wie sie es am ersten Tag in der Galerie gesehen hatte. Sie hatte das Gefühl, einen neuen Raum zu betreten, eine ge-

ordnete Leere. In diesem Gelb konnte sich ihr zusammenge-
krümmter Wille entfalten und seine wahren Proportionen
annehmen.

»Dieser Berg, dieser lebensgroße Berg, Verbindung zwischen
Himmel und Erde, so preziös, fragil, klein und gleichzeitig
so groß und unzugänglich, zu verletzlich, um berührt zu
werden«, flüsterte Julia. Aber Veerle bohrte rechthaberisch
den Finger hinein. Wie eine Oberschwester ein Thermome-
ter einführt, um danach zu verkünden, ob die Temperatur zu
hoch oder zu niedrig, zu viel oder zu wenig, gut oder
schlecht war: Es war doch tatsächlich Blütenstaub – als ob
Julia je daran gezweifelt hätte –, worauf sie ihr einen biologi-
schen Vortrag über Pollen und die verschiedenen Arten des
Bestäubens hielt, obwohl Julia darüber eigentlich gar nichts
wissen wollte, wovon ihr aber in Erinnerung blieb, daß Pollen im Grunde Sperma war.

11 *A*m Mittwoch gegen Mitternacht fielen tausend Sterne
vom Himmel. Julia stand barfuß im Gras. Einen Wunsch
nach dem anderen nannte sie sich im stillen, obwohl sie tief
in ihrem Herzen wußte, daß nur sie allein diese Wünsche er-
füllen konnte. Aber es war hilfreich, die eigenen Wünsche
einmal in Worte zu fassen.

»Die Indianer in Argentinien glauben, daß bei Sternschnuppen die Sterne scheißen«, sagte Maurice.

»Gott im Himmel! Was weißt du denn darüber?«

»Ich hab in der Schule mal ein Referat über die Indianer
gehalten.«

Julia dachte sich: So kann ich mir doch nichts wünschen.

Erstens nicht bei diesem Geplapper, schließlich muß ich mich aufs Wünschen konzentrieren können, es ist mir verdammt ernst damit, ich schicke da ja nicht irgendwelche läppischen Platzpatronen hoch, nur weil die beim Schießen so schön knallen, und zweitens finde ich das mit dem Scheißen ein schiefes Bild, unsere Art Mensch hat es ja nicht so mit dem Scheißen, spricht nicht darüber, lebt nicht damit. Und warum sollten die herrlichen jungfräulichen Sternschnuppen mit Maurices Scheißen in Verbindung gebracht werden? Wie soll ich jemals einem Dünnpfiff sagen können, was ich mir wünsche?

Der Himmel verwandelte sich vor ihren Augen in eine große umgekehrte Kloschüssel, die seit Jahren nicht gespült worden war, und aus der jetzt alles auf sie herabstürzte wie das Pech über die böse Stiefschwester aus *Frau Holle* statt der erwarteten Golddukaten. Denn das böse Stiefschwesterlein verdiente die Dukaten nicht, weil sie die reifen Äpfel nicht rechtzeitig vom Baum geschüttelt, die Brote nicht aus dem Ofen geholt hatte, als sie sangen, daß sie schon längst ausgebacken seien, und weil sie die Betten der Frau Holle nicht gut genug ausgeklopft hatte. Vielleicht verdiente auch Julia diesen jungfräulichen Sternschnuppenregen gar nicht, weil sie schlecht war, niemanden liebte, nicht mal die Sterne ernst genommen hatte.

Und sie sagte zu Maurice: »Wünsch dir lieber was.« Aber sie wußte, daß ihr Drang wegzuwollen weitaus mächtiger war als die Macht der Sterne, Maurices Wunsch – ihn zu lieben und für immer bei ihm zu bleiben – in Erfüllung gehen zu lassen.

Es hatte mit einzelnen Sternen begonnen, kurze Zeit später sah es aus, als ob von ein und demselben Fleck Tausende von

Pfeilen abgeschossen würden. Das Schauspiel dauerte ein paar Stunden. Julia spürte eine tragische Spannung zwischen diesen Sternen, Maurice und ihr. Sie hörte, wie er, schräg hinter ihr im Gras stehend, seine Wünsche murmelte, und sie sah, wie machtlos die Sterne waren, denn sie konnten Julia nicht mehr aufhalten, nicht mehr ändern. Sie schien die Sterne an einer Schnur festzuhalten und einen nach dem anderen gelangweilt herunterzuziehen, nur um Maurice, der am Gängelband ihr zu Füßen lag, eine Freude zu machen, und ihm vorzugaukeln, sein Vertrauen in die Zukunft sei berechtigt.

V Love, Goodness, Kissy, Kissy

(Martha, *heftig*) »*Das Menschliche an mir ist mein bester Teil. Menschlich an mir ist, was ich begehre, und um zu erlangen, was ich begehre, würde ich wohl alles auf meinem Weg in den Staub treten.*«

Albert Camus, *Das Mißverständnis*

1

*A*ls Julia Callebaut aus dem Flugzeugfenster schaute, versuchte sie alles zu genießen, den anschwellenden Lärm der Motoren, das immer schnellere Vorbeihuschen der Dinge, ihr Verfließen zu einem einzigen Streifen, und dann … los! Sie hatte das glückselige Gefühl, dieses Steigen nähme nie mehr ein Ende, dieses leichte Gefühl zwischen ihren Oberschenkeln, dieses Erfülltsein von Höhe, Abstand und Leere … unter ihr tauchten Muster auf, die sie befreiten, weil sie sie nach eigenem Gutdünken ausfüllen konnte, und Wolkenschleier verdichteten sich zu einer beruhigenden Monochromie … Julia vermißte den Wind in den Haaren, in den Kleidern, zwischen den Zehen, die sanfte Berührung der Wolken … und die anderen um sie herum kamen immer näher, ihre Stimmen scheuerten, schabten, zupften, stupsten. Julia schloß für einen Moment die Augen.

Eine vernünftige Frau würde sich ohne Murren dieser fremdgesteuerten Maschine, diesen Stewardessen, die hüftewiegend den Mittelgang entlanggingen und alle Blicke auf sich zogen, dem Geschrei der Babys, dem Rascheln der Zeitungen ergeben. Er-geben war, genauso wie das Verb vergeben eine Form des Gebens, eine Dressur, die sie als katholische Frau doppelt so gut beherrschte und als Mutter sogar im Quadrat. Aber Julia konnte diese Kunststücke nicht länger aufführen.

Die Hände der Nachbarin in dem karierten Rock begannen plötzlich nervös in dem Netz zwischen den Zeitungen und den Anweisungen zu graben, zu grabbeln, zu grapschen. Schluchzend hob sie die Brille ein Stück, um ihre Augen mit einem Taschentuch zu betupfen. Sie nahm es nicht als Anlaß zu einem Gespräch, es waren vermutlich *ehrliche* Tränen. Panisch stand sie auf und rannte den Gang in Richtung Toiletten hinunter.

Julia mußte an eine Geschichte aus der Rubrik »Grauenvollste Frauenunfälle aller Zeiten« von Reader's Digest denken. Sie hatte sich vorgenommen, die Geschichte zu vergessen, hatte sie sich aber, gerade weil sie sie mit aller Gewalt vergessen wollte, für alle Zeit eingeprägt: Eine Frau hatte sich in einem Flugzeug auf die Toilette gesetzt, versuchte dann aber vergeblich sich wieder zu erheben, sie wurde festgesogen, in ihrem Körper entstand ein Vakuum, ihre Eingeweide wurden eines nach dem anderen aus ihrem Leib gezogen, sie schrie, bis auch ihre Lungen und Stimmbänder vom Raum unter ihr aufgeschlürft wurden, die ungeduldige Hand eines Passagiers in dringenden Nöten rüttelte vergeblich an der Klinke, die Frau verschwand, das Innere nach außen gekehrt, das letzte bißchen Körpersaft schoß weg.

»Fliegen Sie auch zu einer Beerdigung?« fragte die Schottenberockte in rostigem Französisch. Ihre Augen wurden größer und schauten sie erwartungsvoll an.

Julia schüttelte den Kopf.

Enttäuscht, keine Leidensgenossin gefunden zu haben, schneuzte die Frau die Nase und fing an zu erzählen. Gestern abend hatte sie erfahren, daß ihr Vater an einem Herzinfarkt gestorben war. Ihre Kolleginnen wären phantastisch gewesen, hätten gesagt: Monika, fahr zu deiner Familie nach Brasilien, wir machen das hier schon. Dreimal wiederholte sie, wie sehr sie diese Tat der Nächstenliebe zu schätzen wisse. Im Lobgesang auf ihre Kolleginnen schien der Vater vergessen zu sein. Julia sah seinen Holzsarg mutterseelenallein in einem leeren Raum stehen. Sie hörte ein Rufen: Mädchen, Mädchen, schau schnell noch nach mir, gleich bin ich für alle Ewigkeit verschwunden.

Julia erkundigte sich nach dem Vater. Er sei dreißig Jahre lang Pilot bei der Varig gewesen. Als kleines Mädchen hätte Monika neben ihm im Cockpit die Welt überflogen. Wie herrlich mußte es sein, so einen Vater gehabt zu haben, überhaupt einen Vater gehabt zu haben, einen fliegenden Vater, der seine Tochter auf den Schultern überallhin mitnahm ... Monika setzte ihre Lobhudeleien auf die Kolleginnen mit wachsender Begeisterung fort. Diese wuchsen an Güte, Aufrichtigkeit und Menschenliebe zu übermenschlichen Proportionen heran. Julia sah sie vor sich auf einem Berg stehen, mit blinkenden Strahlenkränzen um ihre Häupter. Warum ließ Monika den lieben Vater tief im Tal so einfach allein, anstatt ihm *verdammt noch mal* ihren Dank abzustatten, ihn zu beruhigen, zu trösten, bevor es zu spät war, bevor er in die Ewigkeit verschwunden war, für alle Ewigkeit ... Monika hatte im Moment Wichtigeres zu tun, jetzt war sie an der Reihe, Aufmerksamkeit und Mitleid und Liebe zu heischen, und diese Gelegenheit wollte sie bis zur Neige auskosten ...

Später, als Monika eingeschlafen war, betrachtete Julia minutenlang ihr Gesicht. Auf einem schlafenden Antlitz erstirbt jeder Tadel, vielleicht weil es dem Antlitz des Todes so ähnlich ist. Sie deckte Monika mit einer Decke zu, machte das

Lämpchen über ihrem Kopf aus, am liebsten würde sie sich nun an sie kuscheln und die Decke auch ein Stückchen über den eigenen Körper ziehen. Wie früher auf dem Internat: zusammen in einem Bett.

2 Julias Kolleginnen hatten sie weggeschickt, und warum? Weil sie sich mit dem Konservator wegen nichts und wieder nichts gestritten hatte und wieder wegen nichts mit einem Kollegen aus der Verwaltung, und weil sie schon seit Monaten zerstreut war, vergeßlich, zynisch, nervös, manche Kollegen fanden sie sogar zum Fürchten, das jedenfalls hat der Direktor gesagt, sie hätten sich bei ihm beschwert, Julia schaue immer so komisch drein, durchsuche ihre Manteltaschen und starre geistesabwesend auf den leeren Bildschirm ..., genau jetzt sind sie dort sicher alle wieder versammelt, im Museum für Moderne Kunst, erleichtert, daß diese Idiotin endlich verschwunden war, so blieben die Manteltaschen unangerührt, niemand schaute sie mehr komisch an, endlich konnten sie sich gut konzentrieren, von nun an herrschte Ordnung auf allen Abteilungen des Museums, in der Verwaltung arbeitete man in aller Stille und allem Glück, kein Brief wurde mehr zu spät abgeschickt, kein Papier verschwand mehr, die Finger der Schreibkräfte tippten ungebremster, schneller, treffsicherer denn je, in den Magazinen standen die Gemälde perfekt in Reih und Glied, die Putzkräfte schrubbten, staubten ab und bohnerten, was das Zeug hielt, die Gemälde hingen gerader, die Eintrittskarten wurden sorgfältiger abgerissen, die Mäntel der Besucher ordentlicher aufgehängt, die Abteilung Museumspädagogik strotzte nur so vor Willensstärke und Gesundheit, und alles, was die

Pädagogen schrieben und organisierten, wurde, seit die gestörte Frau aus der Bibliothek abgereist war, ein Erfolg, von nun an würden Generationen unbedarfter Dummerjane ungestört unterrichtet werden können, sie würden weniger dumm werden, weil sie mit den ihnen von der Museumspädagogik eingetrichterten Kenntnissen über moderne Kunst einfach nicht länger dumm bleiben konnten, das war schlichtweg unmöglich, weil dieses Wissen zwangsläufig zur Aufklärung führen mußte, zum vollständigen Verstehen der Dinge im allgemeinen und dieser Welt im besonderen, darin, genau darin bestand die heilige Aufgabe der Kunst ..., die Bibliothek aber setzte betreffs der Ordnung und Funktionalität allem die Krone auf, ohne zu übertreiben: die Museumsbibliothek war die beste Bibliothek der Welt, und die Menschen, die dort arbeiteten, waren stolz darauf, von nah und fern kamen die Neugierigen gepilgert, um mit eigenen Augen zu sehen, wie reibungslos die Bibliothek funktionierte, man schaute in die Karteikästen oder in den Mikrofiche-Katalog, man suchte einen Titel und, potztausend, man fand den Titel, den Autor, die Signatur, man schritt an den Bücherregalen entlang und, unglaublich, die Signatur stand am richtigen Ort, zwischen der vorausgehenden Signatur und der nachfolgenden Signatur, großartig, man nahm das Buch, und es fiel nicht sofort auseinander, man trug es zum Lesetisch und brach nicht sofort durch den Stuhl, und, ach sieh an, dort hinter dem Tisch saß eine neue, dynamische Mitarbeiterin und schaute auf einen Bildschirm voller Titel, Namen und Ziffern, während sie ihre Maus hin und her schob, machte sie noch mehr Ordnung auf ihrem Bildschirm, markierte eine Ziffer, klickte, und die Zahl stand am richtigen Ort, wie sehr hatten sie sich alle nach diesem Augenblick gesehnt, war das doch das Endziel eines jeden, der richtige Ort, alle hier in diesem Museum hatten diesen richtigen Ort gefunden, nachdem diese Idiotin endlich weggeschickt worden war, die sollte ihren richtigen Ort auch mal suchen, und da kam auch schon die Frau von der Verwaltung, um mit der neuen Mitarbeiterin zu sprechen, damit die Zusammenarbeit zwischen der Bibliothek und der Verwaltung auch bis in alle Ewigkeit wie geschmiert läuft, niemand verhielt sich seltsam oder verdächtig, nichts lenkte ab, was war das doch für eine phantastische Bibliothek, und die gräßlichen Postkarten auf dem Schreibtisch ihrer Vorgängerin, die mit den Renaissance-Porträts, die hatte die neue Mitarbeiterin wohlweislich weggeworfen, nachdem sie sie zuerst sorgfältig in Stücke gerissen hatte, schließlich war das hier ja ein Museum für Moderne Kunst …, wie froh war sie doch mit ihrer neuen Stellung, endlich wurden ihre Verdienste vollauf gewürdigt, alle fanden, daß es so furchtbar gut liefe mit dieser Bibliothek, und sie sähe besser aus denn je, alle äußerten sich lobend, und weil es alle taten, fühlte sie sich noch besser, und weil sie sich noch besser fühlte, sah sie noch besser aus, und das fiel wieder allen auf, ihre Schönheit wuchs bis ins Unendliche, sie hatte ihr Haar blondieren lassen, ging ab und zu ins Sonnenstudio und trug jeden Tag eine Schleife in der Farbe ihrer Bluse im Haar, sie fühlte sich prächtig, von so etwas hatte sie immer geträumt, und nun hatte es sich erfüllt, die Ordnung und Schönheit in ihrem Leben, das war doch großartig, und aus Dankbarkeit wollte sie noch besser sein, sie kam extra früh und ging extra spät, und weil sie das tat, taten es alle Kollegen und Kolleginnen im Museum auch, und deshalb funktionierte das Museum noch besser, die Gemälde hingen noch gerader, die Eintrittskarten wurden noch sorgfältiger abgerissen, die Mäntel der Besucher wurden noch ordentlicher aufgehängt, und bei der

Museumspädagogik wurden die ehemaligen Dummerjane, Nichtsnutze und Unbeseelten noch klüger und beseelter, der Direktor und die Konservatoren gingen strahlend durch das Museum und hörten mit dem Schultergeklopfe nicht mehr auf … wichtige Sammler und Journalisten, sogar der neue König und die neue Königin kamen, um sich umzuschauen, weil sie es hatten läuten hören, wie wunderbar geordnet und effektiv die Bibliothek funktionierte, seit die furchtbare Frau verschwunden war, die gesamte Ausstrahlung des Museums hatte sich um ein beträchtliches verbessert, eine Ausstellung nach der anderen war ein Publikumserfolg, die Reihen der wartenden Besucher schlängelten sich durch die Stadt, durchs Land, ja, so ist es nun einmal, die Ausstrahlung eines Museums speist sich aus der Bibliothek, denn dort lag der Schädel des Museums, die Informationen, und wenn die Informationen nicht richtig geordnet sind, dann ist auch das Gehirn eines Museums nicht in Ordnung, und das Gehirn dieses Museums war schon seit Jahren nicht mehr in Ordnung gewesen, weil das Gehirn dieses Luders nicht in Ordnung gewesen war, ganz und gar nicht in Ordnung sogar, die Frau war geisteskrank, eine Gefahr für das Museum, sie schaute komisch, starrte, schnüffelte, sie war zum Fürchten, aber wir haben uns hier nicht versammelt, um über sie zu sprechen, im Grunde sollten wir sie so schnell wie möglich vergessen, diese Übeltäterin, diesen Sündenbock, wir sollten einander dabei helfen, sie zu vergessen, das wird uns noch näher zueinanderbringen, nein, wir haben uns hier versammelt, um die meisterhafte Ordnung, diesen perfekt geschmierten Maschinenraum dieses Museums, dieses Gehirn, zu lobpreisen.

3

*A*m Tor zur Neuen Welt stand Dora. Das Mädchen war so ätherisch wie ihr Spiegelbild in glänzendem Marmor. Vladimir hatte in seinen Briefen kein Wort über sie geschrieben. In dem strahlend weißen Kleid glich sie einem jungen Schwan. Über einem schlanken Hals erhob sich ernst und bleich ein klassischer Kopf. Ihr dunkles Haar war streng zurückgebunden. Auch ihre Stimme war zart, transparent, jedes Wort klang wie ein Seufzer. Sie ähnelte täuschend jenem Porträt Bronzinos, das Julia als Postkarte auf ihrem Schreibtisch in der Bibliothek stehen hatte. Lucrezia dei Medici, Tochter Cosimos des I. Ihr Schicksal war so tragisch, wie ihre Schönheit groß gewesen war. Sie starb mit sechzehn Jahren an Malaria. Neben dieser Postkarte stand eine andere: ein Porträt von Francesco, Lucrezias Bruder, ebenfalls von Bronzino, und es war Julia so lieb geworden, weil es Vladimir so täuschend ähnlich sah. Es überraschte sie deshalb auch kaum, daß Dora die Freundin ihres Sohnes war. Die Menschheit bewegte sich nun einmal in Familien vorwärts, und durch die ganze Geschichte hindurch zogen diese Familien immer wieder ihre Verwandten an. Um den Hals trug Dora einen Talisman aus Elfenbein, er hatte die Form einer Faust, aus der sich zwischen Zeige- und Mittelfinger der Daumen hervorzwängte. Dora flüsterte, diese *figa* würde sie gegen böse Geister beschützen. Verlegen vertraute sie Julia an, daß Vladimir ihn ihr unlängst zu ihrem sechzehnten Geburtstag geschenkt habe. Julia hätte ihr am liebsten ihren Lippenstift geliehen oder ebenfalls etwas Persönliches verraten.

Sie saßen nebeneinander im klimatisierten Flughafenbus. Dora zog ihr Portemonnaie hervor und zeigte Julia die Banknoten eine nach der anderen. »Zehntausend *cruzeiros* ist nichts wert, fünftausend noch weniger«, erklärte sie, »aber tausend sehr viel.« Das war eine Logik, an die Julia sich durchaus gewöhnen konnte. Sie genoß es, Dora so nah bei sich zu fühlen, ihr zuzuhören und ihre wunderschönen langen Finger zu betrachten, durch die die zerfledderten Banknoten glitten. So schöne kräftige Fingernägel wie Dora hatte Julia nie gehabt. Ihre brachen ab, wurden zu Pulver, bevor sie ihr volles Wachstum erreicht hatten. Zur Strafe biß Julia sie ab. Vielleicht benutzte sie ihre Nägel zu wenig, vielleicht sollte sie in ihrem Leben mehr kraulen, kratzen, kratzbürsten.

Hinter Doras schweigendem und nachdenklichem Profil konnte Julia die Bewohner der Neuen Welt mit Aktenkoffern und Handys auf den breiten Mosaiktrottoirs im Schatten der Bäume sehen. An den Straßenecken spiegelten Kioske aus Glas die tiefstehende Morgensonne in die Seitenstraßen, wo weitere Kioske das Sonnenlicht auffingen und durch alle folgenden Seitenstraßen weiterspiegelten, quer durch die ganze Stadt; inzwischen gaben die Kioske das Licht spielerisch an die Sonnenbrillen, Rasierspiegel, Autoscheinwerfer, Coca-Cola-Flaschen, Gürtelschnallen, Schaufensterscheiben weiter, eine Vielfalt von Widerspiegelungen wird die Geschwindigkeit des Lichtes vergrößern, bevor derselbe Strahl nach einer Reise durch die ganze Stadt zur selben Sonnenbrille, zum selben Rasierspiegel, Autoscheinwerfer, zur Flasche, Gürtelschnalle, Schaufensterscheibe zurückkehrte, nur um dann wieder auf eine unbekannte Reise geschickt zu werden, das Licht wird so lange seinen Ort ändern, wie es der Sonne beliebte, denn nach ihrem Untergang war das Spiel zu Ende.

Sie wechselten in einen schäbigen Volkswagen über. Dora und der greisenhafte Taxifahrer diskutierten wild gestikulierend, bevor er widerwillig seinen Taxameter einschaltete und den Motor startete. Er gab Vollgas und schlängelte sich nervös zwischen Autos und die Straße überquerenden Fußgängern hindurch. Dora legte eine Hand auf Julias Knie und starrte vor sich hin ins Leere. Bald sah Julia die Stadt, so, wie sie sie von Postkarten, Kalendern, Quartettkarten kannte: Links am Ende der Bucht erhob sich der Zuckerhut, rechts auf dem Corcovado in der Ferne thronte Cristo Redentor mit ausgebreiteten Armen über der Stadt.

In der Finsternis eines langen Tunnels schloß Julia die Augen, holte tief Atem, konzentrierte sich auf die Mädchenhand auf ihrem Knie und hoffte, daß Doras Schönheit mit der ihren verschmelzen würde. Der Fahrer fing an zu summen, füllte ihren Kopf mit seinem stumpfsinnigen Frohsinn und Alter, Autoscheinwerfer durchbohrten die Finsternis hinter ihren geschlossenen Lidern, im Lichtkreis erschien folgende Welt: Julia sah schokoladenbraune Mädchen in Bikinis, Hausmütterchen in knöchellangen Sarongs und trägerlosen Strandkleidern und kräftig gebaute, langhaarige Knaben mit abgeschnittenen Jeans, Surfbretter unter den muskulösen Armen. Links, am Ende der schattenreichen Seitenstraßen, glitzerte der Ozean, am Ende der Seitenstraßen rechts erhoben sich steil die grünen Bergketten. Dora gab dem Taxifahrer die Anweisung, rechts einzubiegen. In einer schmalen Straße mit hohen Bäumen und Appartementhäusern hielt das Taxi. Bevor Julia ihr Portemonnaie und ihre Handtasche hervorgekramt hatte, hatte Dora schon bezahlt.

4 *D*er Sohn war der düsteren Welt entkommen und hatte mit seinem Segelboot den Ozean überquert. Während Mutter, Vater und Schwester zurückblieben, lag er anmutig in der Badehose auf Deck, die Schoten in der Hand, er beobachtete die Delphine, die um ihn herum durchs Wasser sprangen, durch ein Wasser, das so blau war wie die Bütenblätter der schönsten Kornblumen und klar wie das allersauberste Glas, und er sprach mit ihnen, aber nein, er erzählte nicht von früher, damit könnte er die Aufmerksamkeit seiner ruhelosen Wasserfreunde auch kaum fesseln, nein, er erzählte von seinen Träumen, die die neue Welt zum Schauplatz hatten, aber diese neue Welt war noch lange nicht in Sicht … die Vergangenheit blies mit vollem Wind in die Segel, es gab weder hungrige Haie noch Mammuttanker noch Ölflecken, der Sohn war ohne Sorgen, er freute sich schamlos seines jungen Körpers, den er auf einen Kontinent zusteuerte, wo erneut Millionen Frauen auf ihn warteten, welche Frau auch würde diesem flämischen Helden, diesem sanften Wikinger mit dem glänzenden Helm und den trügerisch unschuldigen Hörnern widerstehen können, vermutlich keine einzige. Um in Form zu bleiben, fischte er sich hin und wieder mit bloßen Händen eine Meerjungfrau aus dem Wasser, fesselte ihren zappelnden Leib mit der Fockschot und liebte sie, oder besser gesagt, liebte sich selbst, doch seltsam, er brauchte *sie* dazu, er warf sie wieder ins Wasser, ließ sie im schäumenden Kielwasser zurück, hatte nicht das geringste Mitleid mit der fischschwänzigen Frau, Mitleid hatte noch nie zu etwas geführt, er unterdrückte das kleinste Schuldgefühl und mußte gleichzeitig über den simplen Gedanken lachen, daß die ganze Welt nichts als eine einzige große Frau wäre …, auf Deck vollführte er ausgiebig Liegestützen und Streckübungen, damit sein Körper zum idealen Lockmittel wurde, zum idealen Sexinstrument, womit er dieser Weltfrau mit all ihren Facetten in idealster Weise zu Leibe rücken konnte, mit jeder Seemeile wurde er brauner, muskulöser, männlicher, kräftiger, ungehemmter, geiler, durstiger, und mit jeder Seemeile verschwand die Vergangenheit mehr und mehr in den Hintergrund, sank in sein schlammiges Unterbewußtsein und tauchte nur dann wieder auf, wenn er im Wasser einen toten Fisch oder einen Plastiksack treiben sah, denn dies waren Attribute, die wie die Vergangenheit der alten Welt angehörten, der kalten Welt, der erstarrten Welt, der Welt, die er ein für allemal vergessen wollte, er legte sich auf das Deck und sah zur kleinen Flagge hoch, die geradewegs in die Zukunft zeigte, der Wikinger-Sohn lachte der Sonne und dem Himmel zu, er hatte grenzenloses Vertrauen.

Das Mißverständnis von Camus. Eines Tages kam der verlorene Sohn, reich geworden, aus dem Land der Sonne und des Meeres in die alte, kalte, erstarrte Welt zurück, um Mutter und Schwester an seinem Glück teilhaben zu lassen. Er mietete sich in deren düsterem Hotel ein, ohne seinen wahren Namen zu nennen. Er wollte ganz bewußt ein Fremder sein, denn so würde er leichter herausfinden können, womit er sie glücklich machen könne. Mutter und Tochter erkannten den Gast nicht. Sie verabscheuten ihn, denn er kam aus dem Land der Sonne und hatte alles, wonach es sie verlangte, sie vergifteten ihn und warfen ihn in den Fluß.

Julia schnüffelte gerade in seinem Schlafzimmer herum, schaute unter die Matratze, griff, wie in der Hoffnung, dort etwas zu finden, wonach sie schon immer gesucht hatte, zwischen die Handtuchstapel, als Vladimir in Lebensgröße vor ihr stand. Er war so blaß und mager, wie sie ihn in Erinnerung hatte. Unter seinen wilden Augen hatte er dunkle Ringe, im Mundwinkel klebte etwas geronnenes Blut. Vladimir umarmte sie und führte sie in die Küche. »Ich finde es klasse, daß du gekommen bist«, rief er. »Meine Freundin Gabriela kommt am Wochenende.«

»Und Dora?«

»Dora ist doch noch ein Kind.«

Mon œil! dachte Julia. Noch keine Minute in Gesellschaft meines Sohnes, und er tischt mir schon eine seiner Lügen auf.

»Wie geht es Papa?« fragte Vladimir.

»Er genießt das Nichtstun. Die einzigen Sorgen, die er hat, sind seine Gesundheit, das Auto und die Spielscheune.«

»Und Veerle?«

»Sie ist im letzten Semester. Sie kritisiert immer an mir herum. Sie findet, ich sei schlampig, unberechenbar und viel zu sehr mit mir selbst beschäftigt.«

»Du mußt *cool* sein, Mama.«

»Das sagt Veerle auch. Ich habe aber die Dinge nicht so unter Kontrolle wie sie. Manchmal glaube ich fast, daß sie in der Klinik meine Tochter mit einem anderen Baby vertauscht haben.«

Vladimir lachte. »Jetzt übertreibst du aber, Mama. Veerle ist ein feiner Kerl.«

»Sie hat nur DNS-Modelle im Kopf.«

»Wie hättest du sie denn lieber gehabt?«

»Sensibel, sinnlich, poetisch und romantisch. Ihr Freund ist auch so eine Picobelloperson.«

»Und, hast du an mir auch soviel auszusetzen?«

»Klar doch, aber ich bin nicht hergekommen, um zu jammern. Und auch nicht, um über die Vergangenheit zu reden. Ich will von vorn anfangen. Ganz von vorn.«

Der ruhelose Sohn hatte das Bedürfnis nach einem *changement de décor*. Unter einem Plastiksonnenschirm auf dem Boulevard brauchte er sich zumindest nicht eingesperrt zu fühlen, er konnte sich umschauen, seine Mutter konnte sich umschauen. Männer und Frauen liefen unermüdlich den Boulevard entlang, Jungen und Männer zogen unermüdlich ihre stählernen Körper an Eisenstangen hoch, Kinder spielten unermüdlich mit Bällen und Drachen am Strand, Vladimirs Finger trommelten unermüdlich auf den Tischrand, die ruhelose Energie all dieser Körper mußte in Bewegung umgesetzt werden, bevor sie sich gegen ihn wenden würde.

»Sag mal, wie läuft's denn eigentlich auf der Bank?«

»Mir gefällt's.«

»Und deine Kollegen?«

»Sind ganz nett.«

»Hast du Freunde?«

»Ein paar.«

Natürlich konnte Vladimir es nicht ertragen, daß sie sich mit ihm befaßte. Das hatte er nie gekonnt. Hatte sie wirklich geglaubt, er hätte während ihrer Abwesenheit etwas dazugelernt? Unruhig wrang er die Hände und schaute unglücklich wie ein Wellensittich in einem zu kleinen Käfig, so daß Julia nur eins wollte, ihn erlösen. Das letzte Mal, daß sie wirklich ruhig zusammen gewesen waren und er alle Zeit für sie gehabt hatte, war, als sie ihn stillte.

Julia versuchte, sich zu entspannen und zu genießen. Schließlich war das hier ihr Urlaub. Sie stellte sich vor, wie dort bei den brennenden Lichtern auf den Hügeln die reichen Brasilianer in ihren herrschaftlichen Villen wohnten. Ihre Gedanken, von der Sonne und dem Bier aufgewühlt, schweiften fieberhaft zu den Schlafzimmern, in denen sich die Jogger und Bodybuilder zwischen weißen Laken miteinander vereinigten …

Bald tauchte im Strom der farbenfroh gekleideten Passanten Dora auf. Sie trug einen schwarzen Minirock und einen engen schwarzen Pulli, das Haar trug sie offen. Nachdem sie Julia und Vladimir einen Kuß gegeben hatte, ließ sie sich gähnend in einen Stuhl fallen. Sie schaute Julia auf eine Weise an, wie Veerle sie auch manchmal anschauen konnte: beunruhigt. Vladimir hatte sich müde im Stuhl zurückgelehnt und hielt ihre Hand. Julia sah, daß es für die beiden Geliebten eine Qual war, noch auf Stühlen sitzen zu müssen. Sie täuschte eine heftige Müdigkeit vor und schlug vor, schlafen zu gehen.

Vor der Eingangstür des Appartementgebäudes sagte Vladimir, daß er Dora nach Hause bringen wolle. Er überschlug sich Julia gegenüber in Höflichkeiten.

»Du bist doch nicht böse, oder?« fragte Vladimir besorgt.

»Warum sollte ich, mein Schatz?«

»Vielleicht hast du dir das alles ganz anders vorgestellt.«

»Vladimir, um eins klarzustellen, ich habe keinerlei Vorstellungen, Erwartungen, Forderungen, ich komme ganz gut allein zurecht.«

Julia packte ihren Koffer aus und räumte die Sachen in den Kleiderschrank. Vor dem geöffneten Fenster stehend rauchte sie eine Zigarette. Sie betrachtete die brennenden Kerzen auf den Straßenkreuzungen, beobachtete die Portiers, die auf

Motorhauben und Abfalleimern saßen und lauthals diskutierten, sah die Menschen in den gegenüberliegenden Appartements unter sich drehenden Ventilatoren vor dem Fernseher sitzen. Nachdem die Kerzen abgebrannt, die Fernseher ausgeschaltet und die Wachposten einer nach dem anderen in die Häuser gegangen waren und nur noch ein Polizist mit seinem Hund durch die Straßen patrouillierte, drehte Julia sich um und ging ins Schlafzimmer.

Sie stand am Fußende des Bettes und sah auf die zwei Quadratmeter hinunter, die ganz allein ihr gehören sollten, nur ihr allein, wie ein Geliebter erschien ihr dieser Schlaf, den sie mit niemanden zu teilen brauchte außer mit sich selbst. Sie räkelte sich, streckte Arme und Beine.

Mitten in der Nacht wurde sie wach. Auf der Seite liegend konnte sie es nicht ertragen, das eine Bein auf dem anderen zu spüren. Sie glaubte, vom Strand her jammervollen Gesang zu hören, Männergesang von verlorener Liebe, über sich hörte sie polternde Pantoffeln und hinter allen Wänden aufgeregte Stimmen. Sie verfluchte es, hergekommen zu sein. Dreimal ging sie nachsehen, ob der Wikinger Vladimir schon zurückgekehrt war, aber seine Matratze blieb unbeschlafen.

5 Julia lag im schwarzen Badeanzug auf einem großen grünen Badehandtuch. Über ihren Rücken strich von Zeit zu Zeit kühler Wind. Sie beobachtete die Surfer, die auf ihren Brettern übers Wasser schaukelten und warteten, bis die Wellen hoch genug waren, sie vorwärts zu tragen, hochzuheben, zu verschlingen. Ein alter Schwarzer mit Sonnenschirmen unter

dem Arm stellte sich breitbeinig vor ihr auf. Julia nickte. Dankbar pflanzte er einen weißen Sonnenschirm neben sie in den Sand. Sie drückte ihm einige Geldscheine in die Hand und legte sich in den Schatten. Überall um sie herum ließen sich Männer und Frauen nieder, wendeten sich in der Sonne, cremten sich gegenseitig ein, kippten Eimerchen mit Meerwasser über einander aus, fummelten an ihren Tangas. Ein Vater kämmte ausgiebig und sorgfältig das lange Haar seiner Tochter. Mit der linken Hand hatte er ihre schlanke Taille umfaßt.

Sonnenhut-, Sonnenöl-, Kokosnuß-, Eis- und Muschelverkäufer rackerten sich in schattendunklen Scharen an ihr vorbei. Sie schrien immer lauter, ihr Marktgeschrei wurde zu Hilferufen. Sie wollten von ihrer Last befreit werden, die immer untragbarer wurde, je höher die Sonne stieg. Eine schwarze Frau kauerte, einen Korb voller Ananas auf dem Kopf und ein blitzendes Messer zwischen den Zähnen, erschöpft in der Brandung.

Julia ließ Sand durch die Finger rieseln, Sand, der jede Form annehmen konnte, jeden Abdruck in sich abbildete, jeden Fuß, jede Hand, jedes Hinterteil, bis das Meer es wieder wegwischte. Dora saß ein paar Meter hinter ihr mit einer großen Ray-Ban-Sonnenbrille auf der Nase. Sie trug einen makellosen, lachsfarbenen Badeanzug mit einem runden Loch am Bauch. Ungestört las sie in einem Heftchenroman.

Vladimir kam aus dem Wasser gerannt und warf sich neben Julia in den Sand. Er spreizte seine langen Beine und begann, dazwischen ein Loch zu graben.

»Du kannst dich auch auf mein Handtuch setzen«, sagte Julia mütterlich.

»Ein Mann aus Rio, ein *carioca*, sitzt einfach im Sand.«

»Wann werde ich Gabriela kennenlernen?«

»Du sollst ihren Namen nicht nennen, wenn sie hier ist!«
herrschte er sie an und deutete mit dem Kinn in Richtung
Dora. »Sie ist nicht so hübsch wie die da.«

Dora schaute aus ihrem Buch auf.

»Weiß sie es?« fragte Julia.

»Nein, und ich will auch nicht, daß sie es weiß. Ich weiß
auch nicht alles über sie. Brasilianern kann man nicht trauen.
Am besten, man macht es wie sie, man betrügt, schummelt
sich durch und setzt auf mehrere Pferde.«

Julia erinnerte sich, daß die Wortwahl ihres Sohnes nie
besonders subtil gewesen war. Aber es war immerhin ein
gutes Zeichen, daß er seine Mutter ins Vertrauen zog.

»Ein Amerikaner reist nach Rio, um braun zu werden. Er
geht jeden Tag im Tanga an den Strand. Vollführt alle zehn
Minuten eine Vierteldrehung mit dem Körper, geht stünd-
lich ins Wasser und schmiert sich gut mit Kokosöl ein. Nach
zwei Wochen ist sein Urlaub fast um: Er steht im Hotelzimmer vor dem Spiegel und stellt fest, daß er überall wunderbar
braun geworden ist, außer an einer Stelle. Er beschließt, am
nächsten Morgen zum Strand zurückzugehen, gräbt sich
vollkommen im Sand ein und läßt nur diese eine Stelle frei,
die bisher noch nicht der Sonne ausgesetzt war.«

Vladimir sah Julia herausfordernd an. Er beugte sich zu
seiner Freundin, küßte sie auf den Mund, legte seinen Kopf
auf ihren Bauch.

»Zwei amerikanische Frauen sind in Rio und gehen zusammen am Strand entlang. Plötzlich sieht eine der Frauen
etwas Seltsames aus dem Sand ragen. Sie hält die andere an
und ruft erstaunt: Angela, do you see what I think this is?

Angela ist sprachlos und kreischt: At twenty I didn't dare
to touch it.

At forty, I couldn't get enough of it.

At sixty I had to pay for it, and now, I'm eighty and it's growing wild in the sand!«

Julia war weder dumm noch verrückt. Sie machte sich auf alles ihren eigenen Reim. Sie befand sich zwischen »I couldn't get enough of it« und »I had to pay for it«. Sie streckte ihre Nase in die Luft, zog den Bauch ein, warf das Haar zurück und dachte sich, mit hochgezogenen Knien und an den Zehen zupfend, ihren Teil, während ein herrlicher Körper nach dem anderen ihr Blickfeld durchquerte und dabei in ihre Richtung schaute. Sie fühlte sich stark und selbstsicher, bis ihr allmählich aufging, daß genau hinter ihr die bildschöne Dora saß, die anders als die alte Angela keineswegs den Eindruck erweckte, vor irgend etwas Angst zu haben. Im Gegenteil, sie streichelte Vladimir in Anwesenheit seiner Mutter über Brust, Bauch und Beine. Ihre Finger glitten unter den Rand seiner Badehose.

Ein schlanker Jüngling mit breiter Brust setzte sich in Julias Nähe und schielte aus den Augenwinkeln nach ihr.

»Er will dir was verkaufen«, grinste Vladimir.

»Er ist ein Dieb, Mama«, grinste Vladimir.

»Nicht hinschauen«, grinste Vladimir. Er kugelte sich vor Lachen. Dora fiel mit dem Lachen einer kleinen, meckernden Ziege mit ein.

Dann sprach Vladimir plötzlich von einen Ausflug zum Zuckerhut und einem Ausflug zum Cristo und einem Ausflug ins Hinterland, aber Julia wollte überhaupt keine Ausflüge. Das einzige, was sie wollte, war hier am Strand zu bleiben und nur zu schauen, und das wollte sie morgen und übermorgen auch. Ihr Sohn war ganz der Mann, der alles so schnell wie möglich hinter sich bringen wollte, sie in fünf Tagen gelangweilt ansähe, eigentlich hat Mama ja alles schon gesehen, wäre doch das beste, sie würde wieder nach Belgien zurückfliegen.

»Ich werde ein Stückchen am Strand spazieren«, sagte Julia. Sie stand auf und ging am Meer auf die Zwillingsbrüder zu, die beiden Bergspitzen am Ende der Bucht. Sie nahm sich vor, ihren eigenen Weg zu gehen. Die anderen wollten sie mit hinterhältigen Witzen und abwertenden Bemerkungen nur vom großen Glück abhalten, weil sie selbst keine Begabung dazu hatten.

6 *I*n den Mittagsstunden war die Welt für Julia unmenschlich. Unwirtlich und einer Wüste gleich. Die Sonne stand still, die Natur stand still, eine unwirkliche Leere hing in der Luft. Die Vögel hatten aufgehört zu pfeifen, die Kinder schrien nicht mehr, die Strandhändler waren verstummt, die Schatten lösten sich auf, die Welt fiel zurück auf sich selbst. Alles, was lebte, hielt den Atem an, verbarg sich in Höhlen, Hütten und Häusern, dieses volle Licht, diese Vollkommenheit, Ruhe und Zeitlosigkeit machten ihr Angst.

Julia zog sich ins Alberico zurück. Sie setzte sich an einen Tisch am geöffneten Fenster. Auf der überdachten Terrasse unter ihr saßen Männer und Frauen und aßen in Badehose und Bikini zu Mittag. Julia bestellte ein kleines Bier und zündete sich eine Zigarette an. Auf der anderen Seite des Boulevards, wo die Autos in beiden Richtungen vorbeifuhren, lag der Ozean. Selbst die hartnäckigsten Sonnenanbeter verließen jetzt den Strand.

Eine blasse Erscheinung trat herein und setzte sich an den Tisch ihr gegenüber. Ihre Haut war weiß und ihr kurzes Haar weißblond. Die sanftblauen Augen und hellrot geschminkten Lippen waren die einzigen Farbflecke in ihrem Gesicht. Sie trug einen makellosen beigen Leinenanzug und eine weiße Bluse. Die Hitze schien ihr gar nichts anhaben zu können. Sie gab beim Kellner ihre Bestellung auf, ohne einen Blick auf die Karte zu werfen. Danach starrte sie lange Zeit aufs Meer hinaus.

Als der Kellner einen Salat und eine Flasche Wasser vor sie hinstellte, legte sie sich die Serviette auf den Schoß, schob den Stuhl näher an den Tisch heran und nahm das Besteck zur Hand. Beim ersten Bissen, den sie zu Munde führte, sah sie Julia direkt in die Augen. Vorwurfsvoll. Bei jedem der folgenden Bissen warf sie ihr den gleichen vorwurfsvollen Blick zu, jedesmal etwas länger. Julia fühlte sich nackt und ausgeliefert in ihrem Badeanzug, den nassen Haaren und dem zweiten Bier vor sich. Die Frau nahm wieder einen Bissen und warf Julia dabei erneut einen ihrer dreisten Blicke zu. Julia hatte das Gefühl, selbst verspeist zu werden.

»Why don't you come and take a seat over here?« Die Frau deutete auf den leeren Stuhl ihr gegenüber.

Julia schob errötend ihren Stuhl zurück und versuchte, sich so elegant wie möglich zu erheben. Sie fürchtete, der geflochtene Sitz hatte Spuren auf ihrer Haut hinterlassen. Die Frau gab Julia die Hand und stellte sich vor. Sie hieß Meryl. Julia, das sei ihrer Meinung nach ein sehr romantischer Name.

»What are you doing here, babe?« fragte Meryl, als Julia sich setzte.

»Ich ruhe mich aus.«

»Are you that tired?«

Julia nickte.

»Wovon. Arbeitest du so viel?«

Julia lachte verlegen.

»Und, was tust du so den ganzen Tag?«

»Ich gehe zum Strand, ich lerne Portugiesisch, ich gehe mit meinem Sohn essen.«

»Gehst du zum Barbie-beach?«

»Barbie-beach?«

»Ich meine den Strand hier gleich auf der anderen Seite. Alle Gays der Welt liegen da auf einem Fleck versammelt.«

»Das ist mir gar nicht aufgefallen.«

»Oh, ich habe nichts dagegen. Du vielleicht?«

»Nein, natürlich nicht, ich meine: Ich habe noch nie darüber nachgedacht.«

»Aber manchmal denkst du schon?«

Julia schwieg. Was wollte die Frau nur?

»Du lernst also Portugiesisch?«

»Ja, ein bißchen, ich habe mir Bücher und Kassetten mitgenommen.«

»How interesting.«

Das klang nicht besonders überzeugend und noch weniger überzeugend klang es, als sie erzählte, was sie tat.

»Weißt du, hier herrscht Hunger, Menschen sterben an den läppischsten Krankheiten, die meisten Menschen hier können nicht einmal lesen und schreiben, Kinder werden umgebracht.«

Julia schlug die Augen nieder.

»Ich habe hier in einer *favela* ein medizinisches Zentrum und eine Schule aufgebaut. Ich bin schon seit fünf Monaten hier.«

»Schon fünf Monate, und da bist du noch so weiß?« rief Julia aus.

»I don't want to get skincancered«, sagte Meryl. »Die Sonne hier frißt alles weg, sogar die Seele.«

Nur mit Mühe konnte Julia einen Rülpser unterdrücken. Sie traute sich nicht mehr, irgend etwas zu sagen. Neben diesem Gottesengel wirkte alles banal, trivial und armselig. Julia war sich sicher, daß Meryl es bedauerte, sie angesprochen zu haben.

Julia schlenderte nach Hause zurück, trat böse nach ihrem Schatten und blieb den Rest des Tages im Haus. Sie stellte sich Meryl vor, hoch oben auf einer Wolke, eine Aureole über ihrem Haupt. Mit diesem Bild brauchte sie sich nicht zu vergleichen, denn damit war Meryl von einer anderen, einer höheren Ordnung. Sie dachte an Schwester Héloïse, an Pater Damiaan, an Carolina van Vlezenbeek und an all die heiligen Frauen mit ihren gierigen Mündern und leckenden Zungen, über die sie in *Sancta Anorexia* von Rudolph Bell gelesen hatte.

Die heilige Angela von Foligno leckte mit der Zunge das Wasser auf, in dem sie gerade die Hände und Füße von Aussätzigen gewaschen hatte. Noch nie zuvor hatte sie etwas derart Berückendes getrunken. Ein Stück Schorf war in ihrem Hals steckengeblieben. Statt es auszuspucken, wollte sie es unter allen Umständen herunterschlucken, und es gelang ihr auch. Es war fast eine Heilige Kommunion. Nie würde sie die Glückseligkeit, in der sie hinsank, in Worte fassen können.

Einer ihrer Heiligen-Kolleginnen wurde ein großes Glück zuteil, nachdem sie einen Mund voll Exkremente eines Durchfallkranken zu sich genommen hatte. Jesus belohnte sie: Drei Stunden durfte sie ihre Lippen gegen sein heiliges Herz gedrückt halten.

Eine dritte Heilige überkam der Ekel vor dem abscheu-lichen Gestank des Eiters, als sie die krebsschwärige Brust einer Frau versorgte. Fest entschlossen, allen körperlichen Empfindungen Herr zu werden, fing sie den Eiter sorgfältig in einer Schale auf und trank diese bis auf den letzten Trop-fen leer. In der Nacht erschien ihr Jesus, der sie dazu einlud, das Blut zu trinken, das aus seiner durchbohrten Seite floß.

Julia amüsierte sich prächtig. Wie weit würde Meryl in ihrer Nächstenliebe gehen?

7 : *V*ladimirs Bett blieb unbeschlafen, keine Ebbe und keine Flut, keine Sommerbrise, keine glattstreichende Mutterhand wischten die Abdrücke in der weißen Baumwolle weg, Julia-nische Gedanken nisteten sich behutsam in die Knicke, Kniffe, Knitter ein … ließen sich uneingeschränkt herum-rollen, transformieren, sie vibrierten und resonierten, sie waren tausendfache Zufallstreffpunkte von Herzklopfern, Atemstößen, Höhlungen, Mündern, Hälsen, Fußsohlen, Hüften, sie besaßen eine Vielfalt von Erinnerungen, sie wa-ren sie selbst im Quadrat …

Der Sohn kam abends nach der Arbeit nach Hause, sah die Post durch, nahm eine Dusche, zog frische Kleidung an und machte sich wieder davon, Gott weiß wohin, beim Aufbruch gab er seiner Mutter noch einige haushälterische Anweisun-gen, blies ihr im Vorbeigehen einen Kuß zu. Da ging der Mann, der meilenweit ging, Wunder-über-Wunder, schnel-ler als sein Schatten … wem sollte sie am Abend erzählen, was sie tagsüber erlebt hatte?

Julia stand früh auf und ging sofort zum Strand. Das tiefe Sonnenlicht schwappte ihr auf den Straßen entgegen, der Verkehr kam gerade erst allmählich auf Trab, und die ersten Transistorradios wurden vor offenstehenden Fenstern eingeschaltet. Sie war die erste, die sich vor Binos Imbißbude in einen Liegestuhl legte. Bald kamen aus allen Richtungen die Barbies herbei. Ihre nervösen Raubtieraugen tasteten systematisch das Meer, den Strand und den Boulevard ab, aber sie richteten sich nicht einen Moment lang auf sie. Diese Toms und Frederiks verfügten über Organe, mit denen sonst nur Fledermäuse, übrigens beneidenswerte fliegende Säugetiere, ausgerüstet sind, sie konnten Hindernisse ausmachen, ohne hinzusehen, mit den Ohren fingen sie das Echo von Julias Anwesenheit auf, sie war die Mauer, der sie gerade noch ausweichen konnten, der Ast, die Kirchturmuhr, das Spinngewebe, der Haken an der Decke …, sie war ein Hindernis, weil sie nicht ihrer Ästhetik entsprach, die Rundungen von Julias Körper paßten nicht in die Schablone, nach der sie sich richteten, nach der sie sich zwangsweise richteten, sonst würden sie etwas vermissen, und etwas vermissen ist fast wie sterben, und sterben wollten sie nicht, nein, sie wollten ewig leben und ewig jung sein und ewig in diese Schablone passen, die nichts anderes war als ihr ideales Spiegelbild, denn wenn sie selber nicht mehr in diese Schablone paßten, wie konnten sie dann mit ihren Spiegelbildern zusammenfließen, denn darin, genau darin bestand doch die homosexuelle Liebe, du bist ich, und ich liebe nur mich, und jetzt habe ich mich, um mit mir zu spielen, mich zu lieben, mich zu quälen, dadurch, daß ich gequält werde, daß man mir zustimmt:

O Spiegelbild, werde ich immer bei mir bleiben?
Aber ja, Schätzchen, natürlich werde ich immer bei mir
bleiben ...

Alles würden sie tun, um so lange wie möglich in die Schablone zu passen, auf Operationstischen würden sie die angejahrten Körper in Jeans transplantieren und rostfreie Nägel durch die Geschlechtsorgane treiben lassen, damit sie alle lieben langen Tage mit einem Steifen herumlaufen konnten, und wenn rein gar nichts gegen das Abtakeln half, dann blieben immer noch die Trostpreise: häßliche Mädchen oder ältere Frauen, die nicht in die Schablone des heterosexuellen Mannes paßten, auf diese Weise trösteten sich die Schablonengeschädigten in ihren Rollstühlen gegenseitig, und vielleicht würden sie ja von diesem Moment an lachen können, lauthals lachen können, weil in diesem Leben ihre Ideale nie mehr verkörpert würden, alles lag hinter ihnen, das Leben war nur ein schlechter Scherz, was ihnen jetzt noch übrigblieb, war, die Zeit mit Galgenhumor, Drama, Camp und Zynismus auszusitzen ... Vielleicht waren die einzigen Frauen in ihrem Leben ihre kleinen Schwestertöchter, die sie wie eine Puppe anziehen und herausputzen konnten, deren Traum vom Idealmann sie mitträumen konnten, so wie Onkel Tom und Frederik es bei Julia getan hatten, und obwohl die kleine Nichte größer wurde, blieb sie für sie immer die kleine Nichte, damit sie ja nicht zu einem dieser lebensbedrohlichen Frauenwesen wurde, mit diesem eigenartigen Geruch, dem Geplapper, kleinen Eigenheiten und Händegefuchtel, uh, abscheulich!

Julia hörte den alten Lift hinunterfahren und sah kurze Zeit später, wie Vladimir einer nervöse Spermazelle gleich aus dem Gebäude gestoßen wurde, dem Portier zuwinkte und in die Straße hinausschwamm, Schzumm!, Bugs Bunny auf der Flucht vor seiner Mutter … Julia hob seine Kleider vom Boden auf, nahm sie in die Arme, wiegte sie, gab ihnen die Brust, atmete tief ihren Geruch ein, diesen berühmten Vladimir-der-Wikinger-Duft, Schweiß, Aftershave, Parfum, Nikotin, Lavendel, Lippenstift, Alkohol, Sonnencreme, Sperma, Nagellack, Schuhcreme, Schokolade, früher ertränkte Julia diese stofflichen Überreste ihres lebenden Sohnes, wenn er sanft schlief, im Duft von Lenor, dem lieben Kinderduft, dem Es-ist-alles-gut-alles-vergessen-und-vergeben-Duft … das eine Miasma wurde durch ein anderes vertrieben und erinnerte nur an sich selbst …

Als die Sonne unterging, zog Julia die Joggingschuhe an und rannte den Boulevard hinunter. Am Ponta do Arpoador, dem Felsen, der die Strände von Ipanema und Copacabana trennt, ruhte sie sich aus und beobachtete die vorbeisausenden Surfer. Julia grüßte den Mann, der jeden Abend seinen Dalmatiner ausführte, die Mutter mit einem Einkaufswagen voller Kleidung, die hier ihre Wäsche wusch, die zwei kichernden Schulmädchen, die zu den Jungs mit den Mountainbikes hinüberäugten. In der schwülen Abendluft ging Julia zum Haus zurück, tief in ihrem Herzen hoffte sie, einer der herrlichen Passanten würde ihr Gesellschaft leisten, aber diese Sehnsucht bekämpfte sie mit eben jener Zimperlichkeit, die sie bei anderen verabscheute. Zu Hause duschte sie, wiegte unter den Wasserstrahlen Hüften und Hintern im Rhythmus der wogenden Mosaikmuster auf den Bürgersteigen. Sie fühlte sich wie das ausgezehrte Mädchen aus *The Secret Garden*, das im geheimen Garten wieder rote Wangen bekam und alle Kräfte zurückgewann. Nur fand das Mädchen in diesem Garten auch ihre große Liebe.

An den Wochenenden kam Gabriela. Kindergärtnerin aus Santos. Nichts an ihr glich einem Traum, sie war so nüchtern wie das Waschbecken, die Wasserhähne, die Fliesen. Sie war eine Art Gummipuppe mit lebenslanger Garantie, einfach nicht kaputtzukriegen, selbst wenn man sie aus dem zwanzigsten Stock werfen würde, würde sie, als sei nichts gewesen, zum zwanzigsten Stock zurückkatapultiert werden. Sie gehörte jener Gruppe Unausstehlicher an, die sich rein gar nichts gefallen lassen, und damit unverletzbar, unerreichbar, unnahbar waren. Gabriela und Vladimir zogen sich in ihr Schlafzimmer zurück und blieben dort fast das ganze Wochenende über. Julia wunderte sich, warum sie nicht zum Strand gingen. Auf diese Weise blieb ihr Sohn belgisch bleich. Gabrielas Stöhnen war lang andauernd und laut. Julia geriet selbst fast außer Atem. Ab und zu schossen die Liebenden ins Badezimmer, duschten sich ausgiebig und verschwanden dann wieder im Schlafzimmer. Julia zog sich immer weiter ins Haus zurück, bis in die äußerste Ecke, und schrumpfte auf Puppenhausformat, von hier aus schien das Gekeuche von Gabriela das Gebrüll eines hungrigen Löwen zu sein, in ihrem Puppenhausköpfchen dachte Julia einen winzigkleinen Gedanken − dieser Sohn, den Gabriela die Schreckliche gerade liebte, vernaschte, ist immerhin aus meiner Möse herausgekommen − und flüchtete schließlich durchs Schlüsselloch zum Haus hinaus, sie verabscheute die Rolle einer Mithörerin, einer einsamen Mutter oder, schlimmer noch, einer ungeliebten Frau.

Nachdem Gabriela den ganzen Tag mit dem Sohn im Bett gelegen hatte und auf einen Wink hin bedient wurde, strahlte sie vor Wollust. Sie hatte sich das Handtuch umgeschlagen und vor der Brust verknotet, ihre Wangen glühten. Zeit für

den Unterricht. Sie würde die jüngsten pädagogischen Er-
kenntnisse, die sie von Montag bis Freitag im Kindergarten
von Santos sammeln konnte, an ihrer Wochenend-Schwie-
germutter ausprobieren, die gerade auf Zehenspitzen herein-
geschlichen war. Gabriela teilte sich auf in eine Biologielehre-
rerin: Geschlechter und Satzglieder, und in eine Gymnastik-
lehrerin: Beugungen von Tätigkeitswörtern. Währenddessen
trainierte Vladimir in diesem Rhythmus seine Muskeln auf
dem glänzenden Parkett. Ich, du, er, hopp, wir, ihr, sie,
hopp. Ab und zu lachte er seine Mutter aus.

In Vladimirs Kleiderschrank entdeckte Julia unter einem
Stapel T-Shirts einige Zeitschriften. An der gleichen Stelle
hatte sie sie bei Maurice gefunden. Lernen Söhne solche
Dinge von ihren Vätern? Julia studierte die festen Brüste, die
flachen Bäuche, die Hüften, die Venushügel, die Beine der
Damen, die die Seiten ausfüllten. Eine der Zeitschriften
nahm sie mit ins Bad und legte sie auf den Rand des Wasch-
beckens. Im Spiegel betrachtete sie ihren eigenen Körper
und verglich ihn mit dem ihrer jüngeren Schwester auf dem
Foto. Während Julia sich Brüste und Bauch streichelte, verlangte es sie plötzlich nach der Berührung einer fremden
Hand ... ein herrlicher Körper trat ins Badezimmer, es war
weder Maurices Körper noch der des *Miele*-Mannes, er änderte fortwährend Größe und Farbe und Alter. Während
Julia ihre Hüften streichelte, brachte der sich ständig ver-
wandelnde Mann sie fast um den Verstand, sie duschte, versuchte ihn zu vergessen.

Eines Abends beschloß Julia, ihr Glück außer Haus zu versuchen. Aber was sie fand, war nicht das, wonach sie verlangte.
Meryl saß däumchendrehend an einem Tisch bei Alberico.

»Ich will mich mit dir treffen«, diktierte sie.

»Bist du nicht böse auf mich?« fragte Julia erstaunt.

»Ich und böse? Ich habe die ganze Zeit nur an dich gedacht. Du bist eine sehr interessante Frau.«

»Du übertreibst.«

»Überhaupt nicht. Und was denkst du über mich?«

»Ich finde es sehr nobel, was du hier tust.«

»Nobel, das ist eine Beleidigung.«

»Tut mir leid.«

»Und was genau tut dir leid?«

»Daß ich gesagt habe, du seist nobel.«

»Das bin ich nämlich gar nicht. Ich bin keine Nonne und keine Heilige. Meinst du, wir können jetzt Freundinnen werden?«

8   Julia ließ sich auf dem Rücken treiben, trudelte, während sie sich mit den Fingern die Nase zuhielt, abwärts, stützte sich mit den Händen ab, setzte sich in den Schneidersitz, stieß sich kraftvoll vom Boden ab und schoß wie ein Delphin nach oben, ein Stück über die Wasseroberfläche hinaus, sie zog ihre Bikinihose aus und schwamm in Richtung offene See. Die Hotels und Appartementhäuser wiegten sich mit den Wellen, tauchten auf und verschwanden wie die Deckaufbauten eines Ozeandampfers.

Sie dachte an die goldenen Regeln der Nonnen. Erstens: Die höchste Berufung der Frau ist die Liebe. Héloïse und Tante Nonneke richteten ihre Liebe auf Gott, verherrlichten ihn und beteten in ihm das Göttliche an, und doch suchten sie in ihm zugleich den Mann. Julia richtete ihre Liebe auf Maurice und glaubte, in ihm einen Gott gefunden zu haben.

Eine Optimistin findet immer, wonach sie sucht. Fügsam paßt sie ihr Verlangen dem gefundenen Objekt an. Es gibt bei ihr keine Diskrepanz zwischen dem, was sie will, und dem, was sie hat, und falls doch, dann benutzt sie sie entweder als Hilfsmittel oder überwindet sie. In den extremsten Fällen wird diese Diskrepanz selbst Gegenstand des Verlangens und ist beabsichtigt. Das war die berühmte Geschichte von dem Begehren, das süßer ist als das Objekt der Begierde. Zweitens: Das Glück ist vom Himmel herabgekommen. Aber wie schon beim ersten Mal mit Maurice und beim zweiten Mal mit Omer kam es auch diesmal ganz anders.

Julia streckte sich auf ihrem Handtuch aus. Sie genoß die Stille des Meers, auf dem die frühe Morgensonne glitzerte, freute sich am dumpfen Tappen der Schritte im Sand, an der aufgeregten Stimme des kleinen, dicken, schwarzen Kindes, das ein Eimerchen nach dem anderen mit Meerwasser füllte und in eine kleine Grube goß, die es selbst gegraben hatte. Weit draußen sah Julia einen dunklen Gegenstand, er schaukelte auf dem Wasser wie eine Kokosnuß, dann kämpfte er plötzlich heftig gegen die Wellen an, vielleicht war es ein Hund, er näherte sich langsam, schien direkt vor ihr in der Brandung innezuhalten, sie sah, wie zwei Arme auftauchten, und dann, wie ein Jüngling aus dem Wasser stieg. Erstaunt sah er sie an, als ob er sie wiedererkannte.

Dieses Bild durfte sie niemals vergessen. Sie mußte es in ihr Mausoleum für Julianische Höhepunkte hängen, zwischen das Bild von Maurice, wie er sie über einen Teller Muscheln gebeugt mit seinen herrlichen grünen Augen zum ersten Mal angesehen hatte, und das Bild von Omer unter dem Tor, als der Schlosser das »A« festschweißte. Julia drehte sich rasch um, aber es war niemand hinter ihr, den er hätte ansehen können. Das kleine schwarze Mädchen rannte mit dem leeren Eimerchen zum Meer. Das hochgewachsene Phänomen beugte sich zum Kind hinunter, füllte das Eimerchen, nahm das Kind bei der Hand und brachte es zu seiner Mutter zurück.

Verlegen blieb er zwischen Julia und Mutter und deren Tochter stehen. Er hockte sich auf seine Fersen und schaute Julia einen Augenblick lächelnd an. Dann blickte er aufs Meer hinaus. Aus den Augenwinkeln heraus besah sich Julia seine muskulösen Beine, seine Brust. Er drehte sich aber nicht mehr nach ihr um, sondern konzentrierte sich aufs Wasser und ließ es zu, daß sie ihn betrachtete. Er trug Koteletten wie ein Torero.

Die Strandverkäufer kamen, aber er wollte keinen Sonnenschirm, er wollte kein Eis, kein Obst und auch keinen von Binos Stühlen, er ließ sich auf seinen Hintern in den Sand fallen, zog die Knie an und schlug die Arme um die Beine. Er sah aufs Meer hinaus, als ob er mit seinem Blick das ganze Universum zusammenhielte.

Die Sonne stand senkrecht über ihm. Julia saß schon eine ganze Stunde da, ohne sich zu rühren, und schaute abwechselnd auf das Meer und auf den Jungen. Die Mutter mit dem kleinen, schwarzen Mädchen brach auf, plärrend drehte sich das Kind nach seinem kleinen Teich um. Der Junge stand auf, ging geradewegs ins Wasser, tauchte in die Wellen ein und kam hinter der Brandung wieder zum Vorschein, dann ließ er sich treiben. Atemlos sah Julia ihm zu ... Er entstieg der Brandung, rannte den Strand hinauf und ließ sich tropfnaß neben Julia in den Sand fallen. Er nahm seine vorige Haltung wieder ein und schaute aufs Meer. Er saß keinen Meter von ihr entfernt, der Strand war inzwischen ganz verlassen, Bino, hinter ihr, war wohl unter dem Strohhut auf einem seiner Stühle eingeschlafen. Würde sie ihren Arm ausstrecken, könnte sie die glänzende Jungenhaut berühren.

Julia beugte sich über ihre Tasche, um eine Tube Sonnencreme herauszunehmen. Ruckzuck war er neben ihr, hatte ihre Füße in der Hand und begann sie zu massieren. Mit glänzenden blaugrünen Augen schaute er sie durchdringend an. Die schwarzen Locken klebten ihm an den Schläfen. Julias Augen glitten über die Wölbungen seiner Schulterblätter, über seinen Rücken, seinen festen Hintern, seine muskulösen Oberschenkel, seine Waden, seine Füße. Das Meer lag reglos vor seinen Zehen.

Julia dachte an die Bemerkung der alten Amerikanerin in Rio: »It's growing wild in the sand.« Sie spürte, wie ihre Verwunderung und ihre Zärtlichkeit wild wucherten. Sie mußte aufs Klo, hatte Durst, aber sie hatte Angst, der Junge würde verschwinden, wenn sie nur eine einzige Bewegung machte, sie wollte ihn umsorgen wie jenen Spatz, der sich eines Sonntagmorgens im Garten nach langem Zögern auf ihr Stück Kuchen gesetzt und dieses Krümel für Krümel in sich hineingefuttert hatte.

Die Sonne trat über den Zenit. Die Barbies ließen sich unter ihren Sonnenschirmen nieder. Der Junge schaute sich ängstlich um, ließ ihre Füße los, stand auf, rannte zum Wasser, tauchte in die Wellen ein und verschwand.

Er: Paulo, Gabriel, Frederico, Chico, Caetano, Marco, Agostinho, João, Pedro, Carlos, Manuel, Fernando, Vasco, Roberto, Franco, Francisco, Joaquim, Vicente, André, Otávio, Antônio, Giovanni, Alfredo, Orlando, Henrique, Ranulfo, Menandro, Geraldo, Basílio, José, Adonias, James, Jorge, Hélio, Sinhô, Eduardo, Lúcio, Aramis, Adroaldo, Mário, Milton, Clóvis, Plínio, Ivan, Pingo, Ramiro …

Julia starrte unablässig aufs Meer, bis die Sonne hinter den Bergen versank, der Horizont Ipanema in orangerote Glut tauchte und die kahlen Felsen auf den obersten Bergabhängen rosa färbte. Segelboote hasteten mit geschwellten Segeln in ihre Heimathäfen. Oben auf dem Corcovado kühlte die aufgestiegene Wärme der erhitzten Körper ab und wurde zu Nebel. Cristo erhob sich über allem wie eine Diva in vollem Kunstlicht.

9 *M*eryl öffnete die Tür ihres Hotelzimmers. Sie legte einen Finger auf die Lippen. Schräg hinter ihr sah Julia durch eine offenstehende Tür eine Frau auf dem Bett liegen, auf dem Bauch mitsamt den Kleidern und Schuhen. Neben dem Bett stand eine Flasche Whisky. Meryl zog schnell die Tür zu, ergriff Julias Hand und führte sie in das angrenzende Zimmer. »Ich will, daß du dich hier wie zu Hause fühlst«, sagte sie lachend.

Julia trat auf den Balkon und lehnte sich über die Balustrade. Vor ihr lagen der Boulevard, der Strand und der Ozean brüderlich nebeneinander. Hinter den Appartementhäusern und den Hotels glänzte der See neben dem Botanischen Garten wie ein verlorenes Brillenglas … Julia spürte Meryls Atem an ihrem Hals.

»Ich bin froh, daß du endlich gekommen bist«, seufzte sie und ging zögernd wieder ins Schlafzimmer zurück. Meryl streckte sich auf ihrem Bett aus und starrte zur Decke. Julia erwartete tiefsinnige Sätze. Oder eindringliche Fragen.

»Vermißt du deinen Mann nicht?« fragte sie.

Julia beantwortete die Frage mit der gleichen Frage.

»Keine Sekunde«, antwortete Meryl.

»Ich glaube, ich kann dich verstehen.«

Julia setzte sich hinter den Frisiertisch auf einen Stuhl mit rotem Samtkissen. Vor ihr standen aufgereiht Meryls Sonnenpflegeprodukte. Julia nahm einen *Sun Block Stick* von *Clarins* in die Hand: for sensitive areas. An dem Stift hing eine Kordel, damit man ihn den ganzen Tag um den Hals mit sich herumtragen konnte. Julia drehte an der Unterseite, der Deckel schob sich automatisch nach oben, und der Stift trat durch die Öffnung hervor. Julia stieß einen kleinen Schrei aus. Im Spiegel sah sie Meryls Augen auf sich gerichtet: »Wir sitzen hier, als ob wir uns schon seit Jahren kennen«, sagte diese mit ernster Miene.

Sie hörten das Flattern der Vorhänge im Wind, das Surren des Ventilators auf dem Nachttisch, das Quietschen des Bettes, jedesmal wenn Meryl sich bewegte, das Ticken des Weckers. Julia fuhr sich mit dem *Sun Block Stick* über die Lippen, sie dachte an den Jungen aus dem Meer, vielleicht würde sie ihn morgen wiedersehen, natürlich würde sie ihn morgen wiedersehen und an allen anderen Tagen auch … Meryl lächelte sie im Spiegel an, langsam wurde der Himmel dunkler.

Sie nahmen den Lift nach unten. In der Lounge flegelten sich rotverbrannte Touristen auf Chesterfieldsofas. Meryl sah sie an, so wie sie Julia das erste Mal bei Alberico angesehen hatte: lieblos. Schweigend spazierten sie über den Boulevard. Das Meer war so schwarz wie die Nacht, ein paar kleine Lichter von Fischerbooten schwebten in der Finsternis, die Straßenbeleuchtung spannte Fäden aus Gold und Silber.

Im Restaurant schauten Meryls hellblaue Augen sie erwartungsvoll an. Julia wurde unruhig. Sie hatte das Gefühl zu versagen, Meryls Interesse nicht genügen zu können. Über

Freundinnen wußte Julia nur wenig. Gerne hätte sie sich hier einfach alles angesehen, die Menschen, das Meer, die funkelnden Sterne, aber Meryl zwang ihren Blick in ihre Richtung.

»Ich will alles über dich wissen«, sagte Meryl nachdrücklich, als ob ihre Augen dieses Verlangen noch nicht stark genug ausgedrückt hätten.

»Wir haben doch noch so viel Zeit«, sagte Julia.

»Ach?« fragte Meryl ungläubig. »Und Maurice?«

»Ich bleibe so lange hier, wie ich es für nötig halte. Ich bin noch lange nicht fertig.«

»Worauf wartest du?«

»Ich weiß es nicht«, log Julia.

»Sehnsüchte bleiben einem oft so lange unklar, bis man sie sich erfüllt.«

»Das weiß ich nur zu gut«, antwortete Julia träumerisch.

»Was meinst du?«

»Ich kenne das Phänomen. Man findet etwas, ohne es je gesucht zu haben.«

»Dann bist du ein glücklicher Mensch. Was dieses Glück angeht, Julia, solltest du der Welt nicht zu sehr vertrauen. Mir aber kannst du vertrauen.«

Meryl trank ihr Glas Whisky aus und zog eine Packung Zigaretten hervor. »Ach, weil es gerade so gemütlich ist«, sagte sie entschuldigend und bot Julia eine Zigarette an.

»Ich wußte gar nicht, daß du rauchst«, sagte Julia.

»Ich tue alles, was Gott verboten hat.«

»Außer in der Sonne zu liegen.«

»Das war eines der wenigen Dinge, die der Herr uns erlaubt hat.«

Ein paar Mädchen stellten sich an den Tisch. Unschuldige Gesichter unter Hüten aus Stroh.

»Sie schreien gotterbärmlich und streicheln dir die Hand mit ihren mageren Fingern«, sagte Meryl. »Aber keine bleibt bei dir.«

»Hättest du gerne Kinder gehabt?« fragte Julia.

»Ich konnte keine bekommen.« Meryl lehnte sich im Stuhl zurück und zog an der Zigarette.

Die Kinder aßen die Teller der Frauen leer und tranken aus ihren Gläsern. Das kleinste der Mädchen schnorrte bei Meryl eine Zigarette.

»Wann nimmst du mich mal mit in die *favela*?« fragte Julia.

»Im Moment ist es dort viel zu gefährlich. Gestern abend hat es zwischen den Bewohnern und der Polizei eine Schießerei gegeben.« Meryl nahm Julias Hand. »Ich will nur dein Bestes, weißt du.«

Julia betrachtete schweigend ihre Hände, sie hatten den Jungen aus dem Meer noch nicht einmal berührt.

»Was ist mit dir?« fragte Meryl.

»Warum?«

»Du bist schon den ganzen Abend so durcheinander und abwesend. Du hast nichts gegessen.«

»Ich weiß nicht«, murmelte Julia. »Ich fühle mich so seltsam.«

»Hast du Angst vor mir?« fragte Meryl zögernd.

Julia senkte den Kopf.

»Ja, das muß es sein. Du hast Angst vor mir.«

Sie faßte Julias Hände fester und wartete, bis sie ihr in die Augen sah. »Du bist wie ein ängstliches Tier«, flüsterte sie, »ich werde gut auf dich aufpassen müssen.«

Julia sah Meryl mißtrauisch an. Sie mußte an die fleisch-fressenden Pflanzen auf Veerles Fensterbank denken, mit so

unschuldigen Namen wie »Runder Sonnentau« und »Venus-
falle«. Die warten, bis die Beute an ihren Blättern kleben-
bleibt, und klappen sie dann schnell zu, kapseln die Beute
ein und verzehren sie in aller Gemütsruhe.

In dieser Nacht konnte Julia kaum schlafen. Meryl und die
favela ließen sie nicht los. In einem langen dunkelblauen
Rock und jungfräulich weißer Bluse, mit sorgsam hochge-
stecktem Haar, fühlte sie sich untadelig wie eine Krankenschwester oder eine Nonne oder wie jene ältere amerikanische Touristin, die sie einmal auf dem Großen Markt von
Brüssel gesehen hatte. Der Sandweg stieg steil an, Julia
schlich auf Zehenspitzen, Meryl durfte nicht hören, daß sie
das verbotene Reich betrat, Hütten in allen denkbaren Farben standen dicht nebeneinander, Wäsche war zum Trock-
nen aufgehängt, eine Frau trug zwei Eimer Wasser hinauf,
überall liefen Hühner, Ziegen und Hunde herum, auf einigen Häuserterrassen baumelten Käfige mit tropischen Sing-
vögeln, auf den Dächern ließen Kinder neben Lautspre-
chern, aus denen Sambamusik schallte, Drachen steigen, sie
trugen die karierten Pullover, die Mireille in Vollezele für sie
gestrickt hatte, und schwitzten darin wie kleine Affen …, der
Abhang wurde steiler, die Häuserfronten standen auf Pfäh-
len, hinter einer offenstehenden Tür saß eine Frau im Halb-
dunkel und nähte beim Flimmern des Fernsehers an einem
luxuriösen rosafarbenen Kostüm voller Glitter, und oben am
Pfad erhob sich Meryls Baracke in einem Halbkreis himm-
lischen Lichts, Julia kroch durch das nächstbeste Fenster …,
und dort lag das strahlende Kindlein in der Krippe, Meryl
saß daneben und hielt sein Händchen fest, wütend sah sie
Julia an.

10 Da lag Julia Callebaut, achtundvierzig Jahre alt, Mutter zweier erwachsener Kinder, offiziell wohnhaft in Vollezele, Belgien, am Barbie-beach, Ipanema, Brasilien, verurteilt zu Sehnsucht und Verlangen. Ihr fiel ein Spruch der seligen Mireille ein: Eine brennende alte Scheune kann man nicht mehr löschen. Sie starrte auf die Wellen, aus denen er jeden Augenblick auftauchen konnte. Jeder Augenblick bot wieder eine neue Chance, jeder Augenblick … Julia wagte kaum zu blinzeln. Sie hatte tagelang im Sand gewartet, ohne auch nur einen Augenblick das Vertrauen auf ein Wiedersehen zu verlieren …

Erwartung wich dem Zweifel. Besser wäre es, sich das Ganze aus dem Kopf zu schlagen. Sie besuchte Vladimir in der Bank, aß mit ihm in kleinen Restaurants in Cinelândia zu Mittag und leistete ihm am Abend Gesellschaft, wenn er sich mit Dora oder Gabriela verabredet hatte. Sie gingen in Nachtclubs, anrüchige Bars mit tanzenden nackten Mädchen und zur Sambaschule: die *União da Ilha do Governador*. Julia strotzte vor Energie, sie tanzte den Samba schneller, feuriger, mitreißender als alle anderen Frauen, die Hüften kreiselten wild, die Füße schossen hin und her, die Augen funkelten, ein Junge nach dem anderen drängte sich ihr auf, bewegte sich in ihrem Rhythmus mit, berührte mit seinem Nabel den ihren, die anderen formten einen Kreis um sie herum und klatschten in die Hände, Vladimir war einer von ihnen, verwundert sah er seine Mutter an, sie war unermüdlich, Energie von zehn ganzen Jahren entlud sich hier auf der Tanzfläche, völlig von Sinnen besang sie die Liebe, die Magie, das Glück:

Amor! A noite brilha!
A magia encanta a cidade
Amor! Que maravilha!
A ilha dando um banho de felicidade

Wenn die Musik verstummt war und ihr Körper zur Ruhe kam, fühlte sie sich alt, ungeliebt, ein Klotz am Bein ihres Sohnes, und dieser Klotz unternahm endlich Ausflüge nach Santa Teresa, dem Zuckerhut und zum Cristo, aber so schön die Aussicht auf Rio auch war, es fraß in ihr, daß irgendwo zwischen all den glänzenden Dächern ihr namenloser Junge herumlief oder unter einer Palme lag und schlief.

Meryl rief ein paarmal an, sie wollte wissen, wann Julia denn jetzt zur *favela* kommen wolle, um zu helfen. Julia erfand Ausflüchte. Sie wagte es nicht, sich in ihrem Zustand der Verliebtheit dieser fleischfressenden Pflanze auszusetzen. Eines Abends stand Meryl bei ihr vor der Tür. Der Portier hatte sie hereingelassen.

»Jetzt kommst du aber mit mir«, sagte sie entschlossen.

In einem Straßencafé an der Avenida Atlântica tranken Meryl und Julia einen *caipirinha* nach dem anderen. Julia wurde sentimental, konnte aus ihrem Herzen nicht länger eine Mördergrube machen. »Ich bin verliebt«, stotterte sie.

»Na und? Das ist doch nichts Schlimmes«, sagte Meryl ruhig. »Es ist doch herrlich, verliebt zu sein, oder nicht?«

»Ich weiß nicht, wie er heißt, wo er wohnt. Er ist im Meer verschwunden.«

»Im Meer? Hast du das nicht geträumt?« Meryl schaute sie traurig an. »Du scheinst dringend jemanden zu brauchen. Ich kenne das nur zu gut.«

»Und was tust du dagegen?«

»Geduldig sein.«

Meryl legte einen Arm um sie, murmelte minutenlang: poor girl, poor girl und lehnte den Kopf an ihre Schulter.

»Findest du mich kindisch?« fragte Julia.

»Ich finde dich rührend«, flüsterte Meryl mit Tränen in den Augen. »Gott sei Dank haben wir ja einander.«

Eine Sambaband näherte sich und begann vor dem Straßencafé zu spielen. Julia hörte die große dunkle Baßtrommel, dazwischen erklangen quälend fröhlich Tamburine, Pauken und Trompeten. Männer und Frauen erhoben sich aus ihren Stühlen und sangen und tanzten. Meryl zog Julia hoch und schlug ihr vor, den Boulevard entlangzugehen.

An der Grenze von Ipanema und Leblon sahen sie auf dem Strand eine Gruppe weißgekleideter Frauen um ein Kreuz aus Kerzen tanzen. Ruckartig bewegten sie sich zu hypnotisierendem Getrommel vorwärts. Eine der Frauen wirbelte in Trance herum, ihr Rock wirbelte mit.

»Das sind Candomblé-Frauen aus Mãe Cristinas *terreiro*«, flüsterte Meryl. »Sie opfern der Meeresgöttin.«

Die Frauen tanzten, wirbelten herum, sprangen mit weißen Blumen in den Händen singend und schreiend aufs Meer zu. Manche gingen bis zur Brust ins Wasser und warfen die Blumen im weiten Bogen über die Wellen. Julia hätte sich am liebsten von Meryl losgemacht und wäre mitgegangen.

»Ihr Tempel liegt in meiner *favela*«, sagte Meryl und deutete auf die Hügel über Leblon. Julia ballte ihre Faust wie zu einem Fernrohr und hielt sie sich vors Auge. Das Mondlicht verwandelte die beiden Berggipfel, die Zwillingsbrüder, in einen Wasserfall. Meryls Dorf erstreckte sich über den Hügel wie eine sehnsüchtige Frau mit tausend Scheinwerfern.

Woraus aber bestand die Frau in diesem Julianischen Diorama eigentlich?

Wellblechplatten

Ölfässer

Keksdosen

Radkappen

Kartons

Schrauben

Bretter

Plastik

Schlamm

Lehm

Radios

Fernseher

Antennen

Scharniere

Eimer

Blechdosen

Glas

Alteisen

Schilfrohr

Nägel

Seil

Gummis

Stein

Müll, Müll.

11

*J*ulia kletterte furchtlos und verbissen hinter den Frauen in den weißen Kleidern den Schlammpfad hinauf. In einem Stück wolkenlosen Himmel schob sich der Mond hinten an den Zwillingsbrüdern vorbei. Unter einem Baum standen einige Schwarze mit Maschinenpistolen. Julias Neugier war größer als ihre Angst. Sie riefen *gringo* und ließen sie in Ruhe.

Im niedrigen rechteckigen Raum des *terreiros* hing ein muffiger Weihrauchgeruch. Das helle Neonlicht tat ihr in den Augen weh. Vor der linken Wand saßen Frauen und Mädchen auf einer niedrigen Tribüne. Rechts von der Tür warteten Männer und Jungen auf langen Holzbänken. Julia setzte sich zwischen zwei runzlige alte Frauen in Blümchen-kleidern und Brillen, die noch aus den sechziger Jahren stammten. Sie mußte an die Spielscheune vom Irren Willy denken. Gleich würde die erste Spielscheibe rollen …

Drei in Weiß gekleidete Trommler setzten sich direkt vor Julia hinter ihre zylinderförmigen Trommeln. Draußen gab es einen ohrenbetäubenden Knall. Julia schrak zusammen. Die alten Frauen kicherten, Kinder, die durchs Fenster her-einsahen, krümmten sich vor Lachen … Eine kleine, dicke schwarze Frau in einem weißen Kleid und einem weißen Band um ihren Kopf kam herein und setzte sich auf den Thron. Ihr Gesicht war freundlich und sanft. »Mãe Cristina« hörte Julia eine der Frauen flüstern. Eine Gruppe Männer und Frauen tanzten im Rhythmus der Trommeln barfuß herein. Sie waren in weiße Gewänder aus Baumwolle und Satin gekleidet und trugen lange Perlenketten. Die nackten Füße stampften über die Blätter und Diagramme …

Der Rhythmus der Trommeln beschleunigte sich. Einer

der Männer aus der Gruppe hob die Arme und hieß das Publikum willkommen, die anderen defilierten an Mãe vorbei, um sie zu begrüßen, machten schweifende Gebärden mit den Armen, hoben die Ellenbogen bis auf Ohrenhöhe. Der Zeremonienmeister sang, die anderen wiederholten es im Chor. Sie balancierten zuerst auf dem einen, dann auf dem anderen Fuß, in immer schnellerem Rhythmus, ihre Füße bewegten sich so schnell, als würde der Boden brennen.

Julia erinnerte sich an ihren Geburtstag mit dem neuen Roller, sie stieß sich ab und fuhr um ihre Eltern herum, sie drehten sich mit ihr, ihr Vater fotografierte, die Pfennigabsätze ihre Mutter kratzten über die Fliesen, sie spürte die Luft an den nackten Beinen, zwischen den nackten Zehen, an den Armen, im Haar, Léonie, die schwarze Köchin, kam herbeigelaufen, sie lachte und klatschte in die Hände, Julia fuhr um ihren Vater, ihre Mutter und Léonie im Kreis herum, sie schrie und brüllte, sie steigerte das Tempo, ihre Eltern und Léonie drehten sich immer schneller mit …

Mãe saß unbeweglich im Stuhl, die Augen halbgeschlossen. Sie hatte das Kinn auf einen Spazierstock gestützt und sog an einer Pfeife. Die Tänzer bewegten sich abrupt und heftig, beugten sich zum Altar, zur Erde hinunter, streckten sich zur Decke hinauf …

Eine schwarze Frau löste sich aus der Gruppe, vornübergebeugt begann sie zu schreien, zu zucken, sie schüttelte ihren Körper wie ein festgebundener Maulesel, der sich losmachen wollte, die Rhythmen wurden schneller, der Geruch des Weihrauchs vermischte sich bleischwer mit dem sauren Geruch des Schweißes …

Ihre Mutter schrie: »Julia, hör auf, du machst mich wahnsinnig!«, Julia fuhr noch schneller um die drei herum, ihre Mutter taumelte, ihr Vater fing sie auf, jetzt schrie Léonie, sie solle sofort damit aufhören, packte sie grob und gab ihr eine Ohrfeige, noch nie hatte Léonie sie so wütend angesehen …

Die schwarze Frau fiel vor einer Zeichnung auf dem Boden in Trance, ab und zu stand Mãe auf, hielt einen der wild zuckenden Tänzer fest, blies ihm Rauch ins Gesicht und beruhigte ihn wieder, Tänzer verschwanden hinter einer Tür und kamen verkleidet zurück, ein alter Mann erschien mit einer Strohmaske, behängt mit Muschelketten, eine junge Frau humpelte plötzlich, schwenkte ihren Spazierstock heftig in der Luft, sie schrie wie ein alter Mann, eine dicke schwarze Frau drehte sich wie ein Kreisel, während sie aus einer Flasche trank und eine Zigarre rauchte, eine andere Frau hielt einen Spiegel in den Händen und schminkte sich beim Tanzen, der Junge mit dem hohen Turban kam plötzlich zurück und hatte ein blaues Cape umgeworfen, auf dem Kopf trug er einen Gladiatorenhelm aus Aluminium, seine Augen waren so leer wie die der anderen …

Mit einem Wink befahl Mãe den Musikanten aufzuhören, sie verschwanden durch eine Tür, die Tänzer tanzten weiter, klatschten in die Hände, Mãe flüsterte jedem von ihnen etwas ins Ohr, ihre Bewegungen wurden langsam träger, kontrollierter, sie legten ihre Attribute neben sich ab und schauten sich verträumt um, der Junge mit dem blauen Cape nahm den Helm ab, als einzige im *terreiro* hörte Julia einen zweiten ohrenbetäubenden Knall, es war, als würde die Welt noch einmal entstehen.

12 Jetzt hieß es alles oder nichts, jetzt oder nie. Und würde es tatsächlich nichts und nie sein, dann wollte sie hier und jetzt, mit seinem Bild vor Augen, mit seinem Bild tief in ihr drinnen, aufhören zu leben. Nach ihm hatte nichts mehr eine Bedeutung, war das Leben nur noch eine Frage von Träumen und Phantasieren, aber Julia wollte die Wirklichkeit nicht aufgeben, sie wollte den Traum und die Phantasie innerhalb dieser Wirklichkeit, und ihr Wille mußte nur visionär oder wenigstens kräftig genug sein, um die Wirklichkeit mobilisieren zu können, so wie sie das wollte, sie wollte, sie wollte!

Einen Moment lang sah er sie an. Julia hatte sich getäuscht, natürlich hatte sie sich getäuscht, wie konnte sie nur so ein Schaf sein. Sie drehte sich um, und mechanisch folgte sie den quasselnden Frauen den Pfad hinab. Sie hatten ihr einiges voraus in Alter, Häßlichkeit, Einsamkeit. Das Leben war ein einziger großer Abstieg, dessen niedrigster Punkt, der Erdboden, fast erreicht war. Sie malte es sich aus. Er schaute sie an, sein Lächeln wurde zu einem Lachen, er ging auf sie zu, seine Arme öffneten sich. Sie malte es sich aus. Hinter sich hörte sie eine Stimme. Mit einem Ruck drehte sie sich um. Der Junge kam, eine rote Mütze auf dem Kopf, mit großen Schritten auf sie zugerannt. Er gab ihr die Hand, stellte sich vor, er hieß Marcello, und ging zusammen mit ihr den Pfad hinunter.

Julia und Marcello saßen auf einer Balustrade am Rand des Boulevards. Julia hörte sich fortwährend denken: Das ist wichtig, das übersteigt jegliche Vorstellung ... Vor sich sah sie ihr linkes Bein, ihr rechtes Bein, sein linkes Bein, sein rechtes Bein, es ging um die beiden mittleren Beine, die beiden mittleren Hüften und die beiden mittleren Arme … sie saßen aneinander fest … hinter ihnen rannten Jogger vorbei, ruhelos auf der Suche, sie aber hatte gefunden … Marcello starrte aufs Meer.

»Weißt du, wer mein Gott ist?« fragte er.

»Du bist selber ein Gott«, flüsterte Julia.

»Ich bin nur ein Medium. Die Götter nehmen von uns Besitz.«

»Welcher Gott hat heute abend von dir Besitz ergriffen?«

»Ogum.«

»Ogum?«

»Er ist ein noch junger Gott, mutig, ehrlich, feurig, ein Kämpfer mit einem großen Herz. Man sagt, er sei noch jungfräulich, rein in Körper und Geist. Er lebt, um Ungerechtigkeiten aufzudecken.«

Marcello zog sein T-Shirt aus, legte sich rücklings in den Sand, ließ sich betrachten.

»Er war in dir?«

»Ja, hier drinnen.« Er nahm ihre Hand und strich damit über seine behaarte Brust. »Gott in dir zu empfangen ist eine große Ehre.«

Ihre Hand lag still auf seiner Brust, schmolz auf der Haut … das Keuchen eines Joggers schwoll an, streifte sie, erstarb. Marcello sprang auf, klopfte den Sand ab, rollte sein T-Shirt auf und band es sich um die schmalen Hüften. »Gehen wir zu dir?« fragte er vorsichtig.

Marcello zog ein Stück Silberpapier aus der Hosentasche, wickelte es auf und streute weißes Pulver auf die Tischplatte. Wie Blütenstaub. Mit einer Rasierklinge schob er es zu einer Linie zusammen. Er rollte einen Zehntausend-Cruzeiro-

Schein auf, hielt ihn unter ein Nasenloch und zog den Puder mit mehreren Zügen hoch. Julia wurde plötzlich klar, was die aufgerollten Geldscheine, die überall in der Küche und im Bad herumlagen, zu bedeuten hatten. Marcello sah sie verlegen lächelnd an, legte auch ihr eine Linie. Sie wollte alles tun, was Marcello tat, um ihm so nah wie möglich zu sein, sie zog, sie zog noch einmal.

… irgendwo gab es eine Frau, und die hieß Marcellos Mutter, und die durfte nicht tun, was Julia jetzt tat, für einen Moment dachte Julia, daß sie es ja für sie täte, daß es eine Ode an sie sei, eine Ode an alle Mütter der Welt, aber dann entschied sie sich doch dafür, gar nichts wissen zu wollen über Mütter und Väter und Brüder und Schwestern und Freunde, sie wollte rein gar nichts von Marcellos Leben wissen, er würde ihr dadurch nur fremd werden, er kniff die Augen zusammen, lachte, legte die Hände in ihren Nacken und zog sie langsam an sich heran, rollte seinen Körper auf ihren Körper, öffnete ihre Bluse und betrachtete lange und ausgiebig ihren Körper, lächelnd, doch Julia fürchtete, er könnte jeden Moment in ein schallendes Gelächter ausbrechen und sie eine alte Schlampe nennen, Kindervernascherin … er legte sich mit vollem Gewicht auf sie, »schau mich an«, flüsterte Julia, »schau mir in die Augen«. Seine Zunge spielte in ihrem Ohr, machte sie wahnsinnig, ihr war, als würde ihr Kopf leer strömen. Sie spürte seine Brust auf ihren Brüsten, seine Hand auf ihren Rückenwirbeln, seine Hand zwischen ihren Beinen, sie dachte an wirbelnde Teller im Zirkus, sie wurde hochgehoben und zum Brautbett getragen, in das Bett ihres bluteigenen Sohns.

Beim ersten Sonnenlicht, das ins Zimmer fiel, machte sich Marcello von Julia los, stand auf und verschwand im Badezimmer.

»Marcello, Licht meines Lebens«, murmelte Julia, »von nun an ist mein Leben leicht und voller Licht.«

Mit gewaschenen Haaren, nach ihrer Bodylotion und dem *Aramis* von Vladimir duftend, setzte er sich zu ihr auf das Bett und sagte, er müsse gehen. Er wollte fünfundzwanzig Dollar.

13 *L*iebste Julia,

ich vermisse Dich. Wenn Du willst, komme ich angeflogen. Ich pfeife einfach auf meine Flugangst. Vladimir sagt, das sei nicht nötig. Du würdest bald wieder nach Hause kommen. Vielleicht kreuzt ihr euch, der Brief und Du, irgendwo mitten über dem Atlantischen Ozean. Veerle hat Dir auch schon geschrieben.

Die Herrlichkeit sieht ganz kahl aus. Es ist schon beinahe Frühling. Die Abende werden länger. Veerle ist zu Hause. Robert hat sie weggeschickt. Sie lernt in deinem Arbeitszimmer. Ich habe Mitleid mir ihr. Sie hat andauernd Rückenschmerzen. Manchmal weint sie vor lauter Schmerzen. Im Fernsehen haben Veerle und ich Bilder vom Karneval in Rio gesehen und uns gefragt, ob Du vielleicht auch irgendwo zwischen den nackten Mädchen herumhüpfst.

Ludwig ist letzte Woche gestorben. Er lag einfach tot im Stall. Veerle glaubt, daß er an einem Herzanfall gestorben ist. Wir hatten ihm eine neue Henne in den Auslauf gesetzt. Wir haben ihn neben Kegaska unter Omers Kirschbäumen begraben. Gleich am nächsten Tag bin ich losgefahren, um in

Lennik einen jungen Hahn zu kaufen. Veerle und ich haben ihn Ludwig den Zweiten getauft.

Mit Pol und Hubert bin ich am Wochenende den Sendeturm von Leeuw hochgefahren. Von da schaust du zweihundert Meter in die Tiefe. Ich bin sofort zum Lift zurückgegangen und habe mich auf den Boden gesetzt. Mir war ganz schlecht. Die beiden haben mich ausgelacht und versucht, mich dazu zu überreden, noch ein Stück höher mit ihnen zu fahren. Weil ich nicht wollte, haben sie mich einen Feigling genannt. Aber ich bin eisern geblieben. Pol und Hubert sind dann auf einer steilen Leiter noch mal mehr als hundert Meter hochgestiegen. Ich bin inzwischen mit dem Lift nach unten gefahren. Dabei habe ich die Augen zugemacht und versucht, mir einzubilden, ich läge im Bett.

Pol hat vor ein paar Tagen ein Fest für die Königlichen Pajottenland-Turner organisiert. In seiner gerade restaurierten Klause. Du weißt, wie Pol ein Wort wie »Klause« ausspricht: Jause. Das hatte er dann auch über die Tür geschrieben: Pols Jause. Wir haben ihn ausgelacht. Aber er hat ein dickes Wörterbuch geholt. Jausen ist tatsächlich ein existierendes Wort, ein Verb, es bedeutet: vespern, eine Zwischenmahlzeit einnehmen. Und das ist genau das, was wir in dieser Klause dann auch ausgiebig getan haben.

Gestern habe ich aus dem Schlafzimmerfenster geschaut. Dabei habe ich draußen auf dem Feld ein paar Landvermesser gesehen. Ich habe mich furchtbar erschrocken. Ich habe gedacht, Omer hätte vielleicht einem Pärchen aus Brüssel eines seiner Grundstücke verkauft, und dort würde jetzt bald ein neues Landhaus stehen. Ich habe mich schnell angezogen und bin hingelaufen. »Was tut ihr hier?« habe ich einen der Männer gefragt. Und er hat geantwortet: »Wir bauen hier den TGV entlang.« Ich habe mich furchtbar erschrocken und geglaubt, daß dieses Geschwindigkeitsmonster jetzt bald Julias Herrlichkeit in zwei Hälften schneidet. Da fing er laut an zu lachen. Sie wollen endlich den Weg reparieren. Die Weiden werden auch gestutzt, um die Sicht zu verbessern. Vor ein paar Wochen sind hier wieder zwei Autos frontal zusammengestoßen.

Mama wird von Tag zu Tag vergeßlicher. Manchmal erkennt sie mich nicht einmal. Ich profitiere davon, und lasse ab und zu einen Besuch ausfallen. Ich habe alle Streichhölzer und Kerzen versteckt. Und das Bügeleisen auch. Ich habe eine Heidenangst, daß die irgendwann mal in Flammen aufgeht. Sie wird wahrscheinlich auch vergessen haben, die Feuerversicherungsrate zu bezahlen. Von ihren Geschäftsdingen verstehe ich nichts. Manchmal wäre mir lieber, sie wäre nicht mehr da. Zu Veerle habe ich noch heute morgen gesagt: Mama vergißt alles, vielleicht vergißt sie sogar zu sterben und überlebt uns noch alle.

Kommende Woche wird sie sechsundachtzig. Vielleicht können wir alle zusammen bei ihr in Gooik feiern. Ich denke oft daran, was Du mir ganz am Schluß noch gesagt hast: Auch du mußt dich ausruhen. Ich schlafe zehn Stunden pro Nacht. Ich bin noch nie so ausgeruht gewesen. Aber was zum Teufel soll ich mit der ganzen Ruhe anfangen, wenn Du nicht bei mir bist?

Ein Küßchen auf Dein flaches Bäuchlein,

Dein Maurice

P.S. Dein Glas mit den Blütenpollen halte ich jeden Tag für einen Moment in der Hand. Es ist dann fast so, als würde ich Dich in der Hand halten.

14 Julia und Marcello saßen in einer Bar bei einem Sandwich und einem *suco*. Sie waren müde und in Kicherlaune. Am liebsten würde sie ihn an sich heranziehen und hier auf der Resopaltheke zu sich nehmen. Der schmierige Mann hinter der Bar schaute sie spöttisch an. Bei jedem seiner nervösen Schritte blieben seine Badeschlappen am Boden kleben. Julia wandte sich ab und schaute durchs Fenster zum Zuckerhut hinüber. Ein Waggon der Kabelbahn verschwand in einer Wolke. Marcello betrachtete das Porträt der Santa Barbara, während er durch einen Strohhalm seinen *suco* schlürfte. Auf ihrem Haupt erstrahlte eine goldene Krone, in der linken Hand hielt sie einen goldenen Becher, in der rechten ein Schwert. Das lange braune Haar fiel ihr glamourös über den Umhang.

Später lagen sie dicht nebeneinander auf einem Handtuch am Strand. Sie schauten zur Tribüne am Boulevard hinüber, wo gerade die »*A Garota de Ipanema*-Wahl« stattfand. Numerierte Mädchen in Badeanzügen schritten eine Bühne auf und ab, hielten vor den Fotografen still, lachten und schwenkten ihr langes Haar, wenn sie am Ende der Bühne kehrtmachten, die Hände dabei anmutig auf die Hüften gestützt. Die Aberhundert Barbies auf dem Barbie-beach hatten nicht das geringste Interesse an den schönsten Mädchen von Ipanema. Ab und zu schielten sie in Richtung Marcello. Sie sollen ihn mit ihren dreisten Augen in Ruhe lassen.

»Die Moderatorin heißt Heloisa Pinheiro«, sagte Marcello.
»Kennst du sie?«
»Du kennst sie nicht?«

»Nein, woher denn?«

Marcello fing an zu summen …

»The girl from Ipanema, natürlich!« Ganze Nächte lang hatte sie mit Maurice in der Herrlichkeit auf dieses Lied getanzt.

»Das Lied ist ihr gewidmet.«

The Boy from Ipanema rollte seinen Körper auf Julias und küßte sie. Die Mutter mit dem dicken Kind, das gerade seine Puppen im Wassertümpelchen ertränkte, starrte, Bino, Händler und Zeuge der ersten Stunde, starrte, die sonst doch ununterbrochen plappernden Barbies starrten, die numerierten Mädchen auf der Bühne starrten, The Girl from Ipanema starrte, reg- und sprachlos starrten alle, alles starrte und zeigte mit dem Finger, das ganze Universum starrte und zeigte mit dem Finger, das reg- und sprachlose Scheinen der Sonne war ein einziges Starren und Fingerzeigen auf diesen einen Punkt im Kosmos, diesen Brennpunkt, diesen Mittelpunkt …

Marcello verabschiedete sich von Julia. Er hatte eine wichtige Verabredung mit Mãe. Alle Augen richteten sich auf Julia. Sie stand auf und ging ins Wasser, um sich dort zu verstecken. Die Wellen waren stark und hoch. Julia tauchte unter und kam hinter der Brandung wieder zum Vorschein, sie planschte, sie schwankte, ließ sich treiben, über der schaukelnden Wasseroberfläche sah sie die *Dois Irmãos*, Meryls *favela* mit dem *terreiro* von Mãe irgendwo in der Mitte, sah die Männer am Strand, die aussahen wie Leguane, und über sich, überall, wohin sie blickte, den blauen Himmel, der am Horizont mit dem Ozean eins wurde … Plötzlich bemerkte Julia, daß alle Barbies aufgestanden waren und aufs Meer hinaussahen, die tennisspielenden Jungen sprangen in die

Luft und winkten ihr mit den Holzschlägern, Julia dachte an
»Der weiße Hai«, erster, zweiter und dritter Teil, ängstlich
schaute sie sich um, sie war ein Stück abgetrieben, mit aller
Kraft begann sie gegen die Strömung anzuschwimmen, erreichte die Brandung, war schon fast an Land und konnte
den Schaulustigen in die Augen sehen, aber jedesmal, wenn
sie aus dem Wasser steigen wollte, war da die nächste Welle,
die sie hochhob, über den Boden mit sich riß und ins Meer
zurückzog, Julia glaubte, jeden Augenblick verschlungen
zu werden, zur Strafe für ihre schlimm schlawinerhaften
Sehnsüchte, doch von ihrem neuen Wohnsitz aus würde sie
die Barbies, die Fingerzeiger, die Starrer ärgern, kränken,
quälen, die hatten sie nämlich wie den letzten Dreck behan-
delt ... wieder ließ Julia sich von einer großen Welle ergreifen, sie paddelte mit aller Kraft, wie sie es bei den Jungen mit
den Surfbrettern gesehen hatte, ließ sich von der Wellenkro-
ne tragen, hochheben, sie stieg auf, sie schien zu fliegen und
sah Dutzende von Barbies voller Erstaunen auf die erste fliegende Frau starren ...

Verstört rappelte Julia sich hoch, ihre Knie waren aufge-
schürft, ihre Bikinihose voller Sand. Die Sonnenanbeter um
sie herum sprangen auf und stoben auseinander in Richtung
des Boulevards. Auf der Flucht vor Julia der Schrecklichen.
Die angstvollen Fußsohlen und angstvollen Hintern und
angstvollen Hände verschwanden in aufgewühltem Sand, Julia hörte Tamburine und Pauken ... als der Sand sich gelegt
hatte, sah sie, wie in der Ferne die Transvestiten der *Banda
Carmen Miranda* auf einem Prunkwagen vorbeizogen. Julia
wickelte sich in ihr Handtuch. Die Mädchen von Ipanema
verloren ihr letztes Publikum an die männlichen Ebenbilder,
wie sehr sie ihre Imitatoren auch zu imitieren versuchten.

15 Julia mußte an die jungen nordeuropäischen Mädchen denken, die sich in den warmen Sommern des Südens von feurigen Latinos in zu kleinen Badehosen die Ohren anknabbern, die Haut ablecken, die Brustwarzen ablutschen ließen und die südlichen Schwiegereltern besuchten, um auch deren folkloristische Sitten und Gebräuche kennenzulernen, und die bei jeder Kleinigkeit ausriefen, wie wunderschön doch alles sei, denn alles war so wunderschön, weil es neu für sie war, weil sie in Urlaub waren und weil im Urlaub nun einmal alles wunderschön sein mußte, sonst würde man ja nicht in Urlaub fahren, und wunderschön war es auch, weil sie verliebt waren, und sie waren aus dem gleichen Grunde verliebt, nämlich, weil sie in Urlaub waren, weit weg von zu Hause; die Moral hatten sie an der Grenze freiwillig zurückgelassen, auch wenn der Zoll sie gar nicht darum gebeten hatte, die Mädchen hatten bitten und betteln müssen, bitte, ach, bitte, nehmen Sie unsere Moral in Gewahrsam, sonst ist unser Urlaub kein richtiger Urlaub … nur selten ließen sich die Zollbeamten noch durch ein liebliches Lächeln oder eine innige Umarmung erweichen, denn in den letzten Wochen waren bereits Hunderttausende von Mädchen über die Grenze gekommen, die Moral lag aufgestapelt in riesigen Lagerhäusern, die vor lauter Moral aus den Fugen platzten, die Münder der Zollbeamten waren ganz erschöpft vom Küssen, ihre Hosen rutschten, schwer von Schmiergeldern, die Geschlechtsteile baumelten zusammengeschrumpelt zwischen den Beinen, sie hatten für den ganzen Rest ihres Lebens genug, allein der Gedanke daran war ihnen schon zuviel, die nördlichen Mädchen kurbelten böse die Autofenster wieder hoch und fuhren gen Süden.

Mãe Cristina saß hinter einem Tisch, über den ein weißes Laken geworfen war. Darauf legte sie eine Silberkette in Form eines Us, die Öffnung zeigte auf sie. Es war eine Art kleiner *terreiro*, ein heiliger Ort, Afrika. Mãe sprach in beschwörendem Ton. Julia war gespannt.

Aus einem Samtbeutel zog sie polierte Steine hervor und legte sie in einem Kreis um die Kette. »Das ist die Kraft der Erde«, sagte sie. »Ohne Erde kann ich keine Prophezeiungen machen.« Aus einer Flasche schüttelte sie sechzehn eiförmige weiße Muscheln, deren obere Hälfte man abgenommen hatte. »Diese *búzios* kommen aus Angola. Nur afrikanische Muscheln können sprechen, die brasilianischen sind zu profan.«

Mãe Cristina hob den Kopf, schloß die Augen und murmelte Unverständliches vor sich hin. Sie schlug mit der Faust auf den Tisch, murmelte ein weiteres Wort, wiederholte das Wort und schlug noch einmal mit der Faust auf den Tisch. Sie sammelte die Muscheln in ihrer rechten Hand und hielt sie Julia vor die Stirn. Danach schüttelte sie die Muscheln mit beiden Händen und warf sie ins Innere der Kette. Sie murmelte wieder, sah erneut zur Zimmerdecke hinauf, richtete dann die Augen auf den Tisch und betrachtete die Muscheln, manche lagen mit der offenen Seite nach oben, andere wieder mit der geschlossenen. Sie sortierte sie, zählte sie, nahm vier davon wieder in die Hand, schüttelte sie und warf die Muscheln wieder auf den Tisch.

»Iemanjá ist die Herrin deines Kopfes«, schmunzelte sie. »Sie führt und beschützt dich. Du brauchst nichts zu fürchten, aber du darfst sie nie beleidigen.«

»Wer ist sie?«

»Iemanjá ist die Göttin des Wassers. Sie lebt auf dem Meeresboden in einer Welt des Luxus und trägt lange himmelblaue Satinkleider. Mond und Sterne sind ihr verbündet.«

Mãe steckte die Muscheln in den Beutel zurück und nahm Julias Hände. »Iemanjá ist aber auch eine seltsame Göttin«, seufzte sie plötzlich. »Manchmal richtig beunruhigend. Sie liebt ihre Kinder, um sich ihrer besser bemächtigen zu können. Die Kinder von Iemanjá sollten sich besser nicht zu weit ins Meer wagen.«

»Warum nicht?«

»Es ist zu gefährlich für dich. Wenn du zuviel ans Meer denken mußt, dann komm wieder zu mir und frage mich um Rat. Iemanjá ist in ihrer Liebe sehr wählerisch. Sie kann dabei sehr böse sein.«

Mãe stand auf und führte Julia hinaus. »Heiße die Tochter von Iemanjá willkommen«, rief sie Marcello zu, der vor einer Holzhütte kniete.

»Ich wußte es ja gleich«, lachte er und zündete eine Kerze an. Julia kauerte sich neben ihn. Sie sah in das Häuschen, das nicht größer war als eine Hundehütte. Drinnen standen ein paar Tonkrüge, ein Kreuz, vor dem die Kerze brannte, ein zerbrochener Teller mit Reis.

»Hier wohnen ungefähr tausend Seelen«, flüsterte Marcello.

»Warum steht dieses Häuschen nicht im Tempel?« fragte Julia.

»Weil die Absichten der Seelen nicht so einfach zu durchschauen sind.«

»Marcello, sei etwas ernster, bitte«, sagte Mãe tadelnd und zog ihm im Spaß die Mütze vom Kopf.

Julia sah, wie Marcello durch seine zimtfarbene Haut hindurch rot wurde. Er zündete noch eine zweite Kerze für die Seelen an. Julia umarmte ihn und küßte ihn auf den Mund…

»Marcello, bereite dich gut auf morgen abend vor«, sagte

Mãe barsch. Ihr warnender Finger erhob sich dunkel vor dem blauen Himmel. »Halte dich zurück!«

Julia und Marcello wußten nur zu gut, was das zu bedeuten hatte: Ogums Sohn sollte heute rein bleiben.

16 Julia freute sich an Marcellos nackten, mit schwarzen *Company*-Slippers beschuhten Füßen, an seinem in *Company*-Hawaiimuster-Bermudas steckenden Hintern, an seiner von einem blauen *Company*-moneybelt umgürteten Hüfte, an seiner von einem weißen *Company*-Shirt bedeckten Brust, an seinen von einer *Company*-Sonnenbrille beschatteten Augen, sie hatte ihren Jungen im *Company*-Teenager-Paradies ausgestattet, mitten unter gelben Blumen mit violetten Herzen und blauen Blumen mit orangen Herzen, zwischen lieblichen Worten in fröhlichen runden Buchstaben: Love Goodness Kissy Kissy! Das alles hatte Julia einen lieblichen Batzen Geld gekostet, aber Julia wollte nur *eins*: Marcello froh und glücklich zu sehen, und er war nur dann froh und glücklich, wenn er so aussehen konnte wie seine Altersgenossen am Strand und auf dem Boulevard, seine Augen glänzten hitzig, seine Wangen glühten, und sie, Julia Callebaut aus Vollezele, war die Ursache dieses Glücks, dieser strahlende Blick, strahlend vor kapitalistischem Luxus, hätte sie fast zum Weinen gebracht.

Aus seinem oberscharfen orangefarbenen *Company*-Rucksack holte Marcello ein Päckchen hervor, das er Julia überreichte. Eine Gabe erfordert eine Gegengabe, sie versuchte sich vorzustellen, was sich unter dem Zeitungspapier verbergen mochte: eine Kristallkaraffe, ein Bild der Nossa Senhora, ein ausgestopfter tropischer Singvogel?

Es war ein kleines, silberfarbenes Boot, mit einem weißen Segel und einer blauen Flagge.

»Was für ein süßes Geschenk«, rief Julia und hielt den glänzenden Gegenstand ins Licht. »Wo hast du das gekauft, in einem Spielzeugladen?«

»Ich habe es in einer *Casa de Umbanda* gekauft, aber es ist nicht für dich, Julia.«

»Für wen ist es dann?« (Vielleicht für meinen Sohn, den du nie gesehen hast? Um ihm dafür zu danken, daß du sein Bett benutzen durftest? Um ihm dafür zu danken, daß du seine Kleider tragen durftest? Um ihm dafür zu danken, daß du seinen Rasierpinsel, seinen Rasierschaum und sein Deodorant und sein Aftershave und sein Shampoo und seine Wattestäbchen gebrauchen durftest?)

»Es ist für Iemanjá.«

»Für Iemanjá?«

»Du mußt Geschenke hineintun.«

»Und dann?«

»Bringen wir das Boot zum Meer.«

»Wer bringt es zum Meer?«

»Wir.«

»Wir?«

»Wir.«

Julia genoß das Wort »Wir«. Sie konnte es nicht oft genug hören. Wir, das waren Julia und Marcello vereint in einem Wort, kuschelnd in einer Ecke, Arme und Beine ineinander verknotet. Marcello blickte ernst. Julia wußte, was zu tun war. Sie pflückte weiße Blumen aus einem Blumenstrauß, den Gabriela für Vladimir mitgebracht hatte, aus dem Badezimmer holte sie ein Stück Seife, eine Puderdose, einen Lippenstift. Marcello steckte noch ein paar Zigaretten und seinen Metallkamm in das Boot. Julia zurrte die Geschenke mit blauen und weißen Satingeschenkbändern fest. Aus ihrem Portemonnaie holte sie zehn Dollar für Iemanjá und zwanzig für Marcello. Er faltete das Geld, das sie ihm zusteckte, sofort zusammen und stopfte es in seine Badehose.

»Komm her«, sagte Julia und kniete sich hin. Marcello stellte sich breitbeinig vor ihr auf, warf seinen Kopf in den Nacken, rieb sein Geschlecht. »Vielleicht sollten wir damit noch warten«, flüsterte Julia und lehnte den Kopf gegen seinen Bauch.

Julia wiederholte, was Marcello ihr zu sagen befahl.

»*Dá Licença*
Erlaube mir
Eu vos ofereço
Daß ich Dir Opfergaben bringe
Reinha do Mar
Königin des Meeres
Para que me deis paz e prosperidade
Auf daß Du mir Friede und Wohlstand bringst
E realize o meu ideal
Und meine Träume verwirklichst
Assim seja!
So sei es!«

Mit der Ferse zeichnete Marcello das Symbol von Iemanjá in den Sand. Julia ging ein Stück ins Meer und stieß das Boot in die Wellen. Die erste Welle schluckte das Boot und ließ es verschwinden. Marcello, hinter ihr auf dem Strand, sprang in die Luft. Die Wünsche würden in Erfüllung gehen! Er tanzte, er sang, er schrie und zog sie ausgelassen hinter sich her in Richtung der Felsen von Arpoador ... Ungläubig drehte sich Julia noch einmal um, eine Welle warf das Boot mit einem Krachen auf den Strand zurück.

Sie legten sich der Länge nach auf den Felsen, der am weitesten ins Meer ragte, links schimmerten die Lichter der Copacabana, rechts die von Ipanema, die Spiegelungen des Mondes schwappten bis vor ihre Füße, Marcello streichelte ihr über Bauch und Brüste ... Julia schloß die Augen, und die liebevolle Unendlichkeit des jungen Körpers drang auf sie ein, die Unendlichkeit seiner Liebe, seiner Schönheit, seiner Ewigkeit ... die Härte des Felsens machte die Zartheit seiner Fingerspitzen beinahe unerträglich, sie wollte ihren Körper diesem zarten Streicheln ausliefern, sie wollte so fein wie der Sand werden, bis er sie durch seine Finger rieseln lassen, kleine Hügel aus ihr formen, seine Abdrücke in ihr hinterlassen konnte, die Abdrücke Seines Wahren Leibes und Seines Wahren Antlitzes, sie wollte seine Form in sich aufnehmen, seine höchsteigene Form ...

Marcello stieß Julia von sich weg. »Rühr mich nicht an«, sagte er verlegen lachend. *Noli me tangere*, fiel es Julia plötzlich ein, berühre mich nicht, der ich unberührbar bin, er sprang auf und rannte über die Felsen zum Strand hinunter, Julia Magdalena folgte mechanisch, lief hinter ihm her, wollte ihn berühren, mußte ihn berühren, denn das war der Weg zu seiner Natur, ihr Herz klopfte, hämmerte, wie ein Windhund schnellte sie hinter ihrer Beute her, genauer, wie ein halb rennendes, halb fliegendes prähistorisches Tier mit scharfen Klauen, giftigen Gedanken und einem Halskragen aus Sehnsucht und Verlangen. Um ihn fangen, ergreifen, verschlingen zu können, hatte sie jeden Tag nach Sonnenuntergang, verpackt in weichen unschuldigen Frottee, trainiert, er gehörte ihr, sie hatte ihn sich verdient, sie sah seine kräftigen Jungenbeine rennen, er war Bambi und sie der brennende Wald, ihre Flammen fraßen sich einen Weg in seinen Schatten, sie hörte ihn schreien, kichern, gurren, er hatte keine Chance, sie war imstande, bis zum Mond zu springen, sie flog ... sie hechtete nach seiner herrlichen Ferse und packte ihn am Fuß, mit einem lauten Plumps fiel Bambi in den Sand, versuchte ihr zu entkommen, aber sie hielt ihn an seiner Hüfte fest, »ich kann nicht, ich darf nicht«, rief er voller Angst, vertrau mir, dachte Julia, habe Vertrauen zu dieser erfahrenen Frau, sie wußte, daß es gut war, daß es das beste aller Dinge war, Marcello zog die Knie zum Kinn hoch, sie mußte diesen Jungen öffnen, sie drückte mit aller Kraft seine Knie auseinander und seine Arme hoch, sie wollte seinen lieben weichen Bauch und seine Brust, sie wollte sein Herz, sie hatte ihn sich verdient, sie hatte für ihn bezahlt, sie war Tausende von Kilometern für ihn geflogen, hatte achtundvierzig Jahre gelebt, das hier war eine Abrechnung, jetzt mußte abgerechnet werden, sie brach ihn auf, küßte seinen behaarten Bauch, schaute in seine angstvollen Augen ... die Augen eines Kindes ... es war still ... Marcello entspannte sich, brach in Kichern, Lachen aus ... Julia schleppte seinen krampflachenden Körper zu der kleinen Sandbank hinter den Felsen, dem geschlossenen Gärtlein, dem irdischen Paradies, sie hielt ihn an den Handgelenken gepackt ... »du hast recht«, murmelte Marcello, »ich muß bei dir bleiben«, seine Zunge glitt über ihre Haut, ihre Hände ließen los, glitten von seinen Handgelenken, seine Augen schienen zwei der zahllosen funkelnden Sterne über ihr zu sein, er war der Kleine Bär, der Große Bär, der Wassermann ... sie fühlte sich wie zwischen zwei Wasserstrudeln, die sie unabhängig voneinander hinabzogen, als ob sie entrückt durch ein leeres Haus rannte, die Treppen auf und die Treppen ab, rein in die Zimmer und raus aus den Zimmern, auf der Suche nach dem Ausgang, über sich sah sie nun die dunkle Haut, den Bauch, die Beine, das erregte Geschlecht, die glänzenden Härchen auf seiner Brust, sie roch den Duft tiefer Regenwälder, den Duft seiner Jugend, sie rannte kreuz und quer, riß sich von ihm los, kroch auf sein Glied zu, doch seine verschlingende Zunge glitt ihr jetzt über den Rücken, er packte sie an den Händen, jetzt war sie der gierigen Zunge wehrlos ausgeliefert, den Zähnen, dem stoppeligen Kinn, sie hatte das Gewicht der Luft, die Struktur des Sandes, das Hören schwoll, das Fühlen schwoll, alles schwoll, sie selber schwoll und wuchs und wuchs, sie stand Auge in Auge mit Cristo Torero, er vertrieb alle Gedanken und Sätze aus ihr, sie strömte in das Unfaßbare, in das Unsagbare, das Abgründige, das Unvorstellbare, in dieses liebevolle Ganze ... sie bestand nur aus dem, was sie wahrnahm, ihr war zum Weinen zumute, sie mußte weinen, sie weinte ... so intensiv hatte sie schon lange nicht mehr gefühlt, und so weit von zu Hause weg war sie nie gewesen, Julia wollte Zeugen aufrufen, ihren Sohn, ihre Tochter, ihren Mann, Meryl, die Schwestern der Liebe, sie sollten mit eigenen Augen sehen, daß Julia imstande war, glücklich zu sein, Liebe zu spüren, über sich selbst hinauszugehen ... alles, was geschehen war, *jemals* geschehen war, war nur geschehen, um hier zu enden, ihr ganzes Leben schien ein einziger Trichter zu sein, der in diesem Punkt mündete, dem man nicht entkommen konnte, die Vögel hielten ihren Atem an, die Fische hielten ihren Atem an, alles hielt seinen Atem an ... dieser Punkt drehte sich wild im Kreise ... er war das Sichtfenster der Waschmaschine, hinter dem die Körper eins wurden, das Bullauge, hinter dem die Flüssigkeiten der Welt eins wurden, das Salzwasser, der Schweiß, das Blut, die Tränen ... Julia spürte das Meer an ihren Füßen, sie dachte an den Fisch, den ewigen Fisch, ihr ganzer Kopf war voller Fische, sie schwammen an ihren Augen und Ohren vorbei, ließen sich durch die Speiseröhre hinuntertreiben, füllten ihren Körper, strichen mit ihren Schwänzen an der Innenseite ihrer Haut entlang, Cristos Zunge war einer dieser Fische, er schwamm in ihrem Kopf, schoß durch ihren Körper, glitt unter die Innenseite ihrer Haut, Julia folgte ihm, sie folgte ihrem Cristo-Bambi-Torero, sie stürzten hinunter, Abgrund in Abgrund, Finsternis in Finsternis, Nichts in Nichts, bisweilen war es wie ein Fallen oder Fliegen, aber dann wurde es wieder zu einem Fließen ... sie wußte nicht ... sie wußte nicht ... ob er sie war ... oder sie er ... ob sie alle beide ... er trug sie in seinem Innersten ... oder sie trug ihn in ihrem Innersten ... sie könnten zusammen sterben, sie starben ... aber das Sterben ging über in ein Herumrollen, Fliegen, Fließen, Aufprallen, Schleudern, die Bewegungen zogen sich zu einem Kreis zusammen, und dieser Kreis verlängerte sich zu einem Tunnel ... einem langen dunklen Tunnel, lang, dunkel und altbekannt, ein Teleskop, sie beide auf dem Weg zu den Sternen, Hand in Hand, Körper in Körper, diese Finsternis durchleuchtete und durchdrang alles, dieses herrliche Dunkel, dieses ewige Dunkel, in der Ferne ein Lichtpünktchen, ein Stern, dieser Stern machte ihr Angst, schien das Ende von allem zu sein ... aber dieser Stern streckte sich zu einer Linie ... ein dünner Schrei ... ein kristallklarer Ton ... Julia konnte sich von diesem Ton nicht befreien, sie dachte, daß sie für immer in ihm bleiben müsse, aber der Ton weitete sich wieder zu einem Tunnel, und am Ende dieses Tunnels sah sie Marcello wegrennen, weg von ihr, der Tunnel füllte sich mit ihrem Geschrei, ihre Schritte wurden größer, der Tunnel wuchs, Licht drang herein, das Licht der Welt ...

Julia richtete sich auf, Marcello saß hinter ihr, Tränen in den Augen.

»Warum bist du so traurig?« flüsterte sie.

»Ich weiß es nicht.«

»Unsere Götter sind doch gut gestimmt? Laß uns das feiern.«

»Ich habe Angst«, sagte Marcello.

Julia lachte gerührt und kniff ihn in die Wangen. Das Meer schaukelte trübe hin und her. Der Mond goß Gold über Julia. Marcellos Haut glänzte bronzen. Sie strich mit ihren Fingernägeln über seinen Kopf, bis sein Körper an ihrer Brust in Schlaf fiel.

17

*I*n strömendem Regen kletterte Julia Callebaut den Pfad zum *terreiro* hinauf. Hinter ihr lag das Meer glatt wie ein Trauergewand. Sie deklamierte den Sambatext im feierlichen Rhythmus des Vaterunsers: *Amor! A noite brilha! A magia encanta a cidade. Amor! Que maravilha! A ilha dando um banho de felicidade. Amen.* (Da capo.) Ihr durchnäßtes Haar fiel ihr in Strähnen vor die Augen, das weiße Kleid klebte tropfnaß an ihrem Leib, die Turnschuhe schmatzten in der nassen Erde.

Julia wurde beim Betreten von Mãe Cristinas Tempel auf frischer Tat ertappt. Unerträglich gelassen lauerte die fleischfressende Pflanze Meryl ihr auf, um die hungrigen Blätter nach ihr auszustrecken. Julia winkte verlegen und setzte sich so weit wie möglich von ihr weg. Sie schämte sich für ihre folkloristische Aufmachung. Diese stumpfsinnigen nordeuropäischen Mädchen auf Südurlaub hatten jede Unbedarftheit für immer verdächtig gemacht. Julia wollte am liebsten aufstehen und schreien, sie sei *anders*, sie hätte ihre Moral *nicht* beim Zoll abgegeben, sie liebe ihn *wirklich*.

Der Urknall erschütterte den *terreiro*. Mãe ging mit schweren Schritten über die Bühne und ließ sich auf ihren Thron fallen, die Trommler begannen zu trommeln, die *filhos de santos* kamen einer nach dem anderen herein, defilierten an Mãe vorbei, begrüßten einander und küßten den Boden. Marcello bewegte sich zurückhaltend und konzentriert, keine Sekunde irrte sein Blick in Julias Richtung. Diesen Jungenkörper, der sich gleich dem Gott des Kampfes ergeben wird, hatte sie letzte Nacht besessen, wieder und immer wieder.

Mães Blick war eiskalt, sie schrie die Trommler an, Marcello warf sein Becken nach hinten und fuchtelte mit den Armen wie ein Kalb, das zu ertrinken droht, es war, als ob ein riesiger Wasserstrudel ihn zum blätterbedeckten Erdboden und den Zeichnungen hinabzog.

Julia sah, wie Meryl Marcello anstarrte. Sie hatte Lust aufzuspringen und ihr die dreisten Augen auszureißen.

Mãe schlug mit einem Stöckchen auf ein Instrument, das aus zwei Metallglöckchen bestand. Das Mädchen mit dem weißen Schleier kreiselte, schleuderte, Kleid und Arme wirbelten in der Luft, aus ihrer Kehle stieg ein hoher, klarer Ton. Ogum erschien in seinem Cape, Helm und Schwert, fiel auf die Knie, schob seinen Körper über den Boden, verlor seinen Helm, das Mädchen lag neben ihm auf dem Bauch und wand sich wie eine im Sterben liegende Meerjungfrau, die Trommler schienen erschöpft, Marcello schlug immer wieder den Kopf gegen den Boden. Warum beruhigte ihn Mãe nicht, warum befahl sie den Trommlern nicht aufzuhören und den Göttern zu verschwinden?

Mit dem Finger, demselben Finger, den sie warnend zum

Himmel erhoben hatte, demselben Finger, den Julia in diesem Augenblick am liebsten abgebissen hätte, gab sie ein Zeichen, erhob sich mit einem Seufzer und verschwand hinter einem Vorhang, die Trommeln schwiegen, die Götterkinder ließen ihre Körper langsam zur Ruhe kommen, das Publikum klatschte und johlte, Marcello warf sein Schwert ab und ging zum Ausgang, Julia stand auf, streckte ihre Arme nach ihm aus, er aber ging dicht an ihr vorbei, ihr Götterkind, mit abgewendetem Kopf, kannte er sie nicht mehr? Wollte er sie nicht mehr kennen? Schämte er sich für sie? Julia war sprachlos, ließ ihn vorbeigehen … er war fast draußen, sie kletterte die Tribüne herunter und bahnte sich einen Weg durch die Menschen hinaus.

Verstört rannte Marcello den Pfad hinauf, auf die Zwillingsbrüder zu. »Sei vorsichtig!« hörte Julia sich noch rufen, aber sein blaues Cape verschwand flatternd in der Finsternis. »Sei vorsichtig«, wiederholte Julia leise für sich. Fassungslos starrte sie in die Schwärze hinein.

Meryl hatte aus einiger Entfernung zugesehen. Nun sah sie ihre Chance und drängte sich Julia auf.

»Warum bist du hier?« fragte Julia.

»Es ist meine *favela*.«

»Woher wußtest du, daß ich hier sein würde?«

»Intuition.«

»Ich habe eine Verabredung.«

»Mit Marcello.«

Verdutzt schaute Julia sie an.

»Ich weiß alles.«

»Wir treffen uns ein anderes Mal.«

»Ich muß aber jetzt mit dir sprechen.«

»Warum jetzt?«

»Es betrifft uns. Warum tust du nur so *fucking* naiv.«

»Ich versteh dich nicht. Geh bitte.«

Meryl drehte sich wütend um und folgte einigen Kindern den Sandpfad hinunter.

Mãe stand breitbeinig und mit einem stolzen Blick vor dem Eingang des *terreiros*. Julia ging ihr aus den Augen und betrachtete einen Blutfleck auf ihrem Kleid. Er erinnerte sie an Klatschmohn-so-rot-so-rot-mit-Farbe-flüssig-wie-ausbrechendes-Glück-gelegentlich-bar-jeder-Wahrschein-lichkeit und an einen roten Tintenklecks, den Kinder auf dem Papier in alle Richungen gepustet hatten ... hinter ihr stürmten Menschen den Pfad herauf, sie hörte Gekreisch, man hörte einen Schuß und danach eine Salve von Schüssen, Geschrei, Schritte, noch mehr Schüsse ... Julia machte sich ganz klein, klemmte den Kopf zwischen die Beine.

18 Julia starrte zwischen ihre Knie, die wie zwei Inseln aus dem Schaum ragten. Meryls Schwamm glitt langsam über ihren Rücken. Julia sollte sich beruhigen.

»Es waren im ganzen vielleicht zwanzig«, sagte Meryl in ruhigem Ton und rieb weiter, der Schwamm fuhr über Julias Arme und Hüften.

Julia sah, wie sich im Wasser Mães wütende Augen spiegelten. »Wie eifersüchtig sie ist.«

»Wer?«

»Mãe.«

»Es ist nicht ihre Schuld.«

»Und ob.«

»Sie hat nichts damit zu tun.«

»Dann ist es meine Schuld.«

»Du brauchst dich nicht schuldig zu fühlen. Das Leben ist viel grausamer als wir.«

»Hör auf mit dem wir.«

»Du und ich also.«

»Es ist meine Schuld.«

»Hast du ihn vielleicht erschossen?«

»Ich habe ihn geliebt.«

»Es war ein Racheakt der Polizei«, sagte Meryl geistesabwesend. »Sie feuerten einfach drauflos.«

Julia nahm eine Muschel vom Wannenrand und hielt sie sich ans Ohr.

»Wird dir nicht schwindlig, wenn du dein Blut so rauschen hörst?« fragte Meryl.

»Laß mich doch!« seufzte Julia. Marcello stieg noch einmal aus dem Wasser, sie sah seinen glänzenden Körper, die Augen aufs Meer gerichtet, als hielte er mit seinem Blick die ganze Welt zusammen.

Julia drückte die Muschel weiter an ihr Ohr. Meryl massierte ihr den Kopf und den Nacken. Der weiße Schaum um ihre Knie, ihre Arme und Füße mischte sich langsam mit dem Blut ihrer Gedanken.

»Ach, Mädchen, weine ruhig. Ist ja alles traurig genug.« Meryl fuhr ihr liebkosend übers Haar. »Wir werden uns ein paar schöne Tage machen. Ich habe für uns ein Hotelzimmer in Buzios reserviert.«

»Und die *favela*?«

Meryl beugte sich vor und brachte ihren Mund ganz nahe an Julias. »Du kannst nichts dafür, daß du mich nicht liebst. Aber ich kann auch nichts dafür, daß ich dich liebe.«

»Das geht vorbei.«

»Das will ich nicht, Julia. Ich liebe dich mehr als mein Leben.«

Mit einem Ruck stand Julia auf, stieß Meryl zurück. »Jetzt reicht's mir!« rief sie. »Ich halte das nicht mehr aus. Ich bin eine erwachsene Frau. Ich habe einen Mann und Kinder, ich habe ein Leben und noch vieles mehr.«

Meryl schaute sie erschrocken an.

»Wie eine Idiotin sitze ich hier in der Badewanne. Wo zum Teufel ist mein Wille geblieben? Ich will nach Hause!«

Julia riß ein Handtuch vom Halter und stapfte entschlossen zum Badezimmer hinaus.

MASSAKER IM SLUM VON RIO

Die Neuesten Nachrichten: Ungefähr 21 Bewohner eines Slums der brasilianischen Stadt Rio de Janeiro sind Sonntag nacht bei einer Schießerei getötet worden. Vermutlich handelt es sich um eine Vergeltungstat der Polizei, die den Tod vier ihrer Kollegen rächen wollte. Augenzeugen berichteten, daß eine Gruppe schwerbewaffneter angeheuerter Killer das Viertel V. stürmten und wahllos auf Männer, Frauen und Kinder feuerten. Nach dem Blutbad errichteten die Bewohner Barrikaden in den Straßen. Von den Tätern aber fehlt jede Spur. Die Slumbewohner sind überzeugt, daß die Polizei die Hand im Spiel hat, weil am vergangenen Sonntag vier Polizisten von Drogenhändlern in diesem Viertel ermordet worden waren. Man hatte die Polizeibeamten in einen Hinterhalt gelockt. Nach einer zehnminütigen Schießerei waren sie schwerverwundet aus ihrem Auto gezerrt und brutal erschossen worden. Vor fünf Wochen war die Polizei von Rio de Janeiro mit der Ermordung von acht Straßenkindern in Zusammenhang gebracht worden. Einige Beamte der Militärpolizei wurden nach dem Massaker verhaftet.

VI *Frauenzungen und Affenkummer*

1 *A*ufgewühlte See hinter einem Bullauge, so rund wie die pastellfarbenen Bonbons, die die Stewardeß ihr später anbietet und von denen sie aber keins nehmen darf, pastellfarben wie die Bogensäulen auf der Terrasse ihres neuen Hauses, das waren Julias früheste Erinnerungen.

Pa-pa-pa, pe-pe-pe, pi-pi-pi, pla, ple, pli, plupp, pluff, ploff! (Julias erste Verschlußlaute, aber was wußte sie schon … vom Leben, von der Phonetik, von der Technik.)

So viel allerdings stimmte:
    sie wohnte mit ihren Eltern und Léonie in einem weißen Haus,
    das Haus war von einem großen Garten mit hohen Bäumen umgeben,
    hinter den Bananenbäumen begann der Urwald,
    sie schlief unter einem Netz.

Sie rannte nackt herum, kletterte auf Bäume, rüttelte an Ästen, planschte im Planschbecken, zeichnete Figuren in den Sand. Durch ihre roten Lippen preßte sich: Uhaa, Uhaa, Tschok, Uheee!

(Du sahst aus wie ein kleiner Affe. Du hattest kurze kleine fette Ärmchen und Beinchen. Auch das Bäuchlein war dick und rund. Ach, wie lieb wir dich hatten!)

Léonie war weich, dick und schwarz. Julia hörte sie auf ihren Pantoffeln schon von weitem herannahen. Manchmal schrie sie so laut, daß Julia dachte, alle Tiere müßten aus dem Urwald in den Garten gerannt kommen. Léonie nahm sie auf den Schoß, umarmte sie, stützte das Kinn auf ihren Kopf. Julia fühlte sich herrlich geborgen.

Immer wenn die Sonne hoch über ihr stand, kamen Januar und Februar vorbei. Die dunklen Schildkrötenpanzer glänzten im Licht. Julia rannte auf sie zu, stellte sich mit einem Fuß auf den einen Panzer und mit dem anderen Fuß auf den anderen. Während sie sich an Lianen und Zweigen festhielt, machten sie zu dritt eine Runde ums Haus. Es war totenstill. Die Schildkrötenpanzer kühlten angenehm die Füße, das Laub der Sträucher streifte ihre Arme und Beine, Lichtflecke tanzten auf ihrer Haut. Hinter einem der Fenster kochte Léonie das Mittagessen.

Ploink! Ploink!

Léonie schlug mit dem Holzlöffel gegen den Topf. Julia sprang von Januar und Februar herunter und rannte, so schnell ihre Füße sie trugen, durch den Garten, auf die Terrasse, ins Haus hinein. Nach einem Morgen voller Bewegung hatte sie Hunger. Jeden Happen, den Léonie ihr vorsetzte, schlang sie so rasch es ging hinunter.

Nach ihrem Mittagsschläfchen blieb Julia in der Küche. Léonie sang Lieder, die klangen wie Uhaa, Uhaa, Tschok, Uheee. Julia saß auf der Anrichte aus Granitstein und schaukelte wie wild mit den Beinen. Wenn ihr Po dann eiskalt geworden war, sprang sie von der Anrichte und rannte zu den Bäumen, dem Gras, dem Wasser.

Tschak!

Manchmal hackte Léonie draußen auf dem Hackklotz einem Huhn mit einem einzigen Hieb den Kopf ab.

Gegen Abend rief Léonie Julia ins Haus. Das Essen war fertig. Nach dem letzten Bissen kroch Julia müde auf Léonies Schoß. Sie drückte den Kopf zwischen ihre großen Brüste und lauschte dem klopfenden Herzen, bis Léonie sie zu Bett brachte und das Moskitonetz zuzog.

Tak, tak, tak, tik, tik, tik!

Und da waren die Eltern! Es war wie im Traum.

Tak, tak, tak, tik, tik, tik!

Hört doch die schweren Schritte und das rasende Getick der Pfennigabsätze.

Hört doch, wie mit den Türen geschlagen wird.

Hört doch das Gescharre, Gefluche, Geschrei.

Julia drehte sich zur anderen Seite und konnte manchmal nicht mehr einschlafen.

Der Tag erwachte. Da waren die sanften Mutterhände. Sie wuschen sie, zogen sie an und brachten sie zum Frühstückstisch.

»Biche, ma biche«, rief der Vater hinter seiner Zeitung hervor. Mit der Hand fuhr er ihr durch die blonden Locken. Er legte seine Zeitung beiseite, wirbelte sie mit seinen langen Armen in der Luft, ahmte mit seinen Lippen das brummende Geräusch eines Flugzeugs nach.

Brumm, brumm, brumm.

Die lachenden Augen, der lachende Mund, die lachenden Härchen seiner Haut, die lachende Luft in ihrem Haar, an Armen und Beinen, und hoch und tief und rundherum!

Pa-pa-, pa-pa, pa-pa.

Noch einmal, und noch mal!

Pa-pa, pa-pa!

Und plötzlich war es vorbei. Verdutzt stand Julia mit beiden Beinen auf dem Boden und sah, wie Vater und Mutter zum Zimmer hinausgingen. Etwas später staubwolkte das Auto den Sandpfad hinunter.

Julia wußte nur, daß Eltern Leute sind, mit denen man frühstückt. Und daß sich daran nie etwas ändern würde.

Aber eines Morgens saß der Vater nicht beim Frühstück. Die Mutter sagte, er sei auf Reisen und würde ihr Spielzeug mitbringen. Sie wollte Julia nicht in der Luft herumwirbeln, sie wollte Julia nicht fliegen lassen. Sie nicht. Warum nicht?

Der Vater kam nie mehr wieder, und Julia vergaß ihn und die versprochenen Geschenke und das Vergnügen am Fliegen und das Tak, tak, tak, tik, tik, tik.

Lange danach wurde Julia eines Nachts von Léonies Jammern geweckt.

Durch die geöffnete Terrassentür hindurch sah sie sie gekrümmt auf einem Stuhl kauern. Sie schrie: »Juliette, ma petite Juliette.«

Die Mutter stand hinter Léonie und streichelte ihr die Schultern.

Julia rannte ins Schlafzimmer zurück. Sie glaubte, Léonie sei sehr böse auf sie. Kerzengerade blieb sie im Bett sitzen, bis sie keine Geräusche mehr hörte.

Aber Léonie war gar nicht böse. Sie war sogar noch lieber als sonst, backte Kuchen und Kekse und erzählte ihr eine Geschichte nach der anderen. Hin und wieder gab sie ihr einen Klaps auf den Po (das Herrlichste, was es gab), flocht ihr Haar zu Zöpfen. Sie nähte die hübschesten Kleidchen.

Eines Morgens wurde Julia von ihrer Mutter früher als sonst geweckt. Sie mußten sich beeilen.

Im Wohnzimmer standen große Schrankkoffer und stapelweise Hutschachteln. Léonie saß auf einem Koffer und schaute traurig vor sich hin. Sie drückte Julia fest an sich.

»Un bisou, je veux un bisou!« flüsterte Léonie.

Julia küßte sie auf ihre schwarze Stirn.

Léonie nahm sie auf den Arm und trug sie zum Auto. Julia stieg ein, die Mutter folgte. »Wir machen zusammen eine Reise«, sagte sie.

Julia fand es schön, eine Reise zu machen.

Hinter dem Steuer saß Léonies Bruder. Langsam fuhr der Wagen an.

Léonie rannte bis zum Gatter mit und öffnete es. Sie zwängte ihren dicken Leib durch die Wagentür und küßte Julias Gesicht, bis es ganz naß war. Als sie ihren Leib wieder zurückzwängte, jammerte sie ununterbrochen: »Petite Juliette, ma petite Juliette.«

In der Ferne krochen Januar und Februar ungestört unter den Feuervogelbäumen vorbei. Das Auto bog in den Sandweg.

»Warum darf Léonie nicht mit?« fragte Julia. »Warum nicht?« Die Mutter kitzelte sie im Nacken und drückte sie an sich.

»Léonie gehört zum Haus«, rief der Chauffeur lachend über die Schulter und hupte ein paarmal.

»Und Papa?«

»Papa kommt später.«

Julia drehte sich noch einmal um, aber Léonie war in einer Sandwolke verschwunden.

Julia legte den Kopf auf die Arme ihrer Mutter. Sie sah nur blauen Himmel und ab und zu einen vorbeihuschenden Palmwedel. Im Flugzeug sah sie Wolken, Wolken, Wolken, rot und blau.

2 / A ls Julia und ihre Mutter mit dem Taxi vor dem Haus hielten, trat Oma Vlezenbeek vor die Tür. Sie hatte einen enormen Busen und Hüften wie Hackklötze.

»Ich habe drei Stunden in der Ankunftshalle auf euch gewartet«, sagte sie empört. »Dann habe ich die Blumen weggeschmissen und bin nach Hause gegangen.«

»Das ist Julia«, sagte ihre Mutter.

Erst jetzt schaute Oma Vlezenbeek sie an. Sie beugte sich vor und hob sie erstaunt hoch.

»Wie dick sie ist!« rief sie und setzte sie seufzend wieder ab. Eine sehr magere Frau trat geräuschlos durch die Tür. Julia war überzeugt, sie müßte in tausend Stücke zerspringen, wenn man sie anfaßte.

Im Haus von Oma Vlezenbeck dämmerte es, doch Grillen gab es hier keine. Die Zimmer waren vollgepfropft mit schweren, dunklen Möbeln. Julia sah, wie sich deren vergoldete Tatzen an den Perserteppichen festkrallten. Gleich werden sie auf einen Vorbeigänger zielen und klauen, kratzen oder krallen. Gleich werden sie aufspringen, ausholen, zupacken und verschlingen. Und dann, auf den Fensterbänken vor den gelben Fenstern, die ellenlange Reihe mit Blumentöpfen. Oma nannte ihre Pflanzenlieblinge Frauenzungen. Sogar die noch jungen Mädchenzungen, denen Oma ganz besonders viel Aufmerksamkeit und Liebe schenkte, sahen wenig vertrauenerweckend aus.

Im Vorgarten stand ein Affenbaum. Die aufwärts zeigenden Äste waren so dicht mit harten spitzen Blättern bewachsen, daß kein Affe es jemals wagen würde, ihn zu beklettern. Julia fand, der Name Affenkummer passe viel besser. Oma sagte, König Leopold II. hätte den Baum extra für seine Untertanen aus dem Kongo mitgebracht, aber er erinnerte Julia überhaupt nicht an das süße Leben in Léopoldville. Warum hatte der König den Belgiern keinen Bananenbaum oder den Feuervogelbaum mit seinen wunderschönen roten Blumen mitbringen können?

Von jetzt an sollten Julia und ihre Mutter in Vlezenbeek leben. Von jetzt an ging Julia jeden Morgen die Dorpsstraat hinunter zur Schule, vorbei an all den Häusern mit den Kieswegen, dem Affenkummer und den Frauenzungen.

Schwester Anatolie überragte die Kinder auf dem Schulhof. Sie trug eine dunkle Sonnenbrille auf der Nase. Das rechte Brillenglas war mit Pflaster und dicken Wattepfropfen zugeklebt. Als die Schulglocke läutete, rief Schwester Anatolie: »Paart euch zu zweien, paart euch!« Die Kinder stellten sich in Zweierreihen auf und schwiegen ängstlich. Um die Stille in die Ewigkeit zu ziehen, hängte sich Schwester Anatolie ein Stück Leder über den Arm, in dem eine Anzahl großer Scheren steckten. »So, und jetzt streckt mal alle eure Zungen raus«, rief sie zum Spaß, »von der längsten schneidet Schwester Anatolie ein Stückchen ab.« Grinsend hielt sie eine große Schere hoch.

Nachmittags, wenn Häuser und Affenkummer monsterhaft lange Schatten über die Straße warfen, ging Julia nach Hause zurück. Es schauderte sie, wenn sie hinter den langen Frauenzungen ihre Mutter und Großmutter sich wie Puppen hinter einem Kasperlespiel bewegen sah. Sie wollte nicht hinein, und sie wollte nicht draußen auf der Straße bleiben.

Julia sah ihre Mutter leer vor sich hin starren, die Fingerspitzen gegen die Schläfen gepreßt.

»Warum sind wir weggegangen?« fragte Julia.

»Wir wollten, daß du auf eine gute Schule gehst«, antwortete sie.

Was aber sollte so gut sein an einer kleinen Dorfschule voller Bauernkinder, die sie wegen ihres Akzents auslachten und die sie kaum verstehen konnte?

»Warum ist Papa nicht mitgekommen?«

»Weil er Geld für uns verdienen muß.«

»Kann er das nur im Kongo? Und warum schreibt er uns nie? Vermißt du ihn denn nicht, Mama, so wie ich? Bitte Mama, sag was.«

Julia bekam keine Antwort auf ihre Fragen. Sogar Maria, deren Schweigen sie sonst für den Brunnen der Weisheit hielt, konnte ihr nicht helfen.

In der Küche erzählte Maria von Onkel Tom. Sie hatte ihn als Baby gefüttert, ihm die Nägel geschnitten, die Windeln gewechselt. Auf dem Gartenweg hatte sie ihm das Laufen beigebracht. Tag für Tag saß er bei ihr am Küchentisch und spielte oder machte, später dann, die Hausaufgaben. »Noch nie habe ich jemanden so lieb gehabt«, seufzte sie. Als sie das sagte, ließ sie mutlos den Kopf hängen.

Wenn Oma im Gartenzimmer hinter ihrem großen Puzzle saß, erzählte sie oft von einem anderen Mann. Sein Porträt stand im Buffetschrank neben dem Babyfoto von Julia. Ein glatzköpfiger, vornehmer Herr mit Wulstlippen und einer runden Brille. Er hatte in Leuven Jura studiert. An einem Unglückstag bohrte sich eine Florettspitze durch sein Auge und drang ins Gehirn. Ein Körperteil nach dem anderen gab seine Funktion auf, und schließlich blieb er ganze Tage zu Hause. Julia war sich sicher, daß Oma Vlezenbeek ihn ver-flucht und schließlich mit ihrem Gekläff und Geschimpfe in den Tod getrieben hatte.

»Alles, was ein Mann mehr hat als ein Affe, ist sowieso bloße Zugabe«, sagte Oma Vlezenbeek.

Onkel Tom war anders. Er war ein *besonderer* Mann. Hin und wieder kam er auf Besuch. Sein schlaksiger Körper steckte in einem dunkelblauen Anzug. Die glänzenden schwarzen Schuhe reflektierten das Licht der dämmrigen Stehlampen. Über der bleichen Stirn erhob sich frech eine blonde Haarlocke. In kürzester Zeit hatte er Streit mit seiner älteren Schwester und seiner Mutter. Die Frauen rannten eine um die andere aus dem Zimmer, und Onkel Tom starrte mit sei-nen stahlblauen Augen verdrießlich auf den Affenkummer vor dem Fenster. »Frauen sind komplizierte Wesen«, sagte er scherzend zu Julia und ließ seine Fingergelenke knacken. »Meinst du nicht auch?«

Nachdem Onkel Tom angekündigt hatte, daß er bald aufbre-chen wolle, blieben alle Frauen im Zimmer. Friedlich ver-zehrten sie die Tortenstücke, die er aus Brüssel für sie mitge-bracht hatte. Julia kletterte ihm auf den Schoß, steckte den

Kopf unter die Achsel und streichelte mit ihren Händen seine muskulösen Beine. Insgeheim verlangte sie danach, genau zu wissen, was sich dort, wo sich die Innenseiten seiner Beine trafen und zum Bauch übergingen, eigentlich abspielte. Während Onkel Tom mit seinem Zeigefinger zwischen ihren Rückenwirbeln Slalom fuhr, dachte Julia an Äste und Lianen und Schatten und Lichtflecke. Sie roch herrlich süße Blumendüfte. Langsam zogen sich die Frauenstimmen hinter die Bananenbäume zurück und vermischten sich mit den Geräuschen aus dem undurchdringlichen Wald. (Sollen sie sich doch dort verlaufen und aufgefressen werden.)

Onkel Tom stand auf. Enttäuscht rutschte Julia an seinen Beinen herunter. Am liebsten würde sie in die Hosenbeine kriechen, bis zur Leiste hochklettern und ihn nie mehr loslassen. (Und Kokosnüsse pflücken und auf die Köpfe der anderen herunterwerfen.) Maria schaute ihn mit strahlendem Lächeln an. Ihr weißes Gesicht lief vor lauter Leidenschaft rot an. Julia fürchtete, das alte Menschlein könnte vergessen zu atmen. Daß sie es nur wisse, Onkel Tom gehörte von nun an Julia!

Eines Tages reiste ihre Mutter mit zwei großen Koffern Hals über Kopf nach Südafrika ab. Sie sagte zu Julia, daß der Vater versetzt worden sei und er sie jetzt mehr bräuchte denn je.

»Und ich?« murmelte Julia.

»Ich hole dich so schnell wie möglich nach.«

»Schwörst du es?«

»Ich schwöre es beim Bart von Allah.«

Julia winkte ihr voller Begeisterung nach, sie sprang in die Luft, tanzte, dachte: Je stärker ich winke, desto eher holen sie mich! Oma und Maria standen weinend hinter dem Fenster.

Jetzt kamen lange Briefe aus Johannesburg, die auch ihr Vater unterschrieben hatte. Julia wartete und wartete. Und es war noch kein Jahr vergangen, und aus dem lebenslustigen, runden Kind war ein mageres, zurückgezogenes Mädchen geworden.

3 *E*i«, sagte das Brünnchen, »so will ich anfangen zu fließen«, und fing an entsetzlich zu fließen. Und in dem Wasser ist alles ertrunken, das Mädchen, das Bäumchen, das Mistchen, das Wägelchen, das Besenchen, das Türchen, das Flöhchen, das Läuschen, alles miteinander.

Läuschen und Flöhchen, Grimm.

Nachts hatte Julia Angst, aufs Klo zu gehen, sie traute sich nicht, an den offenen Zimmertüren der schlafenden Frauen vorbeizugehen. Julia blieb im Zimmer, und wenn sie nicht einfach auf den Teppich pinkelte, so in die Badewanne ihres Puppenhauses, aber die lief über, und der ganze Badezimmerfußboden stand unter Wasser.

Eines Tages sickerte Julias Angst aus dem Puppenhaus ins echte Haus, floß die Treppen hinunter, riß Gummibewohner und Holzmöbelchen mit, drang in die Zimmer, tränkte Teppiche, Laken, Decken, floß unter den Türritzen durch, ergoß sich wie ein lautrauschender Bergfluß in die Straßen mit ihren Buchen und Tannen, riß abgefallenes Blattlaub und blattloses Geäst mit, und der Ball, der vom Rasen gerollt war, suchte verzweifelt Gesellschaft, etwas, womit er eins werden konnte, fiel in den stinkenden Bach hinter der Schule und gelangte vom stinkenden Bach in die Zenne, von der

Zenne in die Dijle, von der Dijle in die Rupel und von der Rupel in die Schelde, von der Schelde schließlich in alle Weltmeere. Julia schämte sich zutiefst. Sie hoffte, niemand würde herausfinden, daß sie es gewesen war.

4 *I*m kleinen verfallenen Haus neben Oma Vlezenbeek wohnte die Familie Dobbelaer. Eine doppelte Reihe Koniferen ersparte Oma den Blick auf die roten Backsteine und verrotteten Fensterrahmen. Dirk ging mit Julia in eine Klasse. Er war ein schlaksiger Kerl mit rotem Haar, hellen Augen und Sommersprossen. Für Julia war er etwas Besonderes, denn bei seinen Eltern standen keine Frauenzungen hinter den Fenstern, und im Vorgarten wuchs auch kein Affenkummer. Julia und Dirk gingen morgens zusammen durch die Dorpsstraat zur Schule und schlenderten nachmittags denselben Weg wieder zurück.

Hinter der Dorpsstraat lag eine dunkle Allee. Die Äste der alten Bäume ragten bis zu den Häusergiebeln hinauf. Ihre Wurzeln lupften die Gehwegplatten. Die Fassaden waren mit Efeu bedeckt. In einem dieser Häuser wohnte Hexie Sexy, in einem anderen wohnte Walter, ein Mongoloide, der alle Kinder, die es wagten, durch die Allee zu gehen, in den Brunnen warf. Seine Mutter hatte eine Frisur wie aus Zuckerwatte und fuhr einen roten Sportwagen.

Eines Nachmittags schlug Dirk vor, durch die dunkle Allee zu gehen. Julia klammerte sich an Dirk fest, und sie machten sich auf den Weg. Vorsichtig schritten sie in der Mitte des Hohlwegs, unter den Baumkronen. Plötzlich sahen sie zwischen den parkenden Autos einen Jungen auf dem Bordstein sitzen. Früher waren Dirk und Julia auch einmal so klein gewesen. Auf seinem Schoß hielt er einen Guckkasten. »Wollt ihr mal in meinen Karton schauen?« fragte er mit einer Piepsstimme.

»Vielleicht ist er Walters Lockvogel«, flüsterte Dirk Julia ins Ohr. »Geh du schon mal ein Stück weiter.«

Julia aber blieb stehen und sah zu, wie Dirk dem Jungen den weißen, mit hellblauem Löschpapier überzogenen Schuhkarton aus der Hand nahm. Er hob den Karton in Augenhöhe und grinste. Dann reichte er den Karton Julia. Der Boden war mit Watte bedeckt, im blauen Licht darüber schwebten kleine Engel aus Papier.

»Das ist der Himmel«, flüsterte der Junge und stand auf.

Dirk nahm Julia den Karton ab und stellte ihn auf die Straße. Plötzlich sprang er mit beiden Füßen auf den Karton. Dann rannte er weg. Julia konnte noch sehen, wie der kleine Junge verdutzt den platten Karton hochhob. Gleich würde er zu weinen und zu schreien anfangen, aber da war Julia schon weggerannt, hinter Dirk her, die Straße hinunter, dem Licht entgegen. Als sie Dirks Haus erreicht hatten, war es Dirk, der zu weinen anfing. Julia versuchte ihn zu trösten. »Ich bin sehr stolz auf dich«, flüsterte sie und strich ihm über den Rücken.

Herr und Frau Dobbelaer umarmten und küßten einander oft und innig. Julia konnte die Augen nicht davon abwenden. Frau Dobbelaer hatte einen dicken Bauch. Maria behauptete, es stecke ein Baby drin. Julia fragte Dirk in seinem Zimmer, wie so etwas denn passiert. Aber er wollte es ihr nur sagen, wenn er ihr dabei einen Kuß geben und ihr die Hand unter den Rock stecken dürfe.

»Meine Mutter und mein Vater sind zum Doktor gegangen. Der hat ihnen dann die Augen verbunden und sie aneinander gefesselt.«

Julia bat Dirk, dreißig Sekunden lang die Augen zuzumachen. Als Belohnung dürfe er dann wieder die Hand unter ihren Rock stecken. Sie nahm einen Schal und verband ihm die Augen. Dann stellte sie sich unmittelbar vor ihn und wickelte den Gürtel des Morgenmantels, der auf seinem Bett lag, um ihrer beiden Körpermitten. Dirk fing an zu kichern. Julia fand es herrlich, seinen Körper so nah an ihrem zu spüren.

Oma zitierte ihre Enkelin zu sich. Sie lag stöhnend im Bett unter einem mannshohen Holzkreuz. Demütig faltete Julia die Hände, glaubte, Oma würde gleich sterben. Doch die letzte Stunde hatte noch nicht geschlagen, man mußte Oma wieder in ihr Korsett helfen. Ihr mißmutiger Hundekopf starrte wütend zur Zimmerdecke hoch. Die Schatten in den Falten des Gesichts stachen hart gegen die weißgepuderte Haut ab.

Maria und Julia standen rechts und links vom Bett und zerrten mit großer Mühe das beige Korsett um den marmornen Körper.

»Stimmt es, daß man die Augen verbunden bekommt, wenn man ein Kind will?« fragte Julia.

Maria wurde rot und schaute Oma an.

»Warum fragst du das ausgerechnet jetzt?«

»Dirk hat es mir erzählt.«

Oma setzte sich wütend auf. »Was hat er dir sonst noch erzählt?« kläffte sie.

Julia sagte nichts mehr. Oma verbot ihr jeden weiteren Umgang mit Dirk Dobbelaer.

Gleichgültig zuckte er mit den Schultern. »Wenn deine Oma nicht will, daß du mich siehst, dann will ich dich auch nicht mehr sehen.«

»Warum nicht?«

»Ihr seid doch alle nicht ganz dicht«, sagte er, drehte sich um und rannte weg.

Noch am gleichen Nachmittag ging ein Zittern und Beben durch die Frauenzungen, als sie Ohrwürmchen J. die Straße herunterkommen sahen. Sie hielt das glänzende Instrument der Schutzpatronin Anatolie in der Hand. Das heilige Symbol schien alle Sonnenstrahlen in sich zu bündeln und in die Welt zu reflektieren, als wäre es die Sonne selbst. Mit gezierten Schritten überquerte Julia den Rasen, drückte sich die Nase am Fenster platt und bedachte eine nach der anderen mit einem Blick des Stolzes. Genau diese Zungen und genau diese Schere, vor denen sie sich jahrelang gefürchtet hatte, konnten jetzt mit einem einzigen Schnipp alles wiedergutmachen. Gemeinsam würden sie ihr helfen, von hier wegzukommen.

Maria versuchte im nachhinein, Julia zu verteidigen, und sagte zu Oma Vlezenbeek, daß ihre Enkelin die Pflanzen doch nur habe stutzen wollen, so wie man es im Frühling mit dem Weißdorn und der Forsythie gemacht hatte. Julia hatte sich in einer Falte des Vorhangs versteckt und betete zu Gott, daß Oma sich von all dem gutgemeinten Betrug nicht erweichen lassen würde. Oma aber war untröstlich und selbstverständlich entschlossen. Julia hatte auch nichts anderes erwartet. Sie war weder dumm noch verrückt.

Der eine kommt, der andere geht. So ist es mit der Weltordnung seit aller und für alle Zeit. Am Ende der Sommerferien wurde im Hause Dobbelaer ein Mädchen geboren. Julia konnte durch das Fenster sehen, wie Dirk mit hochgereckten Armen einen großen glänzenden Kinderwagen vor sich herschob. Sein Gesicht strahlte. Hinter Julia stand Oma mit einem Koffer in der Hand. Sie sollte mitkommen.

5 *D*as Internat und das Kloster lagen mitten in einem großen dunklen Wald. Die Bewohner waren Mädchen und Nonnen. Zu Julias Erstaunen ernährten sich die letzteren hauptsächlich von Nudeln, Spargel und rotem Wein. Tante Nonneke blieb unter Gewand und Haube verborgen. Julia sah nur die bleichen Hände und das breiige, kleine Gesicht, auf das wohl noch nie ein Sonnenstrahl gefallen war. Sie kläffte nicht, ihre Stimme war sanft und freundlich. Hin und wieder durfte Julia sie auf ihrem Zimmer besuchen, sie tranken dann zusammen eine Tasse dünnen Tee und schwatzten über die anderen.

Julia teilte sich mit fünf Mädchen einen Schlafsaal. Neben ihr lag Héloïse. Sie hatte wie Julia langes blondes Haar, aber ihre Augen waren braun. Manche Nonnen hielten sie für Schwestern. Julia hätte nichts lieber gewollt. Héloïse war ein paar Jahre älter als Julia. Sie konnte furchtbar böse dreinschauen, wenn ihr etwas nicht paßte, und sie wollte nicht, daß sich Julia mit anderen Mädchen abgab.

Die Tage waren ausgefüllt mit Unterricht, Beten und Spaziergängen im Klosterhof. Dieses geistliche Pausieren war an strenge Regeln gebunden. Die Mädchen durften nur im Uhrzeigersinn ihre Kreise ziehen. Julia folgte gehorsam, denn sie fürchtete, die Zeit zurückzudrehen, wenn sie in die andere Richtung ginge, und nach Vlezenbeek wollte sie nie mehr zurück. Ihre Schritte wurden immer größer, sie fing an zu laufen, hüpfte über die Uhrzeiger hinweg.

Abends im Schlafsaal setzte sich Julia aufrecht ins Bett und erzählte vom junggeglühten Männlein, vom Strohhalm, der Kohle und der Bohne, dem Totenhemdchen, dem Einäuglein, Zweiäuglein und Dreiäuglein und vom Bäuerlein im Himmel. Eigentlich hatten alle Märchen etwas Widerwärtiges an sich. Warum wurde der reiche Herr von Petrus himmlisch empfangen und von allen Engeln besungen, und das arme Bäuerlein nicht? Das Bäuerlein fragte: »Warum spielt ihr mir keine Musik?« Und Petrus antwortete: »Schau, solch arme Bäuerlein wie ihr es seid, kommen jeden Tag in den Himmel, aber solch ein reicher Herr, das passiert alle hundert Jahre nur einmal.« Gerechtigkeit gab es da oben also auch nicht! Um die Mädchen wieder fröhlich zu stimmen, erzählte Julia von ihrem Vater, der im Kongo einen Zirkus hatte, und von ihren sieben Brüdern und Schwestern. Coco, braun wie Schoko, der mit seiner Giraffe durch brennende Reifen springen konnte, ließ sie alles Unrecht vergessen. Eines nach dem anderen schliefen die Mädchen ein.

Am nächsten Morgen kniete Julia im dunklen Beichtstuhl und bat mit gefalteten Händen um Vergebung für ihre sündhaften Lügen. Die Männerstimme hinter dem Gitter verlangte von ihr, zu sagen, woraus sie bestünden. Die Geschichten, die sich Julia aus dem Stegreif erdachte, sog er gierig in sich auf. Es war, als würde Julia Wort für Wort in ihm verschwinden.

6 *A*m ersten Wochenende, an dem Julia nach Vlezenbeek zu Besuch kam, starb Oma. Ihr Kopf lag auf dem Puzzle. Feierlich wurde sie von zwei Männern auf einer Tragbahre weggetragen. Zum ersten Mal in ihrem Leben sah Julia einen toten Menschen. Sie fand es feierlicher und geheimnisvoller als Weihnachten. Maria schien erleichtert zu sein. Sobald das Haus leergeräumt sei, würde sie nach Deutschland fahren, um ihre kranke Schwester zu pflegen. Julias Eltern kamen nicht zur Beerdigung. Eingeklemmt zwischen Onkel Tom und Maria folgte Julia dem Sarg. Hinter ihr ging, eingeklemmt zwischen Vater und Mutter, Dirk. Julia verstand nicht, warum er zur Beerdigung einer Frau ging, die ihm jeglichen Umgang mit ihrer Enkelin verboten hatte. Sie wagte es nicht, sich nach ihm umzudrehen. Sie fürchtete, Oma würde in einem unbewachten Augenblick den Sargdeckel aufstoßen, aufstehen und wieder mit ihrem Gekläffe anfangen. Sogar als der erste Sand über den Sarg geschaufelt wurde, war sie noch nicht beruhigt. Sie mußte an das eigensinnige Kind denken, das Gott zur Strafe hatte sterben lassen. Nachdem es begraben war, steckte es zum Ärger aller, jedesmal, wenn jemand vorbeikam, sein Ärmchen aus dem Erdboden. Erst als seine Mutter selber kam und ihm mit der Rute auf die Finger schlug, zog das Kind sein Ärmchen zurück und hatte nun Ruhe unter der Erde.

Von jetzt an besuchte Julia Onkel Tom und Frederik in Brüssel. Sie wohnten am Zavelplatz über ihrem Antiquitätengeschäft.

»Ich betrachte dich als eine Freundin«, sagte Onkel Tom lachend. Er war der erste, der sie nach ihrer Meinung fragte.

Julia wußte nicht einmal, daß sie über so etwas wie eine Meinung verfügte. Sie hatte immer geglaubt, eine Meinung sei so etwas wie ein Busen oder ein Stimmbruch, so was bekamen Kinder erst, wenn sie größer wurden.

Frederik war ein hübscher Junge mit kurzgeschnittenem Haar, kleiner Nase und verwöhntem Mund. Dem Alter nach hätte er leicht Toms Sohn sein können. Für Julia war er deshalb fast wie ein älterer Bruder. Frederik genoß es, mit ihr herumzutollen, ihr das Gesicht zu schminken, das Haar zu bürsten und sie mit Schmuck aus dem Laden zu behängen. Frederik studierte an der Universität Geschichte und wußte ihr allerlei Interessantes über das belgische Königshaus zu berichten. Als er ihr von der schönen Königin Astrid erzählte, traten ihm die Tränen in die Augen.

An den Wochenenden gingen Tom und Frederik aus. Während Julia sich im Nachthemd das Gesicht wusch und die Zähne putzte, putzten Tom und Frederik sich heraus. Julia machte es Spaß, ihnen zuzusehen, wie sie auf dem Wannenrand sitzend die Schuhe polierten, Brillantine ins Haar schmierten und sich von allen Seiten im Spiegel betrachteten. Die Männer brachten Julia zu Bett, versprachen, sich anständig zu benehmen und gingen fort. Julia stand auf, durchsuchte die Kleiderschränke und öffnete alle Schubladen. Mitten in der Nacht hörte sie sie nach Hause kommen, hörte Schritte, Stimmen, das Entkorken von Flaschen. Jetzt konnte Julia ruhigen Herzens einschlafen.

Auf dem Internat lernte Julia vieles über einen Mann, nach dem es alle Mädchen und Nonnen leidenschaftlich verlangte. Sie lernte etwas über die Wunden, das Herz, das durchbohrte Herz, die Seitenwunde, das Blut, die gefolterten

Gliedmaßen, die Dornenkrone. Oft preßte Julia das Bild des armen Schmerzensmannes, das sie zu ihrem Geburtstag von Tante Nonneke geschenkt bekommen hatte, fest an sich. Sie küßte ihn so leidenschaftlich, daß es niemandem gelungen wäre, ihn ihr wegzunehmen.

7 *Es ist – und niemand weiß was*
  Es ist hier, es ist dort,
  Es ist fern, es ist fort,
  Es ist oben, es ist unten,
  Es ist, wie wir gefunden,
  Nicht dies und nicht das.

Ein Zaubervögelchen?
  Julia, dies ist kein Rätsel. Laß mich ein Gedicht vortragen.

Es ist hell und voller Gefunkel,
Es ist unendlich dunkel,
Es ist ohne Namen,
Es hat keine Ahnen,
Keinen Anfang und kein Ende.
Es ist ein ruhiger Flecken,
Ohne Feste, ohne Ecken,
Wer aber weiß, wo es wohnt,
Der sage unbelohnt,
Wie es aussieht und wo ich es fände!

Werd Kind,
Werd taub, werd blind.
Das Es, das du bist,
Muß werden ein Nichts.

Alles Es, alles Nichts
Laß jenseits des Lichts,
Den Ort und die Zeit,
Des Abbilds Eitelkeit.
Beisteig ohne Weg
Den steilen, schmalen Steg:
Dann erreichst du der Wüste Glut.
Seele,
Fahr aus – und in Gott hinein,
Verschling all das, was ist mein
In Gottes Nichts und Leere.
Ertrink im grundlosen Meere.
Flücht ich vor Dir,
Kommst Du zu mir;
Geh ich in mir verloren,
Wirst Du geboren,
Du überirdisches Gut!

Julia, bist du eingeschlafen?

Nein, nein, ich höre dir zu.

Wie findest du das?

Daß du dir das alles merken kannst. Willst du nicht lieber Schauspielerin werden?

Ach, sei nicht blöd, ich will hier bleiben. Ich will leben in Gott.

Warum nicht in seinem Sohn? Der ist doch wenigstens ungefähr so alt wie du.

Julia, das kann doch nicht dein Ernst sein. Gott und Jesus sind eins. Und dazu noch der Heilige Geist.

Julia sah Héloïse verzückt in die Augen.

Wirklich?

Ein Leben auf Knien, in Zellen, in langen weißen Gängen, auf Holzfußböden, in Kapellen voller Kerzenlicht, im Rhythmus von Aufstehen, Mette, Laudes, Schlafen, zweites Aufstehen, Prim, Mixt, Arbeit, Terz, Arbeit, Sext, Angelus, Essen, Méridienne, None, Arbeit, Einzelgebet, Vesper, Meditation, Kollation, Erholung, Komplet und der Großen Stille. Und ein Leben mit Gregorianischen Gesängen, gedämpften Stimmen, barfuß, einer Haut, glattgeschliffen mit Hilfe von harten Seifen und von Heiligen, vielen Heiligen. Schmerzensopfer sollten sie bringen für die armen Seelen im Fegefeuer. Denn Gott, der Allerhöchste, Höchstes Wesen und Schöpfer von Himmel und Erde, würde eines Tages zusammen mit Unserer Lieben Frau, der Heiligen Jungfrau Maria, Fürsprecherin und Himmelskönigin – die Menschheit zur Geistlichen Hochzeit Ihres Sohnes Jesus Christus, Unseres Herrn und Erlösers – mit Julia einladen.

Nein. Gott, der Allerhöchste, Höchstes Wesen und Schöpfer von Himmel und Erde, würde eines Tages zusammen mit Unserer Lieben Frau, der Heiligen Jungfrau Maria, Fürsprecherin und Himmelskönigin, die Menschheit zur Geistlichen Hochzeit Ihres Sohnes Jesus Christus, Unseres Herrn und Erlösers, mit Héloïse einladen.

Nein, mit mir.

Julia, wir beide mit ihm. (Héloïse kuschelte sich dicht an sie. Julia spürte die Brüste an ihren Schulterblättern.) Wir beide mit ihm vereinigt. Gibt es etwas Herrlicheres?

Ich will einen Mann für mich allein, dachte Julia.

Die schönsten Männer der Welt standen mitten auf dem Perserteppich. Eine einzige Säule der Liebe. Tom in Frederik. Frederik in Tom. Zehn, neun, acht, sieben, sechs, fünf, vier, drei, zwei, eins. Aus keiner Tausendundeiner Nacht erwüchse derart viel Liebe. Keine Tausendundeine Nacht böte ihr ein so herrliches Flechtwerk.

8 *D*er Abend ihres siebzehnten Geburtstages. Ein trüber Herbstabend. Die Pflastersteine auf dem Zavelplatz glitzerten wie im Märchen. Julia hüpfte ausgelassen zwischen Onkel Tom und Frederik, ihren beiden Schutzengeln. Sie freute sich auf all die Männer und Frauen, die sie sonst nie zu Gesicht bekam. Sie besuchten das Chez André. Überall, wo sie hinsah, fühlte sie neugierige Blicke auf sich gerichtet. Mit geröteten Wangen berichtete Julia von Héloïses Weihe. Die Männer hingen an ihren Lippen. Julia war das einzige Mädchen aus dem Internat gewesen, das an der Weihe hatte teilnehmen dürfen. Héloïse lag in ihrem Brautkleid ausgestreckt auf dem Boden, das Gesicht in den Händen, sie sah entrückt aus, verliebt sogar, ja, sie sah verliebt aus. Alles war sehr eindrucksvoll gewesen, der Kardinal war da und eine Menge Ministranten und sämtliche Nonnen. Man hatte sogar die allerältesten aus der Infirmerie geholt, damit sie an Héloïses Weihe teilnehmen konnten und für sie sangen. Die Eltern hörten nicht auf zu weinen. Frederik meinte, weil sie ihre Tochter jetzt für immer verloren hätten. Julia erzählte, daß sie neulich mit Tante Nonneke am Familientag ein Gespräch gehabt hätte. Sie hätte ihr vorgeschlagen, vielleicht doch nicht zu studieren, sondern wie Héloïse im Kloster zu bleiben. Die Eltern hätten ihr geschrieben, daß sie vorläufig nicht vorhatten, aus Südafrika zurückzukommen.

Frederik hatte ihn als erster gesehen, und weil Frederik ihn für einen hübschen Mann hielt und eine längere Zeit in dessen Richtung schaute, wurde Onkel Tom böse. Wütend warf er die leeren Muscheln in den Topf. Doch der hübsche Mann war an Julia interessiert. Tief über den Teller gebeugt, beobachtete er sie mit seinen katzenartigen, grünen Augen. Die Serviette hatte er sich wie ein Kind um den Hals geknotet. Als Onkel Tom und Frederik bemerkten, daß die Aufmerksamkeit ihrer jugendlichen Tischgenossin galt, verbündeteten sie sich begeistert und brachten Maurice und Julia zusammen.

Am gleichen Abend führten Onkel Tom und Frederik die beiden ins Café Das Reich der Sinne. Dort standen sie plötzlich zwischen sich küssenden Männern und kreischenden Transvestiten. Julia traute sich nicht, etwas zu sagen. Wenn sie in Maurices Augen sah, glaubte sie am Rande einer Schlucht entlangzubalancieren, vornüberzustürzen, zu fallen, doch sein starker Körper würde sie auffangen, sanft und sicher würde sie in seinen Armen landen.

Maurice war in Onkel Toms Alter. Das dunkle glatte Haar trug er sorgfältig nach hinten gekämmt. Über dem blassen Gesicht lag ein heiliger Schleier. In den schweren Augenbrauen und Koteletten glitzerten graue Härchen. Hörten seine Augen auf zu lachen, dann sahen sie aus, als ob sie viel gelitten hätten. Er erzählte, daß er Büromöbel verkaufe und in der Koningsstraat über einem Restaurant wohne. Das Leben in Brüssel sei ihm zuwider, er wäre ein Mann aus Gooik und vermisse das Pajottenland. Die Zigarette hielt er zwischen Daumen und Zeigefinger. Wenn er inhalierte, schien er allen Kummer der Welt in sich aufzusaugen. Julia wußte, daß sie sein Leben wieder aufleben lassen konnte, ein Kerzchen nach dem anderen ließ sie in seinem tristen Leben aufflackern.

Maurice war davon überzeugt, Julia schon seit Jahren zu kennen. Als junges Mädchen hätte er sie in Vlezenbeek oft mit dem Fahrrad herumfahren sehen, immer aufrecht in den Pedalen stehend und mit wehendem Haar. Wie ein Engel, der jeden Augenblick aufsteigen konnte.

In Julias Gedanken war der Begriff der Liebe eng mit dem Verb leiden verbunden. Fast alle Frauen, die sie in ihrem kurzen Leben kennengelernt hatte, hatten in ihrem Verlangen nach ihrem Geliebten offensichtlich Qual und Pein durchzustehen. Julia wunderte sich, daß sie, seit sie Maurice kannte, nichts als Freude fühlte. Sie trug kein schweres Kreuz mit sich herum, sondern ihr war leicht und glücklich zumute. Julia fragte sich ängstlich, ob sie Maurice vielleicht nicht genug liebte. Aber die Frage erwies sich als überflüssig, sobald er in ihrem Blickfeld auftauchte. Julia hatte nicht das Bedürnis vieler Nonnen, zahllose Worte über die Liebe zu verlieren. Jetzt, wo sie eins geworden waren, würde Sprache nur Distanz schaffen. Julia kuschelte sich in Maurices schützende Arme, ergab sich ihm ganz, sie schien nicht länger zu existieren. Als Maurice fragte: »Wie hast du gelebt, bevor du mich kennengelernt hast?« konnte Julia sich kaum mehr daran erinnern. Diese Liebe nahm so viel Raum ein, daß sie Vergangenheit und Zukunft verschluckte. Julia hatte Mitleid mit Héloïse, die sich mit ihrem unsichtbaren Geliebten absondern mußte. Als Julia das Internat verließ, konnte sie nicht einmal Abschied von ihr nehmen.

Julia wußte, wie nackte Männer aussahen. Dazu brauchte man sich anfänglich nur das Lendentuch des Herrn wegzudenken. Nicht viel später betrachtete sie Männer ausgiebig und haarscharf auf Fotos, die sie in Onkel Toms und Frederiks Kleiderschrank gefunden hatte. Auch wußte Julia von der Gemeinschaft des Fleisches. Héloïse hatte sie ihr voller Widerwillen beschrieben. Julia stellte sich vor, daß der Mann dabei bewegungslos oben auf der Frau lag.

»Wir fangen ganz langsam an«, versprach Maurice, als er ihre sehnsüchtigen Augen sah. »Wir haben alle Zeit der Welt.«

Alle Zeit der Welt, das klang für Julia beklemmend kurz. Sie wagte sich nicht vorzustellen, was es bedeuten würde, nach dem Leben für eine Ewigkeit von Maurice getrennt zu sein.

»Ich will, daß du ganz in mir aufgehst und ich in dir«, flüsterte Julia in sein Ohr. »Dann können wir einander nie verlieren.«

»Um das zu können, müssen wir viel und lange üben«, lachte Maurice.

VII Pilzschnee

Hebt euch, ihr Frühlingsblumen, seinem Fall,
Daß seiner Glieder keines sich verletze.
Blut meines Herzens mißt ich ehr, als seines.
Nicht eher ruhn will ich, bis ich aus Lüften,
Gleich einem schöngefärbten Vogel, ihn
Zu mir herabgestürzt; doch liegt er jetzt
Mit eingeknickten Fittichen, ihr Jungfraun,
Zu Füßen mir, kein Purpurstäubchen missend,
Nun dann, so mögen alle Seligen
Daniedersteigen, unsern Sieg zu feiern,
Zur Heimat geht der Jubelzug, dann bin ich
Die Königin des Rosenfestes euch! –

Heinrich von Kleist, *Penthesilea,* I/5

1 Ich drückte mich in seinem Körper nach oben, wie ein Schwimmer, nachdem er den Boden berührt hat, zur Wasseroberfläche hochschießt, um Atem zu holen, so schoß ich nach oben und atmete durch seinen Mund ein, danach steckte ich meinen linken Arm in seinen linken Arm und meinen rechten Arm in seinen rechten Arm, aber ich fühlte mich noch nicht mit ihm vereint, ich fühlte mich so unvollendet, meine Beine bewegten sich noch nackt draußen auf dem Bett, ich fühlte die kalte Schlafzimmerluft an meinen Knöcheln, zwischen den Zehen, ganz vorsichtig zog ich mein linkes Knie hoch und stieg in sein linkes Bein, und danach stieg ich vorsichtig in sein rechtes, ich war fast in ihm, aber nichts paßte richtig, ich schüttelte den Kopf, bis meine Nase perfekt in die seine paßte und meine Ohren in seine Ohren und meine Augen hinter seine Augen, ich schüttelte meine Hände und Füße, bis alle Finger und Zehen auf dem richtigen Fleck saßen, ich fühlte mich auf herrliche Weise mit ihm vereint, wenn ich sprang, war er es, der sprang, wenn ich in die Hocke ging, war er es, der in die Hocke ging, wohin ich auch sah, er war es, der sah, wenn ich mich im Spiegel betrachtete, sah ich direkt in seine Augen, ich glaubte, so vereint mit ihm glücklich zu sein, aber nach einiger Zeit begann ich, mich einsam zu fühlen, hatte ich das Bedürfnis nach einem anderen,

ich traf einen neuen Mann, eines Tages steckte er den Finger in mich, es fühlte sich weich und warm, vertraut und mysteriös an, es fühlte sich an wie das Herrlichste der Welt, er steckte zwei Finger hinein, dann vier, er versuchte es mit allen fünfen, machte seine Hand so schmal wie möglich und glitt mühelos in meine Öffnung, die seine Hand in sich aufzusaugen schien, er wollte weiter, er mußte weiter, auch wenn er mir dadurch weh täte, seine Hand, sein Handgelenk, seinen Unterarm saugte ich nach innen, ich wollte, daß er immer tiefer in mich hinein verschwände, er steckte den Kopf in mich, ich stöhnte vor Schmerz, aber es ging, ich machte mich so weit wie möglich, bei seinen Schultern war es etwas schwierig, ich saugte ihn in meinen Körper hinein, wie ein Schwimmer, der zur Wasseroberfläche schießt, um Atem zu holen, so schoß er in mir nach oben und atmete durch meinen Mund, danach steckte er den linken Arm in meinen linken Arm und seinen rechten Arm in meinen rechten Arm, aber ich fühlte mich noch nicht vereint mit ihm, ich fühlte mich unvollendet, seine Beine bewegten sich außerhalb auf dem Bett, mein Unterleib fühlte sich leer und verlassen an, er zog ganz vorsichtig das linke Knie an und stieg in mein linkes Bein, und danach stieg er vorsichtig in mein rechtes Bein, er war fast in mir drinnen, aber nichts paßte richtig, er schüttelte den Kopf, bis die Nase perfekt in die meine paßte und seine Ohren in meine Ohren und seine Augen hinter meine Augen, er schüttelte seine Hände und seine Füße, bis alle Finger und Zehen auf dem richtigen Fleck saßen, ich fühlte mich auf eine herrliche Weise mit ihm vereint, wenn ich sprang, war er es, der sprang, wenn ich in die Hocke ging, war er es, der in die Hocke ging, wohin ich auch sah, er war es, der sah, wenn ich mich im Spiegel betrachtete, sah ich direkt in seine Augen, ich dachte, daß ich so vereint glücklich mit ihm war, aber nach einer Zeit löste er sich von mir und ließ mich allein zurück, ich traf einen neuen Mann, eines Tages steckte ich meinen Finger in ihn hinein, es fühlte sich weich und warm, vertraut und mysteriös an, es fühlte sich an wie das Herrlichste der Welt: Ich steckte zwei Finger in ihn hinein, dann vier, ich versuchte es mit allen fünfen, ich machte meine Hand so schmal wie möglich und glitt mühelos in seine Öffnung, die meine Hand in sich aufzusaugen schien, ich wollte weiter, ich mußte weiter, auch wenn ich ihm dadurch weh täte, meine Hand, mein Handgelenk, mein Unterarm wurden nach innen gesogen, ich wollte immer weiter, tiefer, in ihm verschwinden. Ich steckte zwei Hände in ihn hinein, dann meine Unterarme, es schien alles ganz mühelos zu gehen, zu passen, ich steckte meinen Kopf in ihn, ich hörte ihn stöhnen, aber es ging, ich machte mich so schmal wie möglich, bei meinen Schultern war es etwas schwierig, ich drückte mich in seinem Körper nach oben, wie ein Schwimmer, nachdem er den Boden berührt hat, zur Wasseroberfläche schießt, um Atem zu holen (…)

2 / *W*ährend Julia betrübt über dem Ozean flog und über ihr Leben, ihre Geliebten, die Liebe nachdachte, rief Vladimir seinen Vater an und teilte ihm mit, daß seine Mutter kränker aus Rio de Janeiro abgereist sei, als sie angekommen war.

»Du hast mir versprochen, auf sie aufzupassen«, rief Maurice durch das Telefon. »Es ging ihr doch gut, sie war so aufgeregt, als sie mich letzte Woche angerufen hat. Sie hat gemeint, es wäre ihr seit langem nicht mehr so gutgegangen … nein, sie hat gesagt, es wäre ihr *noch nie* so gutgegangen.«

»Ich weiß, Papa. Vielleicht ist sie plötzlich depressiv geworden. Frauen sind launisch.«

»Sie hatte doch gerade beschlossen, länger zu bleiben, noch ein paar Wochen, Monate, sie wußte es noch nicht genau. Habt ihr Streit gehabt?«

»Wir haben uns kaum gesehen, wir hatten überhaupt keine Zeit zu streiten.«

»Euch kaum gesehen?«

»Vater, hör zu, Julia ist ganze Tage und Nächte weggewesen. Sie hat mir nichts erzählt, hat geheimnisvoll getan, und ich habe mich nicht getraut, sie zu fragen. Sie sah nicht aus, als ob sie irgendwelche Fragen ertragen könnte ...«

Manchmal glaubte Julia, Marcello auf einer Wolke vorbeitreiben zu sehen, in seiner schwarzen Badehose, auf die Ellbogen gestützt, breit grinsend, die Füße über Bord ... ihr lieber Junge ... für immer aus ihrem Leben verschwunden ... wenn sie nur vergessen könnte, aufhören könnte zu fühlen ... plötzlich war die Sonne da, aber sie konnte sie nicht trösten, im Gegenteil, sie ertrug die Sonne nicht länger, sie glaubte der Sonne nicht mehr, dieser Kinderfreundin, Greisenfreundin, vor allem Geliebtenfreundin, Allermenschenfreundin, dieser Jedermännin, nichts hatte sie zu bieten, machte blind und raubte das Licht aus den Augen, Meryl glaubte, sie fräße sogar die Seele auf, die Sonne hatte ihr gezeigt, wie schön das Leben sein konnte, nur um ihr dann hinterher unter die Nase zu reiben, daß es nicht für sie bestimmt war. Verdammter Himmelskörper, geh unter, dachte Julia, du mit deinem dämlichen runden Kopf, halt endlich den Mund und geh aus! Laß es von nun an dunkel um mich sein, laß das Schwarz mich aufsaugen, den Traum und die Wirklichkeit vereinigen, mich mit ihm, mich mit mir, laß mein eigenes Flämmchen brennen, mein bluteigenes Flämmchen, laß mein Flämmchen tanzen im eigenen Licht.

Als das Flugzeug belgischen Boden berührte, war die Sonne schon untergegangen. Regen prasselte gegen das Fenster, die Landebahnen glitzerten. Plötzlich hatte Julia Angst davor, Maurice wiederzusehen. Sie fürchtete, unausstehlich zu sein, sich über Nichtigkeiten zu ärgern. Sie redete sich selbst zu, daß sie ruhig bleiben müsse, sie müsse sich jetzt auf das konzentrieren, was wichtig war: Maurice wartete auf sie, liebte sie.

Sein besorgtes graues Haupt ragte einsam aus den anderen Wartenden in der Ankunftshalle hervor. In seinem grünen Trenchcoat ähnelte er einer Trauerweide. Über seinem Arm hing ein langer Mantel für Julia. Sie setzte ihren Koffer ab, rannte auf ihn zu, ließ sich in die Arme schließen. Er roch nach getrocknetem Regen.

»Mein Spatz ist wieder da«, murmelte Maurice und legte sein Kinn auf ihren Kopf. »Ich dachte, das Flugzeug kommt nie an.«

Maurice drückte Julia ein Stück von sich weg und schaute sie voll Erstaunen an.

»Was ist los?« fragte Julia beunruhigt.

»Aber du siehst ja phantastisch aus.«

»Das brauchst du nicht zu sagen.«

»Vladimir sagte, es würde dir nicht gutgehen.«

»Wieso?«

»Er sagte, du seist müder aus Rio abgeflogen, als du angekommen wärst.«

»Dieser Lügner.«

»Vielleicht habe ich ihn auch nur nicht richtig verstanden.«

»Vladimir hat sich überhaupt nicht verändert.«

»Vielleicht habe ich ja gehofft, du wärst vor Liebeskummer ganz krank.«

»Kummer? Wegen wem?«

»Wegen mir.«

Im Auto lehnte sie den Kopf an seine Schulter und lauschte auf das tröstende Hin und Her der Scheibenwischer und das aufspritzende Wasser. Julia schlummerte ein, hörte Stimmen schreien: Von-jetzt-an-hältst-du-dich-von-der-Herrlichkeit-fern-weil-die-von-jetzt-an-die-Herrlichkeit-von-Maurice-oder-die-Herrlichkeit-von-Veerle-der-Tapferen-heißen-wird-früher-hieß-diese-Herrlichkeit-noch-Julias-Herrlich-keit-aber-die-war-irre-und-wir-haben-sie-glücklicherweise-verjagt-mit-Weihrauch-haben-wir-ihren-bösen-Geist-aus-den-Zimmern-verjagt-wir-haben-sie-verjagt-und-sie-wird-nie-mehr-wiederkommen.

3 *V*om Weg oben sah Julias Herrlichkeit aus wie ein einzi-ger Lampion. Der Lampion schien sogar die schweren, durch die Nacht treibenden Wolken zu erleuchten. Omers Bauernhaus und die Scheune lagen weit außerhalb des Lichtkreises in tiefem Schlaf. Der Kongowald säumte die dunkelblaue Nacht wie ein schwarzes Riff. Im Licht der Scheinwerfer sah Julia, daß der ganze Weg mit Autos vollge-parkt war. Maurice schmunzelte. Julia stockte der Atem.

Maurice parkte mit einem Hupen unter dem Tor, verziert mit Luftschlangen und Ballons. Veerle die Tapfere kam als erste herausgelaufen, danach die Freunde aus der Spielscheu-ne, die Kollegen und Kolleginnen, und andere Neugierige. Menschen, die sie niemals bei sich zu Hause hatte haben wollen, erwarteten jetzt, Wiedersehensfreude in ihren Augen aufleuchten zu sehen. Maurice wies entschuldigend mit dem Kinn zu Veerle hinüber. Julia stieg aus und schaute in ihre besorgten Augen. »Du siehst gesund aus, Mama«, diagnostizierte Veerle als Anführerin der anderen erleichtert.

Julia herzte alle und bahnte sich einen Weg ins Haus. Auf dem Kaminsims standen Blumen und Postkarten. Monika aus Mechelen hatte einen Kranz geschickt. »Habt ihr ihr erzählt, ich sei tot?« fragte Julia Maurice.

»Ich weiß ja nicht einmal, wer sie ist«, murmelte er, »sie hat angerufen.«

»Und wo ist die Uhr?« fragte Julia.

»Ich habe sie im Keller verstaut«, sagte Maurice. »Ist dir doch sowieso lieber, oder nicht?«

»Ich will Fotos sehen«, gebot Veerle.

Muß ich etwa beweisen, daß ich weggewesen bin? fragte sich Julia im stillen.

»Deine nächste Reise geht in die Provence«, sagte Onkel Tom. »Ich habe Maurice schon die Schlüssel von unserem Haus gegeben.«

»Und, wie waren die Männer?« fragte Frederik.

Julia wurde zum soundsovielten Male zu einer Erklärung gezwungen, ohne eine Erklärung konnten die anderen nämlich nicht leben, sie hatten Monate auf eine Erklärung warten müssen, die Erklärung würde sie wieder beruhigen, aber Julia erklärte nichts, weil sie keine Lust dazu hatte, sie zu zwingen, würde nichts bringen, sanftes Zureden auch nicht, nicht einmal Hypnose könnte sie zum Reden veranlassen. Irgend etwas hielt sie hinter Schloß und Riegel verborgen, verschlüsselt mit einem Geheimcode, der ihr entfallen war, nein, fragt nicht weiter, immerhin sei sie doch hier, was wollt ihr noch, ihr undankbaren Biester, nur weil eure Leben angeblich so transparent sind, müsse ihr Leben plötzlich auch so durchsichtig sein, damit ihr mit euren schamlosen Augen jede Einzelheit beglotzen, mit euren ranzigen Fingern jede Schublade ihres Schreibtisches öffnen könnt, damit ihr jeden Brief und jede Notiz befummeln und alle Erinnerungen prüfend gegen das Licht halten könnt?

4 *In grünen Hügeln wogt das Land,*
Wo unser Herz
Geboren ward' und flocht ein Band
Aus Freud und Schmerz.
Ein jeder gibt dem Land sein Teil
Pajottenland. Heil.

Das hatten schon ihre Väter und Großväter und Urgroßväter gesungen. Mit feuchten und formlosen Mündern, die die ganze Geschichte bloß wiederholten. Die müden Männerleiber wiegend in der immerselben ewigen Säuferkadenz. Vielleicht war es das. Julia hatte sich frei gemacht von dieser Geschichte, besser gesagt, sie hatte ihr nie angehört. Nicht dieser Geschichte. Nun konnte sie diese Spielscheunenmänner verabscheuen, beneiden oder ihnen vergeben. Julia wählte letzteres, denn sie sangen an diesem Abend nur für sie.

Julia saß auf ihrem Sofa, flankiert von Onkel Tom und Frederik. Sie strichen ihr mit den Händen über den Nichtenrücken.

»Wir waren wirklich nur zufällig im Lande«, sagte Onkel Tom entschuldigend und legte seine Hand auf ihr Nichtenknie. »Wir wollten dich ganz bestimmt nicht in Verlegenheit bringen.«

»Ihr bringt mich nicht in Verlegenheit. Ich bin nur müde. Wo ist übrigens dein französischer Freund?« fragte Julia Frederik.

»Tom wollte, daß ich mich entscheide.«

»Du kannst ja auch nicht mit einem Hintern auf zwei Pferden reiten, oder?«

»Früher warst du aber anderer Meinung«, bemerkte Julia.

Und immer ist der Frühling hold
Und erst die Frau'n!
Julias Wuchs ist stark, der Mund wie Gold
Die Wang' ein Flaum.
Ich denk' an sie, wo ich auch weil'
Pajottenland. Heil.

Julia schloß die Augen, legte den Kopf auf die Stuhllehne. Sie schämte sich, daß sie sich hier vor einem Haufen Säufer so gehenließ.

Wir trinken Bier, und uns gibt Kraft
Das perlend Naß.
Wir sind Pajotter unbedarft
Von Liebe oder Haß.
Der fläm'sche Wind treibt uns zur Eil',
Pajottenland. Heil.

Ida tauchte in einem festlichen marineblauen Kostüm mit goldenen Knöpfen vor ihr auf. Sie roch nach Haarspray. »Omer kann nicht kommen«, sagte sie entschuldigend und drückte ihr eine Packung Pralinen in die Hand.

»Was ist mit ihm?« fragte Julia.

»Ich weiß es nicht.«

»Ich hätte ihn gern gesehen.«

»Er hat Rosen geschickt.«

»Sie stehen auf dem Nachtschränkchen«, murmelte Veerle.

»Was für ein lieber Mann, dieser Omer«, sagte Onkel Tom mit Nachdruck.

»Komm, setz dich zu uns.« Frederik machte Ida Platz und rückte auf.

»Und was willst du trinken, Ida?«

Die alte Frau erstrahlte in der Gesellschaft der aufmerksamen Herren. Mit beiden Händen führte sie gierig das Glas Wein zum Munde. Auf der anderen Seite des Zimmers zeigte Maurice Pol und Hubert seine Plattensammlung und legte eine auf. Mascha und ihre Freundin starrten auf das Glas Blütenstaub. Julia hörte das Saxophon von Getz, dachte an die schwülen Abende zurück, an denen sie mit Maurice auf dessen Musik getanzt hatte, ihre Gedanken schweiften wie damals westwärts zu Omer. Sie stand auf und verließ das Fest.

In ihrem Schlafzimmer war zumindest alles noch so, wie sie es verlassen hatte. Die Nachtschränkchen hielten wie treue Freunde Wacht. Rote Rosen von Omer warteten auf sie. Julia streifte die Pumps ab, streckte sich auf dem Bett aus und roch an den Blumen. Tief sog sie den süßen Geruch ein.

Das Herz schlug ihr bis zum Hals. Alles oder nichts. Sie mußte etwas tun. Die Tochter, flehend, doch so schnell wie möglich wieder herunterzukommen, weil die anderen auf sie warteten, konnte an diesem Vorhaben nichts ändern. Als Julia sah, wie Veerle ihre Pumps mit einem Seufzer vom Boden aufhob und beflissen links neben die Tür stellte, verging ihr übrigens jegliche Lust, irgendwelchen Erwartungen, seien sie von Veerle oder deren Schüler und Schülerinnen, nachzukommen.

5 *J*ulia rannte den dunklen Weg hinunter. Sorgfältig mied sie die Regenpfützen. Sie rannte um ihr Leben. Die Frühlingsblumen schliefen. Die hatten schon immer viel Schlaf gebraucht. Die Wolken über ihr ballten sich verbissen zusammen. Sie wollte zum Bauernhaus und Omer in seinem Sessel wecken, sie wollte sich auf ihn stürzen, ihn umarmen und küssen, nein, lieber wollte sie wie früher in der Scheune auf ihn warten.

Sie öffnete die Tür zum Schlafgemach der Venus und ging hinein. Tastend suchte sie die Holzleiter. Jeden Augenblick müßte er hereinkommen, um wie jeden Abend sein Duvel-Bier und den kleinen Camembert aus dem Kühlschrank zu holen.

In dem spärlichen Licht, das durch die Ritzen in den Dachziegeln und durch die offenstehende Luke fiel, sah sie auf den Brettern zwischen den Holzstapeln Käfer und Asseln kriechen. Zwischen den Balken des Dachfirstes hingen Fledermäuse und schliefen. Durch einen Spalt zwischen den Ziegeln hatte sie einen guten Blick auf Julias Herrlichkeit. Festbesucher tanzten draußen unter dem Vordach. Ab und zu hörte sie einen Schrei, hörte, wie ihr Name gerufen wurde.

Ida kam im Zickzack den Weg entlanggelaufen. Mit beiden Händen hielt sie ihre Locken fest, als ob der Wind sie wegblasen wollte. Ab und zu blieb sie stehen, schaute sich um und rannte weiter. Julia kroch auf die andere Seite des Dachbodens und wartete vor dem kleinen Fenster, bis Ida wieder auftauchte. Sie öffnete die Küchentür und schloß sie leise. Wenig später ging oben das Licht an. Ida ließ sich auf ihr Bett fallen, knöpfte ihre Bluse auf, stand auf, ließ ihren Rock fallen, schwankte, hielt sich an einem Stuhl fest. Sie legte ihre Kleider über die Stuhllehne, nahm die Ohrringe ab und verließ im Korsett das Zimmer. Julia starrte in den leeren, erleuchteten Raum; das Kreuz an der Wand, der Schmerzensmann, schien zu schweben.

Eines Tages war er verschwunden, als ob es ihn nie wirklich gegeben hätte, aber er war da gewesen, wenn sie im Schlafsaal gelegen, wenn sie im Speisesaal, wenn sie im Klassenzimmer gesessen hatte, und sie wußte auch noch genau, wann dieser Mann verschwunden war: Es war an dem Tag gewesen, an dem sie zwischen Onkel Tom und Frederik über die glänzenden Pflastersteine spaziert war, an dem Tag, an dem sie in das Fischrestaurant gegangen waren, an dem Tag, an dem sie Maurice zum ersten Mal in die Augen geschaut hatte. Man kann nur einem Herrn dienen, hatte man sie gelehrt.

An dem Tag, an dem sie Maurice kennengelernt hatte, kehrte sie all den anderen Frauen den Rücken zu, die ihre Liebe zu dem Schmerzensmann fortsetzten, die ihre leeren Herzen mit allem, was aus seinem liebevollen Herzen entsprang, anfüllten. Warum die Tränen in ihren Augen, wenn sie zum Kreuz hinaufschauten? War er nicht unsterblich? Warum weinen, wenn es ihm doch vergönnt war, da oben rechts neben seinem Vater zu sitzen? Er hatte wenigstens einen Vater, und der würde ihn nie und nimmer verlassen.

Die Erinnerungen an ihn verschwanden von allein, als sie ihr Leben betrat, als ob sie nicht weiter wichtig wären, sie hatte schon genug Zeit damit verplempert, vielleicht war das Ganze nur eine Variante der gräßlichen Fernsehserien, die Veerle und Vladimir sich immer anschauten, man geht ganz in ihnen auf, spielt sie nach, und nach einer gewissen Zeit läßt man gelangweilt wieder von ihnen ab, weil sie nichts mit dem wirklichen Leben zu tun haben.

Ida kam wieder ins Zimmer. Sie stand im Nachthemd am Fußende ihres Betts. Jetzt sah Julia, daß sie sich im Spiegel betrachtete. Sie näherte ihr Gesicht dem Spiegel, schien es zu küssen. Dann ließ sie sich auf das Bett fallen. Das Kreuz mit dem Mann schwebte einsam über ihrem Kopf. Sie knipste das Licht aus, vereinigte sich mit ihm in der Finsternis.

6 / Oma Vlezenbeek. Julia konnte sie auf einmal deutlich vor sich sehen. Sie besaß sämtliche katholischen Ehrungen. Sie sahen aus wie Attribute für einen Karnevalsprinzen. Tante Nonneke schätzte ihre Schwester, weil sie so intellektuell war. Warum aber legte sie dann Puzzles und Patiencen bis zur Verblödung, warum, wenn sie wirklich so in-tel-lek-tu-ell war?

In Oma Vlezenbeeks Garten gab es einen kleinen Teich. Daneben stand der Hauswurz in Blüte, und Julia dachte an diesem Sommernachmittag: So etwas Schönes habe ich noch nie gesehen. Durch die offenen Türen ging sie ins Haus zurück und sah ihre Großmutter hinter dem großen Spieltisch sitzen. Sie legte ein Puzzle. Kopenhagen. Die bronzene Meerjungfrau und das Meer hatte sie schon, übrig war nur noch ein Stück Himmel. Oma saß schon seit Monaten daran.

Julia schlenderte weiter, durch das Eßzimmer, an den mannshohen chinesischen Vasen vorbei. Sie bog rechts ein und gelangte in den Flur. Sie bog noch einmal rechts ab und sah Maria in der Küche sitzen. Sie putzte das Silber. Ihr Haar war so dünn, daß Julia den Schädel sehen konnte, ihren weißen Schädel, so bescheiden klein, und sie sah ihre weißen Hände, und sie dachte, daß sie Maria von allen am meisten mochte. Julia fragte, ob es ihr gutginge, und sie murmelte zur Antwort: Putzen ist ein Gebet der Hände.

Weiter sagte Maria nichts. Julia verstand, daß sie in Ruhe gelassen werden wollte. Sie wollte immer in Ruhe gelassen werden. Julia schlenderte weiter, öffnete die Kellertür und stieg in das dunkle Treppenloch hinunter.

Im ersten Raum lehnte das alte Mädchenfahrrad ihrer Mutter an der Kellerwand. Zwischen den Speichen hingen Spinnweben, die Reifen waren platt, der Ledersattel ausgetrocknet. In einem zweiten Raum, dem früheren Weinkeller, standen alte Kartons und Kisten. Im letzten Keller bewahrte Oma ihre große Sammlung Weckgläser auf.

Plötzlich bemerkte Julia, daß Maria hinter ihr stand. Es schien ein Licht von ihr auszugehen und von ihren Händen mit dem Putztuch auch.

Sie bat Julia, mit ihr zu kommen, und auf der Treppe sagte sie ihr, daß sie nicht erschrecken müsse, die gnädige Frau Vlezenbeek hätte an der Klingelschnur gezogen und dann … Julia betrat das Zimmer und sah den Kopf ihrer Großmutter auf dem Tisch liegen, auf dem Puzzle, auf dem Loch im Himmel. Durch die offenstehenden Gartentüren konnte sie eine Amsel beobachten, die im Hauswurz wühlte.

*D*urch die Dachritze hindurch entdeckte Julia den Luftmann und dessen Tochter im Garten, sie gingen bis zum Stacheldraht, schauten über den Kongowald, als ob Julia von dort oben plötzlich auf einem Besenstiel geflogen kommen müßte. Die Armen, endlich glaubten auch sie an Märchen.

Quietschend öffnete sich die Tür. Julia bückte sich zur Luke hinunter. Omer knipste das Licht an, sein langer Schatten ergoß sich über den Fußboden. Dann erschien er selbst im Bild. Kerzengerade blieb er vor dem Kühlschrank stehen. Er griff weder nach dem Bier noch nach dem Käse, er rührte sich einfach nicht. Als ob Julias Anwesenheit es ihm unmöglich machte, sich zu bewegen.

Hinter ihrem Brustbein hörte Julia Stimmen. Sie spornten sie an, zu tun, wonach sie sich am meisten sehnte und wovor sie die größte Angst hatte. Die Göttin des Meeres sollte hervorkommen, ihn mit ihren Wellen überspülen, verschlingen und zu sich heranziehen. Sie würde ihn auf den Strand zurückschleudern, um ihn mit der nächsten Welle wieder zu ergreifen.

Omer öffnete den Kühlschrank und nahm ein Duvel-Bier und einen Camembert heraus. Julia raffte sich auf. Mit letzten Kräften stieg sie die Treppe hinunter, trat in das Licht einer Glühbirne, wurde eins mit dem Geruch von Bier und Käse. Julia schob das Werkzeug beiseite, kroch auf die Werkbank. Sie zog Omer mit einem Ruck an sich. In seinen trüben Augen sah sie sich gespiegelt wie ein Geist.

»Biche?«

Sie fühlte seine Hände auf ihren Wangen, in ihrem Nacken.

»Biche?« wiederholte er ungläubig.

Sie nahm seine Hände und rieb sich damit über die Brüste.

Omer umarmte sie fest, wiegte sie.

»Zwei.«

»Scht.« Seine Hände glitten abwärts, über ihren Bauch, an ihren Beinen entlang und unter ihren Rock.

»Das waren.«

Omer steckte ihr die Faust in den Mund. Auf seinen Augen erschien ein Glänzen. Er breitete sie auf der Werkbank aus. Seine Zunge glitt ihr über das Gesicht, den Hals, die Brüste, den Bauch. Julia biß sich auf die Lippen. Er wollte weiter, er mußte weiter, auch wenn er ihr damit weh täte. Sie sah, wie sich sein Gesicht in Millionen Fältchen zusammenzog.

Der alte Eichbaum umschlang sie mit seinen Zweigen und Blättern und kitzelte sie mit seiner Krone im Nacken, er krümmte sich mit seinen Wurzeln zwischen ihren Zehen, in ihrem Körper wuchs sein Geschlecht, es wuchs und wuchs, wuchs und klopfte, gab ihrem Leben mehr und mehr Form, noch mehr Form, nur noch ein kurzer Augenblick, und Julia würde aus ihrer äußersten Form springen ... Über ihrem Kopf entrollte sich ein Tunnel voller Punkte, tanzende fluoreszierende Punkte. An dessen Ende schien sich ein Himmelsgewölbe zu öffnen, und von da aus noch eins und noch eins. Sie sah, wie Omer nach oben gezogen wurde, wie ein Engel stieg er auf, Julia wollte aufspringen und ihm folgen ... aber dieser Tunnel mit diesem Himmel, dieser Stiel mit dem Hut, dieser Pilz über ihrem Kopf machte sich von ihr los, stieg auf, wie ein Zeppelin sausend und rauschend in der Nacht, mit Omer und den Punkten und allem ...

8 *J*ulia kauerte ratlos über dem altem Körper im Staub.
»Komm schon«, flüsterte sie. »Nimm mich doch, wenn du es so gerne willst.« Sie tätschelte ihm die Wangen, zerrte an seinen Schultern und schüttelte ihn. »Omer, mach keine Witze«, flüsterte sie.

Der verletzbare Kopf lag auf dem nackten Betonfußboden. Die Augen waren geschlossen. Der Mund lächelte. Die Arme lagen schlapp neben seinem Körper. Das Geschlecht blieb steif und warm. Verzweifelt hielt Julia es fest. Sie stand auf und schaute durchs Fenster zur Herrlichkeit hinüber. Nur das Außenlicht brannte. Auf dem Kühlschrank stand neben einer Packung Camembert das Duvel-Bier. Mit wenigen Zügen trank Julia das Fläschen Duvel leer und fuhr mit den Zähnen in den Käse.

Omer rührte sich nicht. Julia stopfte sein Geschlecht in die weiße Unterhose zurück, knöpfte die Hose zu. So konnte sie ihn nicht liegen lassen. Er mußte wieder auf seinen Thron. Sie packte ihn an den Handgelenken. Sie schleppte ihn zur Scheune hinaus. Die schweren Füße zogen zwei Furchen durch den Staub. Die Absätze blieben an der hölzernen Türschwelle hängen. Das Schleifen der Beine im Kies klang wie das feierliche Geräusch eines Bootes. Mit dem Ellbogen öffnete sie die Küchentür. Sie kickte Idas Schuhe zur Seite, schleppte Omers Körper durch die Küche ins Zimmer und setzte ihn auf seinen Sessel neben dem Ofen. Verzweifelt schaute sie sich um. Sie legte eine Zeitung auf seinen Schoß. »Lebwohl, König Omer«, flüsterte sie und küßte ihn noch einmal auf seine kalten Lippen. Der Schäferhund legte sich unruhig und hechelnd zwischen seine Beine. Julia wagte nicht, sich noch einmal umzudrehen. Manche Frauen erstarren zu Salzsäulen.

Als Julia die Tür schloß, begann der Hund zu bellen. Julia rannte quer durch den Hof, den Weg hinab. Plötzlich blieb sie stehen. Über den kahlen Bäumen des Kongowaldes schwebte ein riesiger Pilz. Er trieb durch die Nacht, als ob es die normalste Sache der Welt sei. Er gab ein gelbliches Licht von sich. Es schien, als ob sein Kopf langsam dicker und dunkler wurde. Ein Blitz entfuhr dem Stiel und kerbte sich mitten in den Wald. Ein ohrenbetäubender Donner ertönte. Julia begann auf den Pilz zuzurennen. Bei jedem Schritt spürte sie, wie sie ruhiger wurde. Der Schmerzensmann oder sein Vater würden ganz gewiß ihre Lanzen auf sie niederschleudern. Die ganze Welt würde sich gegen sie kehren, wegen des Bösen, das sie angerichtet hatte. Jeder Schritt, den sie jetzt noch tat, war ein Bonus, ein Extrastück Leben, das sie nicht verdient hatte. Julia fing an zu zählen, eins, zwei, drei, vier, fünf, sechs, sieben, acht, neun, zehn, es fing ihr an, Spaß zu machen, *der Donner und der Blitz, der Donner folgte immer schneller auf den Blitz, der Blitz folgte immer schneller auf den Donner, das Unheil kam näher, das wirkliche Unheil lag hinter ihr, sie bereute nichts, sie hatte verlangt, gesucht, gefunden, gefunden und verloren, das Gute lag hinter ihr, der Blitz und der Donner fielen fast zusammen, der Blitz und Donner würden sich in ihrem Herzen vereinigen, kopulieren, zerfließen, alles übersteigen, aufgehen in allem* … Der Pilz brach auf, Millionen Punkte taumelten herab, gierig streckte Julia ihre Arme zum Himmel, es sah aus wie Schnee, Pilzschnee, sie rannte unter dem Tor, unter dem Herzlich Willkommen und den Ballons hindurch, eine Sturzflut roter, blauer, grüner Edelsteine ergoß sich über sie

… Auf dem Brunnenrand sah sie Ludwig den Zweiten mit seinem schiefen Kamm und den wabbernden Kinnlappen sitzen. Seine nervösen Äuglein schauten sie ungläubig an. Tatsächlich, hast recht, junger Freund, das war wohl alles gar nicht so richtig wahr.

Veerle saß draußen auf dem Bänkchen hinter einem Vorhang aus Regen.

»Ich habe es geschafft«, rief Julia.

Veerles Gesicht war blaß. Ihre Augen geschwollen. »Du hattest keine Lust auf das Fest, oder?«

»Ich war einfach zu müde«, sagte Julia und setzte sich neben Veerle. »Wo sind die anderen?«

»Pol und Chantal sind gerade als letzte gegangen. Sie haben noch geholfen, nach dir zu suchen. Maurice ist schlafen gegangen. Wir wollten uns abwechseln.«

Julia legte die Arme um Veerles Hals.

»Bist du bei Omer gewesen?«

»Warum?«

»Du riechst nach Schweiß und Bier. Geh dich duschen.«

Julia schlängelte sich durch die Reste des Willkommensfestes nach oben. Veerle verschloß die Tür. Julia drehte die Dusche auf, seifte ihren ganzen Körper ab, Liebe und Tod mußten sorgfältig abgeschrubbt werden. Sie trocknete sich ab und kroch zu Maurice ins Bett.

»Ich habe geträumt, du wärst verschwunden.« Maurice drehte sich zu ihr um und nahm sie in den Arm. »Hallo, lieber Spatz.«

Im Rhythmus seines Atems dämmerte Julia weg. Sie landete auf dem Boden ihres Schlafes. Sonnige Hügel umwogten sie wie ruhiges Meer, in dem sie nicht ertrinken konnte, Felder mit Löwenzahn erstreckten sich ins Unendliche. Es warteten weder Brote in Backöfen auf sie noch Äpfel an den Bäumen und auch keine alten Frauen.

»Woran denkst du?« flüsterte Maurice.

»Ich habe geträumt.«

»Weißt du, daß du das Schönste bist auf der ganzen Welt.«

»Du bist lieb.«

»Warum hast du mir nie glauben wollen?«

Julia schwieg.

»Von jetzt an werden wir zusammen das Leben genießen. Im Tierheim werden wir uns einen lieben kleinen Hund aussuchen.«

»Kegaska«, flüsterte Julia und zog Maurice an sich. Sie legte ihren Mund auf seinen.

»Du schmeckst nach Salz.«

Julia wandelte weiter. In der Ferne sah sie auf einer Wiese zwei Hirsche stehen. Als sie näher kam, konnte sie sie erkennen. Omer und Marcello sahen sich direkt in die Augen. Julia brachte keinen Ton heraus, mit dem sie auf sich aufmerksam hätte machen können. Jeder der beiden Männer hielt das Ende eines Lakens fest. Sie schüttelten es aus, zogen es glatt und gingen mit langsamen Schritten aufeinander zu. Maurice rieb mit seinen Händen an ihren Hüften entlang, Julia bekam Fahrt, löste sich vom Boden, stieg auf.

Das Heulen einer Sirene zerriß die Stille, kam näher, wuchs, schwoll an, schien direkt in ihr Schlafzimmer zu fahren, fuhr vorbei.

»Das ist bei Omer«, flüsterte Maurice erleichtert und verwundert zugleich.

Er wollte sich von Julia losmachen, um nachzusehen, aber sie drückte ihn fest an sich.

Nachwort

Medusa blieb jahrelang im Keller von Julias Herrlichkeit eingesperrt. Zwischen Weckgläsern und leeren Kartons. Niemand zog sie auf. Das Los dieser schauerlichen Gorgonin
war wirklich tragisch. Das Werk hörte auf zu schlagen, bevor
es jemals zu einer prachtvollen Explosion kommen konnte.

Rio de Janeiro, Brüssel, Amsterdam
Januar 1994–Juli 1995

Nachweise

Das Motto von Witold Gombrowicz wurde von Walter Tiel übersetzt, erschienen in: *Gesammelte Werke Band 1*, hrsg. von Rolf Fieguth und Fritz Arnold, S. 12 (München: Hanser 1983). Das Zitat von Wolfgang Laib am Anfang von Teil 4 wurde einem Interview von Suzanne Pagé mit Wolfgang Laib entnommen, das 1986 zuerst in englischer und französischer Sprache erschienen ist. Die deutsche Übersetzung des Zitats stammt von Wolfgang Laib. Der Titel von Teil 5 wurde einer Wandmalerei der niederländischen Künstlerin Lily van der Stokker entnommen. Das Zitat am Anfang von Teil 5 ist eine Übersetzung von Guido G. Meister, erschienen in: *Albert Camus, Dramen*, S. 97 (Hamburg: Rowohlt 1959).

Julia paraphrasiert am Schluß von Teil 5, Kapitel 17 (Klatschmohn ... Wahrscheinlichkeit) ein Gedicht von Hillenius.

Héloïse deklamiert in Kapitel 7 von Teil 6 ein anonymes deutsches Gedicht aus dem 13. Jahrhundert, das als Dreifaltigkeitslied geläufig ist. Die vorliegende Fassung ist eine freie Übertragung des mittelalterlichen Liedes.

Inhalt

Dieter Kühn
CLARA SCHUMANN, KLAVIER
EIN LEBENSBUCH
551 Seiten, Leinen

Eine Biographie der Klaviervirtuosin und Komponistin Clara Schumann (1819–1896) und zugleich ein Panorama des 19. Jahrhunderts: Dieter Kühn erzählt von Claras Ehe mit Robert Schumann, von ihrer Liebe zu Johannes Brahms, von den weitgespannten Konzertreisen, der ungeheuren – trotz des Unglücks ihrer Kinder – ungebrochenen Lebenskraft der alten Dame.

Ein Buch, das nicht nur eine der großen Gestalten der Musikgeschichte vergegenwärtigt, sondern wie nebenbei auch die Alltagsgeschichte und das kulturelle Leben im 19. Jahrhundert veranschaulicht.

»Kühn, ein Meister der Fragen, der Mutmaßungen und Gegenentwürfe, hat die Literatur über diese Frau mit einem Buch bereichert, das gleichsam eine rasende Lebensfrage nachzeichnet und das beherrscht wird durch die Töne von Schmerz und Angst.«
Astrid Weidauer in der BERLINER MORGENPOST

S. Fischer

*K*atja *Behrens*
DIE VAGANTIN
Roman
464 Seiten, Geb.

Laura und Aische trennen siebenhundert Jahre – und doch
haben sie viel gemeinsam. Beide sind von Männern verlassen
worden, und beide machen sich auf, den Verschollenen zu
suchen. Laura, eine Burgherrin aus dem 13. Jahrhundert,
bricht als Spielmann verkleidet in das Land der Muselmanen
auf, wo ihr Mann Konrad als Pilger verschwand. In unserer
Gegenwart reist die fünfzehnjährige Aische wie Laura in die
Türkei – denn dorthin kehrte ihr Vater, ein ehemaliger Gast-
arbeiter, zurück, ohne je wieder von sich hören zu lassen.
Von den Reisen der beiden Frauen erzählt Katja Behrens in
abenteuerlichen Bilderbögen: Sowohl die alleinreisende Frau
im Mittelalter als auch das alleinreisende Mädchen in unserer
Gegenwart gehen beträchtliche Risiken ein und haben er-
hebliche Widerstände ihrer jeweiligen Gesellschaft zu über-
winden.

»Katja Behrens' neuer Roman ist zu einem großen, welthal-
tigen und geschichtsträchtigen Werk geworden.«
Judith Klein in der FRANKFURTER RUNDSCHAU

S. *Fischer*

Dagmar Leupold
FEDERGEWICHT
Roman
235 Seiten, Geb.

Exzentrische Familienverhältnisse: Ajot ist vor Jahrzehnten
aus Ungarn nach Deutschland gekommen, hat einen Schlag-
anfall erlitten und ist nun an einen Rollstuhl gefesselt. Dorothea, seine Pflegerin, stammte aus Ostdeutschland und hat
ein uneheliches Kind. Elisabeth, die vierzigjährige Kranken-
gymnastin Ajots, verläßt ihren Mann und ihre Kinder, um
endlich ein freies Leben zu beginnen. Es sind die gewöhnli-
chen Zwischenfälle, mit denen die drei konfrontiert werden.
Der Roman fesselt, weil er lebendige Figuren erschafft: Ajot,
der sanfte Ironiker, der in seiner Krankheit auch einen
Glücksfall sieht, Dorothea, die sehr gelassene, ledige Mutter,
der trotz ihrer Häuslichkeit immer neue Abenteuer angebo-
ten werden und Elisabeth, die Abenteuerin, die schließlich
zu häuslicher Ruhe zurückkehrt.

»Dagmar Leupold hat die leisen Töne gewählt. Aus ihnen
entsteht eine eindrucksvolle Gestalt, zart, leicht und zerbrechlich, die man so schnell nicht vergessen wird.«
Hubert Winkels im TAGES-ANZEIGER

S. Fischer